碧轩吟稿
BI XUAN YIN GAO

魏 潘 ◎ 著

云南出版集团
云南人民出版社

图书在版编目（CIP）数据

碧轩吟稿 / 魏潘著. -- 昆明：云南人民出版社，2022.11

ISBN 978-7-222-21290-9

Ⅰ.①碧… Ⅱ.①魏… Ⅲ.①诗词–作品集–中国–当代②赋–作品集–中国–当代 Ⅳ.①I227

中国版本图书馆CIP数据核字（2022）第222219号

碧轩吟稿

魏潘 著

出　　版	云南出版集团　云南人民出版社
发　　行	云南人民出版社
社　　址	昆明市环城西路609号
邮　　编	650034
网　　址	www.ynpph.com.cn
E-mail	ynrms@sina.com
开　　本	145mm×210mm　1/32
印　　张	14
字　　数	220千
版　　次	2022年12月第1版第1次印刷
印　　刷	四川省南充兴业印务有限责任公司
书　　号	ISBN 978-7-222-21290-9
定　　价	68.00元

如需购买图书、反馈意见，请与我社联系
总编室：0871-64109126　发行部：0871-64108507
审校部：0871-64164626　印制部：0871-64191534
版权所有　侵权必究　印装差错　负责调换

前 言

　　我最初开始尝试写诗歌的时间是在20岁那年，出版这部作品时，不觉得已到36岁了。

　　这10多年里，自己写的文字也能出一部集子，内心是感到很高兴的。正如诸位所见，这是一本诗词集，在以现代文为主的社会，这或许会显得相对小众了。不过没关系，小众也可以有意义的，毕竟作品也可以反映出祖国辽阔山河的壮美和映现在当今的历史文化。

　　我经常在想，是不是人们习惯于接受固有的认识，就可能将我们的传统慢慢遗忘了呢？中华优秀传统文化不能断，人们不能仅仅停留在欣赏古时候的作品中，而应该继续将优秀的诗歌体式应用于当今社会。有人经常说，古时候的优秀作品实在丰硕，优秀诗人、词人也非常多，再怎么写也写不过古人，这似乎成为了一种普遍成见，潜台词似乎就是，不要写了。但是，超得过古人与否和写不写作品却是两个维度的事情，这不应该成为自己停滞不前或不愿创作的借口，而应该提醒当代人需要更加努力了。古人作品虽多虽好，毋庸置疑，但他们抒写的内容、反映的社会都是他们那个时代的了。至于当今的社会，从传承的角度，也应该有人来抒写的，这样才能保证诗词的传承不断代、或者重新接续上曾经断代的空白。不然，经常有人说，要传承好中华优秀的传统文化，也就只是停留在认识层面了，实践上怎么办，这就需要有人在充分研习传统优秀作品基础上扎实开展创作了。

虽然个人的能量毕竟有限，但丝毫不影响人可以去有心并努力地研习和创作。幸运的是，今日社会中的个体，都更加拥有独立的精神和自由的意志了，可以把自己真情实感在不相抵触社会规则的前提下，自在地将其记录下来、传播开来，真正能够自由地反映出属于当今时代的个人感念和精神风貌，诚如陈绎曾所说的"情真、景真、意真、事真"，这真是一件好事情。

本书中所列选作品，个人以为都是真实、真诚的作品，虽然一直向往钟嵘所说"干之以风力、润之以丹采，使味之者无极，闻之者动心"的"诗之至"，但依然感觉难度不小，不过好在，这10多年来，个人坚守的初心却从未改变，研读古人优秀作品和探索自己的创作之路也一直在进行。在多年的创作实践中，我也试图以彰显"泉石云峰之境，神之于心，处之于境"的境界，并将其谓作"物境"；试图流连于"娱乐愁怨，而处于身，然后驰思"的境界，并将其谓作"情境"；试图崇尚"张之于意，而思之于心，待其真也"的境界，也将其谓之"意境"，感怀于山水行旅、史物吟思之间，常常陷于三境往返缠绵，最终产出了文字来，也学着运炼出古典诗词独有的理念、志趣、气度和神韵，学着把那些扑面而来的景致和生生不息的场景，兴发出感动，试着将那些真诚的感动传递给更多人，让更多人分享着感动。于是，自己在生活中，试着与大自然深入对话，与时代脉搏渐渐贴近，与宝贵诗心接触碰撞，尽最大诚意将阅历经验、生活体验、理想意志融入文字，将自己的梦醉沉吟留作一小段的光阴……

　　胡应麟在《诗薮》中所提出诗要坚守"体格声调"与"兴象风神"，对我的启发很大，为做到这两者的相辅相成，自己也是花费了大量心思，我心里面还是一直坚守传统的体裁、句法、音韵和声律的，在此基础上，推崇以自然感发的方式来创造当下的审美意象，编织成自己心中想要的文字，尽可能达到属于这个时代的"神韵"来。也许"诗如化工，即景成趣""诗如鼓琴，声声见心"，就让诸位在一行一句的"趣"中读到我的"心"吧。

　　一直坚信，既然中国古典诗歌可以唤起人们一种善于感发、富于联想、更富于高瞻远瞩之精神的不死的心灵。那么，今天或今后反映了这个时代的一些诗词，也会有相似的作用，这是不是文化自信产生的一

些积极作用呢？如果本书有一些文字能够实现其中些许作用的话，那么我对所坚持和坚守的也就倍感欣慰了，如果由此能因为一首诗、一阕词让大家有所小憩、流连、徜徉，或者心忽然有那么一点灵犀的话，那我就感觉到更加美好了。

魏　潘

2022年5月

目 录

卷一
诗 言

望雁荡山	/3	惊遇桥下人家	/11
滇池即怀	/3	荀令君	/12
山水梦谢客	/4	过元谋小城唏嘘房价	/12
跋涉金牛道所怀	/4	咏芒果	/13
恭王府	/5	白露日	/13
国子监	/5	竹咏	/14
行在宝箴塞	/6	苌弘化碧	/14
山中彝家	/6	晨思	/15
怀郑成功二首	/7	处暑微凉	/15
京兆尹餐厅	/7	绵拖	/16
金川观音寺	/8	罗汉寺	/16
登顶达古冰川	/8	大理三咏	/17
昆虫展寄语	/9	重阳	/18
怜元稹发妻韦丛	/9	咏鼻	/18
卢浦大桥怜怀	/10	闻郸都再诊病例	/19
夜宿资阳赏秋雨	/10	鸣沙山四首	/19
沙河公园见趣	/11	单县半月台	/20

说秦	/21	过宕昌哈达铺	/34
肺炎	/22	甘南草甸忽逢暴雨	/34
伏案怨	/22	当金山	/35
绵州访学	/23	荒壁见施工忙碌即句	/35
怀平民教育家晏阳初	/23	思三峡	/36
叹曹侯子建	/24	过陇南二首	/36
云南大学至公堂	/24	黄龙幽迹四首	/37
云南大学水塔	/25	呈贺	/37
云南大学会泽楼	/25	上里古镇	/38
防病谣	/26	秋高	/38
厨事	/26	乞巧	/39
春熙坊蜀绣	/27	访九襄	/39
前蜀恨	/27	午行见樱花坠如疫袭口占	
后蜀恨	/28		/39
遣作	/28	甜城大千园四首	/40
房湖公园三首	/29	汉中寄古五首	/40
元谋人博物馆见闻	/30	凤栖山五首	/41
剑雨江湖	/30	四时山野遣怀	/42
宿兰州	/30	冬居	/45
读登幽州台歌常怀陈子昂		春思	/45
	/31	红叶	/46
崇州唐求广场即句二首	/31	辨菊	/46
瞻川剧变脸吐火创始人康芷林		行路难	/46
	/32	锦门二首	/47
十方堂邛窑遗址	/32	登凌云山二首	/47
邛崃瓷胎竹编	/33	蛐蛐	/48
醉里毕棚沟	/33	新衣	/48

晨霾	/49	过郑州	/68
小诗	/49	埃塞俄比亚组诗三十首	/68
养神	/49	车近京城	/72
金沙江畔思筑路英雄	/49	秋雨	/72
昆明翠湖观鸥	/50	藏地蒙古包	/72
野行杂咏二十九首	/50	大闸蟹怨	/73
悟	/54	骆驼刺二首	/73
葛仙山二十首	/55	丹景山八首	/73
赋得自由相逐诗	/56	夏日过天全县	/74
游仙诗	/57	帝王庙歌二首	/75
摄影公园见寄二十韵	/58	家乡通航	/75
昆明大观楼	/59	过龙门山	/75
成都近郊好秋人晚春园景十韵	/60	甘堡藏寨	/76
崂山二十韵	/60	鸡犬	/76
洱海组曲六首	/62	桂湖记四首	/76
桂湖拾趣八首	/63	问童	/77
饭后	/64	听陕北民歌	/77
静修	/64	益阳赫山吟三首	/78
过沐川竹海	/65	过芦沟竹海四首	/78
买果	/65	记咏	/79
亭溪问答	/65	夏夜雨宿剑阁二首	/79
童教	/65	山城十韵	/80
题图	/66	抚仙湖棹歌三十首	/81
邛海三首	/66	过安岳柠檬园	/86
西昌赏花四绝句	/67	入滇易门盘山公路	/87
三月三	/67	九寨望乡	/87
		奇心	/87

泸沽湖恋歌二十首	/ 87	幸福田园三首	/ 108
碌	/ 92	雅鱼	/ 109
青海湖四十首	/ 92	药醋	/ 109
沙河源上行	/ 99	夜读	/ 109
满山香	/ 100	咏天才拉斐尔二首	/ 109
上班逢雨	/ 100	遇见阿来读成都物候记	
石羊丑柑	/ 100		/ 110
蜀南竹海十二首	/ 100	浙江文泰高速建设所见	
题潮州太平街义兴甲巷			/ 110
	/ 102	马湖行五首	/ 110
外滩作	/ 102	早食	/ 111
春月速速见涂彬叹花期甚短		玉兰	/ 112
劝勉谣	/ 103	小园	/ 112
学棋	/ 103	春来	/ 112
三月四日前见重三后次清明		腊月浣花溪行足	/ 112
吟之	/ 103	晴郊	/ 113
自然王国丛林越野驾乘遂记		题壶口瀑布	/ 113
	/ 103	冰粉	/ 113
富顺西湖行足二首	/ 104	警词	/ 113
泸定桥	/ 104	堤上	/ 114
望江楼行吟四首	/ 104	酬九思轩主闻漳州抗疫见寄	
午后油菜田	/ 105		/ 114
夏日郊行六绝句	/ 105	立春	/ 114
白鹤诗十首	/ 106	雨水	/ 114
小凉山	/ 107	惊蛰	/ 115
感垃圾处置	/ 108	春分	/ 115
新时代卖报人	/ 108	清明	/ 115

谷雨	/ 116	花毛茛	/ 122
立夏	/ 116	荷包牡丹	/ 123
小满	/ 116	风信子	/ 123
芒种	/ 116	碧冬茄	/ 123
立秋	/ 117	报春花	/ 123
霜降	/ 117	樱桃	/ 124
立冬	/ 117	草莓	/ 124
小雪	/ 117	忘忧草	/ 124
大雪	/ 118	含羞草	/ 124
冬至	/ 118	豆腐吟	/ 125
小寒	/ 118	春波荡漾满人间用辘轳体	
大寒	/ 118		/ 125
紫罗兰	/ 119	古天宫寺	/ 126
月季花	/ 119	宽窄巷子	/ 126
鸢尾花	/ 119	感西成客专开通	/ 126
虞美人花	/ 119	伤寒有感	/ 127
樱花	/ 120	夜宿攀枝花即怀	/ 127
银莲花	/ 120	永陵怀古	/ 127
野罂粟	/ 120	取学照金小镇	/ 128
天竺葵	/ 120	秋近	/ 128
水仙花	/ 121	扁都口怀张骞径此出使西域	
山桃花	/ 121		/ 128
三色堇	/ 121	扁都口怀霍去病决战焉支山	
木香花	/ 121		/ 129
金鱼草	/ 122	瞻潮州韩文公祠	/ 129
角堇	/ 122	瞻李劼人故居有寄	/ 130
黄钟木	/ 122	成都往重庆	/ 130

八阵图遗址怀古	/130	甘肃博物馆参观存事	/144
大梅沙海滨公园	/131	成都	/145
大雁塔二首	/131	河西戈壁	/145
望祁连四首	/132	瓜州	/146
眺岗什卡雪峰	/133	大坂山	/146
题玉门关	/134	酒	/147
朱子九首	/134	九曲黄河第一湾	/147
北京孔庙	/137	征程	/148
茶香	/138	寻凉	/148
咏文天祥	/138	深圳莲花山	/149
平乐古镇渔市拐码头作	/139	蛇口海上世界	/149
		赠建设者异地坚守	/149
芦沟竹海次张问陶芦沟韵	/139	咏史冤烈之岳飞	/150
		咏史冤烈之袁崇焕	/150
袍哥人家	/139	咏史冤烈之彭越	/151
青花	/140	咏史冤烈之蒙恬	/151
郪江古镇二首	/140	咏史冤烈之韩信	/152
广汉保保节	/141	登巴灵台	/152
德阳文庙	/141	谒新都彭家珍专祠	/153
旧时居富顺半月某日吊刘光第	/141	青白江怡湖园	/153
		读伤寒杂病论作	/154
塔子山九天楼	/142	读史怀谭嗣同	/154
题德阳石刻艺术墙	/142	登子云亭而作	/155
园景	/142	读赋思宋玉	/155
三洞古桥览治水	/143	笑仙丹	/156
白马关	/143	赠钟南山出征	/156
大柴旦	/144	咏战役一线医护人员	/157

战疫情	/157	摩诃池思怀组诗	/168
闻四大天团医院齐赴江城		南龛摩崖造像	/169
	/157	府河	/170
春日寄怀	/158	川美涂鸦墙	/170
愿景	/158	红军颂	/171
赠疫情上报第一人张继先		松潘古城三首	/171
	/158	题万卷楼兼怀谯周陈寿师学	
赠疫情警觉吹哨人李文亮			/172
	/159	天坛二首	/173
善待自然界感言	/159	万里桥怀古二首	/174
观汨罗江作	/159	望丛祠二首	/175
梦境	/160	闻老官山汉墓出土文物	
过翠云廊	/160		/175
过怀远古镇	/161	西南联大旧址咏怀三首	
题苴却砚	/161		/176
过昭通	/162	沿口古镇	/177
怀念严君平	/162	夜读李龟年有感	/177
寄语蜀汉蒋丞相	/163	云南讲武堂四问	/177
仙湖植物园	/163	云南民族村行揽三首	/178
题科甲巷	/164	歇定西分水岭	/179
锦门桑园	/164	赠筑路杰出青年二十首	
灵泉寺	/164		/179
访浏阳	/165	瞻姜维衣冠冢	/183
庞统祠	/165	咏樱桃诗会	/184
莫高窟四首	/165	长汀店头街作	/184
马尔康过卓克基官寨	/167	至京城	/184
漫步科玛小镇	/167	重龙山寻幽	/185

目录

7

状元街怀赵逵	/ 185	成都凤凰山机场旧事	/ 187
状元街怀骆成骧	/ 185	抓周记	/ 188
磐石古城	/ 186	仰古田会议旧址	/ 188
访资中文庙武庙不遇	/ 186	成长记	/ 188
杂兴	/ 186	园圃踏春	/ 189
咏弘一法师	/ 187	酒都狂想曲	/ 189
咏苤弘	/ 187		

卷二

歌　乐

请茶歌	/ 193	工匠行	/ 207
永定河歌	/ 193	酣夜行	/ 207
惜玉歌	/ 194	巫峡行	/ 208
栖霞秋枫歌	/ 195	长安有狭邪行	/ 209
时代先锋歌	/ 196	门有车马客行	/ 209
圆明园挽歌	/ 198	拟相逢行	/ 209
壮行歌	/ 199	长城谣	/ 210
山林歌	/ 201	光雾山漫吟	/ 210
广东汉剧歌	/ 201	西宁吟	/ 211
筑路歌	/ 202	倡子吟	/ 211
博浪歌	/ 203	鼓吹曲辞之巫山高	/ 212
远迈歌	/ 203	鼓吹曲辞之巫山高	/ 212
镜花水月歌	/ 204	相和歌辞之采桑	/ 212
峨眉行	/ 204	珍妃怨	/ 213
陇西行	/ 205	青城山晨曲	/ 213
长征行	/ 205	阳关曲	/ 214

嘉宾曲	/215	有所思	/216
元谋凤凰湖舞曲	/215	法医宋慈赞	/216
巫山午居引	/215	消防赞	/217
讽诗	/216		

卷三

词　曲

暗香疏影（琼枝劲骨）	/221	卜算子（何如戏翎衣）	/226
安平乐慢（字塔晴辉）	/221	卜算子（旧制拜堂亲）	/226
八拍蛮（车快眼新催马缰）		卜算子（蔷薇架上春）	/227
	/222	卜算子（朝年曾知师）	/228
八声甘州（对孤丘一垒立门头）		卜算子（五十六年来）	/228
	/222	卜算子（明眉靓春辉）	/229
八声甘州（梦来吹醒古镇烟云）		卜算子（风雨平生秋）	/229
	/222	卜算子（天地一星辰）	/229
八声甘州（问蜀天何处是巍城）		卜算子（紫衣款款来）	/230
	/223	卜算子（古垣笮沙洲）	/230
八声甘州（慕雄关古道越千年）		卜算子（聚在落英时）	/231
	/223	步蟾宫（天儿真简欢清气）	
八声甘州（想当年将士壮心胸）			/231
	/224	采桑子（无端又是春归也）	
八声甘州（记当年冲顶傲华辰）			/231
	/225	采桑子（畸年弯道行难路）	
八声甘州（念天涯羁旅最关心）			/232
	/225	采桑子（左期右盼卿中腹）	
卜算子（东风吹梦回）	/226		/232

9

采桑子（浑元戏里曾经过） / 233
采桑子（清音一度无消息） / 233
采桑子（淡阳沾臂欢清早） / 234
采桑子（昔时屯下沾闲酒） / 234
采桑子（静楼高伫湖心碧） / 235
茶瓶儿（彩纸画圆初落） / 235
钗头凤（惊声讶） / 235
钗头凤（高山盼） / 236
长生乐（翅蕳红桐蝶正翩） / 236
长相思（琴声扬） / 237
长相思（此一程） / 237
长相思（古扬州） / 237
长相思（惜女情） / 237
长相思（昨三更） / 238
长相思（水上花） / 238
长相思（南伊沟） / 238
长相思（雨紧跟） / 239
朝玉阶（君与相逢夕暮天） / 239
朝玉阶（春带凉寒别样天） / 239

朝中措（斑廊入画揽晴空） / 240
城头月（梨花带雨期如许） / 240
城头月（繁灯定旅翻明记） / 240
赤枣子（书蕴满） / 241
赤枣子（雕艺蟲） / 241
促拍满路花（岭越神膺阔） / 241
翠楼吟（雾绕胶州） / 242
捣练子（青路雨） / 242
捣练子（浑忘却） / 242
捣练子（谁又说） / 243
捣练子（长路近） / 243
捣练子（年月渐） / 243
捣练子（算只有） / 243
捣练子（观圣迹） / 244
滴滴金（锦都文艺乐游歇） / 244
氐州第一（留手新茶） / 244
点绛唇（卿去难寻） / 245
点绛唇（百日初临） / 245
点绛唇（春满园林） / 246
点绛唇（零落梨花） / 246
蝶恋花（雀弄隐梢身弄步） / 246

蝶恋花（庭院北居清夜晚）
　　　　　　　　　　/ 247
蝶恋花（两载南迁身亦蹈）
　　　　　　　　　　/ 247
蝶恋花（四十五年人事异）
　　　　　　　　　　/ 248
蝶恋花（小艇铜锣巡梦去）
　　　　　　　　　　/ 248
蝶恋花（三十韶光千百里）
　　　　　　　　　　/ 248
蝶恋花（一代文章花落笔）
　　　　　　　　　　/ 249
蝶恋花（浅水半湾吹雨滴）
　　　　　　　　　　/ 249
蝶恋花（小女看书人欲睡）
　　　　　　　　　　/ 250
定风波（昨夜狂风卷密林）
　　　　　　　　　　/ 250
定风波（卿面如影雨唤晴）
　　　　　　　　　　/ 250
定风波（昔日层云堆断霞）
　　　　　　　　　　/ 251
定西番（玉笏一身躬别） / 251
东风第一枝（笔落花深） / 252
东坡引（正逢周末好） / 252
东坡引（重逢相聚促） / 253
东坡引（热余焦雷坠） / 253

洞仙歌（彩霄石殿）　　/ 253
渡江云（狂涛连入海）　/ 254
多丽（悠亭静）　　　　/ 254
法曲献仙音（青瓦留容）/ 255
粉蝶儿慢（暗草沾黄）　/ 255
风入松（凝神寻侍泮池滨）
　　　　　　　　　　/ 256
凤凰台上忆吹箫（清眼金声）
　　　　　　　　　　/ 256
凤凰台上忆吹箫（亲赴名城）
　　　　　　　　　　/ 257
拂霓裳（夜光天）　　　/ 257
甘露歌（遇几次孤行铐手）
　　　　　　　　　　/ 258
高阳台（桥点秋虹）　　/ 258
鬲溪梅令（蕊香自配画眉音）
　　　　　　　　　　/ 259
更漏子（寒笼楼）　　　/ 259
缑山月（黯雨荡平波）　/ 260
归去来（垂暮低头人静）/ 260
桂殿秋（银露重）　　　/ 260
过秦楼（叠雾飘凉）　　/ 261
海棠春（不知人在花深否）
　　　　　　　　　　/ 261
海棠春（旧年曾是从芳侣）
　　　　　　　　　　/ 262

海棠春（院前银杏金光袭） /262
花上月令（蝉衾无奈一更鸣） /262
花上月令（人间常爱月桄明） /263
汉宫春（白帽沾花） /263
好事近（爽秋晚来迟） /264
喝火令（刺马烟尘尽） /264
喝火令（岸近舟初静） /264
喝火令（暮照秋归晚） /265
喝火令（白鹭身高洁） /265
喝火令（雅竹迎空傲） /266
喝火令（景秀沉弯路） /266
何传（蜀客） /266
河满子（几许寻芳觅句） /267
荷叶杯（双翅笔云横壁） /267
鹤冲天（弦音隽永） /268
恨春迟（兴致初生生未减） /268
花发沁园春（日月狂奔） /268
华胥引（时伦催晓） /269
画堂春（趁阳冉照出楼笼） /269
画堂春（佛香阁外话凡尘） /270

画堂春（踏波舟外暖风迎） /270
画堂春（丑牛别鼠纳新春） /270
画堂春（浣花嬉水紫兰轻） /271
浣溪沙（拾句酿心韵已成） /271
浣溪沙（端面罗妆高佛冠） /272
浣溪沙（云里玉宵矗一峰） /272
浣溪沙（初雨微寒意未平） /272
浣溪沙（夏日洪湖好采莲） /273
回波乐（回波尔时烟濛） /273
减字木兰花（苦流寒霜） /273
江城梅花引（阿婆阿爷上山坡） /274
江城梅花引（浪花白蕊碎波痕） /275
江城子（芷堤萍岸网鱼矶） /275
江城子（众城日夜战云垂） /275

江城子（霍家豪气压雄关）/ 276	临江仙（万里碧波随霭定）/ 287
江城子（渡港天光隔岸藏）/ 276	柳梢青（香苑平坡）/ 287
江城子（高原一望水平分）/ 276	六州歌头（茂年气盛）/ 288
解蹀躞（斜巷人声无尽）/ 277	六州歌头（跃鹏万里）/ 288
解红（粤语美）/ 277	六州歌头（长空送雁）/ 289
解佩令（感消残酒）/ 278	啰唝曲（乐意太湖水）/ 289
解语花（檐依叠影）/ 278	满江红（不是硝烟）/ 290
金菊对芙蓉（并蒂双花）/ 279	满江红（筚路青辉）/ 290
金缕曲（稀巷空人语）/ 279	满江红（老去如斯）/ 291
金缕曲（叹也招魂久）/ 280	满江红（南岸云收）/ 291
金缕曲（叹也分离久）/ 281	满江红（四十年来）/ 292
金明池（天镜欣容）/ 281	满江红（雄气冲天）/ 292
金人捧露盘（岁时新）/ 282	满江红（百里丹霞）/ 293
九张机（双眼千回桥畔醉）/ 282	满江红（遥望西川）/ 293
酒泉子（噩耗台湾）/ 284	满江红（奔涌骊歌）/ 294
酒泉子（别巷幽深）/ 284	满江红（大浪奔流）/ 294
看花回（数抹青茵秀绮坡）/ 284	满江红（七十年前）/ 295
兰陵王（落青墨）/ 285	满江红（滨海威仪）/ 295
浪淘沙（车列快飞东）/ 285	满江红（傲挺长空）/ 296
浪淘沙令（何处觅春塘）/ 286	满庭芳（而立之年）/ 296
离亭燕（八载杯前谈旧）/ 286	满庭芳（喜树浓茵）/ 297
临江仙（山阔平添青墨）/ 286	梅花引（春来好）/ 297
	明月逐人来（音容来到）/ 298
	摸鱼儿（恨深宵）/ 298
	摸鱼儿（喂金鱼）/ 299
	摸鱼儿（问人间）/ 299

蓦山溪（灵湖高塔） /300
木兰花慢（最怜冬日雪） /300
木兰花慢（月儿明） /301
南歌子（逐岁东川赴） /301
南歌子（夜里逢霜降） /301
南歌子（暮下低眉快） /301
南歌子（水裔临身处） /302
南歌子（探首田黄处） /302
南歌子（翠雾雅居处） /303
南乡子（古木松痕） /303
南乡子（笔走红笺） /303
南乡子（何地生隐怜） /304
霓裳中序第一（斜梯隐远肆） /304
念奴娇（苍苍山谷） /305
念奴娇（狂风卷刃） /305
念奴娇（寻音竹径） /306
念奴娇（凤飞龙耆） /306
婆罗门引（昨晨起） /307
破阵子（雅耆涛声水溅） /307
菩萨蛮（朝来依约鹊声唧） /308
菩萨蛮（小园人空声如扫） /308
菩萨蛮（仰首长路当空立） /308

齐天乐（举国狂舞铺天鼓） /309
千秋岁引（内殿深宫） /309
沁园春（光耀星球） /310
沁园春（劲蕊香浓） /310
沁园春（踏园寻芳） /311
沁园春（日月初开） /311
青门引（西部多天堑） /312
青玉案（南来北往胡同路） /312
倾杯乐（高客临门） /312
清平乐（巍峦叠嶂） /313
清平乐（风新日暮） /313
清平乐（镜湖清处） /314
清音二十五弦（来路峥嵘多辗转） /314
秋风清（春城低） /316
曲江秋（光阴劲疾） /317
鹊桥仙（曲庙清翠） /317
如梦令（日夜身居席罩） /317
如梦令（冬日凝愁未展） /318
如梦令（天府棕香盈户） /318
如梦令（常享山青初夏） /318
如梦令（云处远山冲断） /319
如梦令（水溅盆花游跳） /319
如梦令（园内繁棕环伺） /319

阮郎归（胶州海浪荡沧沧）/ 319
瑞鹧鸪（贵枝沉态自容妆）/ 320
瑞鹧鸪（春暖还痴待野东）/ 320
瑞鹧鸪（霾过山郊日满空）/ 320
塞翁吟（驭马通高险）/ 321
三字令（拍板奏）/ 321
散天花（天际朦山落日秋）/ 322
山亭柳（超逸飘然）/ 322
少年游（凉风卷地又初生）/ 322
生查子（车行两面风）/ 323
声声慢（佳湖着痕）/ 323
声声慢（授娱未喜）/ 323
声声慢（诗心自许）/ 324
声声慢（凭谁病后）/ 324
声声慢（寻常路陌）/ 325
十六字令（山）/ 325
十六字令（云）/ 325
石州慢（宵雨飞寒）/ 326
霜天晓角（眼开荒朔）/ 326
霜天晓角（苍天劈裂）/ 327
霜天晓角（庙高人立）/ 327

水调歌头（日月照肝胆）/ 327
水调歌头（山月涌江海）/ 328
水龙吟（行知月色无拘束）/ 328
水龙吟（不知何处寻芳信）/ 329
水龙吟（澜波涌进春云里）/ 329
水龙吟（千年旧梦三苏院）/ 330
水龙吟（慨然猛是冬来病）/ 330
水龙吟（孔家弟子文章伯）/ 331
水龙吟（寒泉落叶都如昨）/ 331
水龙吟（扶栏遥望双亭）/ 332
水龙吟（半生一梦硝烟里）/ 332
水龙吟（禁区忠骨皆陈迹）/ 333
思帝乡（重现身）/ 333
苏幕遮（艳阳天）/ 333
苏幕遮（问姑苏）/ 334
苏幕遮（绕青茵）/ 334
苏幕遮（记当年）/ 335
苏幕遮（旧园思）/ 335

苏幕遮（剩田园） /335
诉衷情令（诗林谦雅几回闻） /336
踏莎行（古阁钟鸣） /336
踏莎行（鄂秭归西） /337
踏莎行（味落情飘） /337
踏莎行（临树危坡） /338
踏莎行（脚踏青山） /338
踏莎行（秋厉光阴） /338
太常引（一园树影半秋姿） /339
调笑令（提背） /339
调笑令（晨睡） /339
调笑令（南北） /340
调笑令（时节） /340
调笑令（童语） /340
调笑令（张望） /340
调笑令（劳累） /341
调笑令（椅上） /341
调笑令（高妙） /341
调笑令（盆响） /341
调笑令（高唱） /342
唐多令（青竹唤归歌） /342
桃源忆故人（扶堤柳絮飞高去） /342
天仙子（余味思寻念玉衣） /343

偷声木兰花（秋深帘外风吹雨） /343
望海潮（半城山水） /343
望南云慢（佛意湟中） /344
乌夜啼（桥畔榆阴飘絮） /344
乌夜啼（逝水流何速） /345
乌夜啼（唱罢歌声缓） /345
巫山一段云（人向深巉去） /346
巫山一段云（町舞坊间蝶） /346
五綵结同心（重重峰去） /347
武陵春（街落清欢贪几许） /347
武陵春（安处寻常行乐耳） /347
武陵春（堂绿园林风味好） /348
西江月（夜黑峦高起落） /348
西江月（武侯文轩墨浸） /348
西江月（灯照黄墙白透） /349
西江月（佳月重染秋夜） /349
喜春来（暖蒸三月香房雅） /350
喜迁莺（山似涯） /350
系裙腰（邀亭丛影照池鱼） /350

系裙腰（松中风入画诗储）
　　　　　　　　　　/ 351
遐方怨（迷黑隧）　　 / 351
相见欢（娇阳先暖闲汀）/ 351
相见欢（古筝听处娇红）/ 352
相见欢（绣桥栏画烟濛）/ 352
潇湘神（渝水流）　　 / 352
小重山（夜静枯枝坠野蒿）
　　　　　　　　　　/ 353
小重山（眼外初晴盼上山）
　　　　　　　　　　/ 353
新雁过妆楼（庙会游园）/ 353
行香子（百卉娇娇）　 / 354
行香子（一步风轻）　 / 354
行香子（十月恩存）　 / 355
行香子（昔岁单行）　 / 355
行香子（今赴蓉都）　 / 355
行香子（来也尘劳）　 / 356
行香子（车过新村）　 / 356
行香子（日不消停）　 / 357
行香子（山路斜弯）　 / 357
行香子（雨霁南城）　 / 357
杏园芳（田间麦嫩青青）/ 358
眼儿媚（门外轻霏湿栏杆）
　　　　　　　　　　/ 358
宴清都（迭顶连排庑）/ 359

夜游宫（夜幕狂歌又起）/ 359
夜游宫（屋外蛙声点点）/ 359
谒金门（天太热）　　 / 360
谒金门（叹哉矣）　　 / 360
谒金门（紫竹忆）　　 / 361
一丛花（后园湿溅角梅容）
　　　　　　　　　　/ 361
一萼红（过茶蓬）　　 / 362
一剪梅（离绪相思还未消）
　　　　　　　　　　/ 362
一剪梅（朝是懵童晚半翁）
　　　　　　　　　　/ 362
一七令（冲）　　　　 / 363
一七令（秋）　　　　 / 363
忆江南（灵簪兀）　　 / 363
忆江南（江南忆）　　 / 364
忆旧游（记慵容憨态）/ 365
忆秦娥（炮声烈）　　 / 365
忆秦娥（听号令）　　 / 366
忆秦娥（锦江头）　　 / 366
忆秦娥（砟石旁）　　 / 367
忆王孙（人间宋玉有谁知）
　　　　　　　　　　/ 367
意难忘（山乐垂韶）　 / 367
莺啼序（何来酒香涌起）/ 368
莺啼序（潮翻赤州涌起）/ 369

映山红慢（放眼雄浑） / 370
永遇乐（关嶂西南） / 371
永遇乐（尊像阶前） / 371
有有令（怀中郁字） / 372
渔歌子（凤凰山南晚秋归） / 372
渔歌子（洞桥盖树绿阴浓） / 372
渔歌子（生旦净末宇琼宫） / 373
渔家傲（余昏远影欢中闹） / 373
虞美人（夜长辗转人难睡） / 373
虞美人（周遭树映琉璃绿） / 374
虞美人（阳和风暖相知会） / 374
虞美人（笼眉娇泪仙珠草） / 375
虞美人（艳芳群冠蘅芜翠） / 375
虞美人（观园别墅花重聚） / 375
虞美人（秋斋蕉下神飞客） / 376
虞美人（醉憎芍药渐佳境） / 376
虞美人（蟠香梳翠禅庄彻） / 377
虞美人（攒珠金凤沦偷赌） / 377
虞美人（嫂兄冷漠稀怜悯） / 377
虞美人（吊梢眉柳飞丹眼） / 378
虞美人（娇生七夕通仙命） / 378
虞美人（红梅闹杏青春意） / 379
虞美人（黛钗合体仙家女） / 379
雨霖铃（轰雷催烈） / 379
雨霖铃（烟春何速） / 380
玉蝴蝶（眼外山添青绿） / 380
玉楼春（帘外黄昏风不断） / 381
玉楼春（卅五岁年春到处） / 381
玉漏迟（路潮天欲渺） / 381
御带花（郊城何觅清新好） / 382

御街行（长门绕蔓青青地） / 382

柘枝引（穿丘越境且前行） / 383

鹧鸪天（日月霜春经岁逢） / 383

鹧鸪天（水净窗明天地间） / 383

鹧鸪天（楼外车嚣马路熙） / 384

鹧鸪天（酒煮香密日头高） / 384

珍珠令（轩房几度歌童叫） / 385

真珠帘（昏天漆黑滂沱雨） / 385

烛影摇红（兰夜星河） / 386

字字双（山头雾雾霏更霏） / 386

最高楼（春预尽） / 386

醉花间（曾留念） / 387

醉花阴（轩客慢说年月好） / 387

醉思仙（雨流中） / 388

醉太平（金兔闹年） / 389

醉吟商（舍雨新晴） / 389

醉吟商（梦里添香） / 389

【双调·夜行船】屈子魂归（又是龙舟冲浪斜） / 390

卷 四

赋　辞

高唐神女	/ 393	山羊赋	/ 398
哀兵时	/ 393	测量人赋	/ 399
稚女	/ 394	嘉陵江赋	/ 400
凯歌	/ 394	中学赋	/ 404
祭成昆筑路烈士文	/ 394	师大赋	/ 406
黄荆山赋	/ 395	天津丽泽小学赋	/ 408
魁星楼赋（并序）	/ 396	渝水赋	/ 409

玉兰赋	/ 410	铁军援建玉树铭	/ 415
云天赋	/ 411	时代先锋辞	/ 416
自贡盐滩新城赋	/ 413	西山辞	/ 418

跋文　/ 419

卷一

诗言

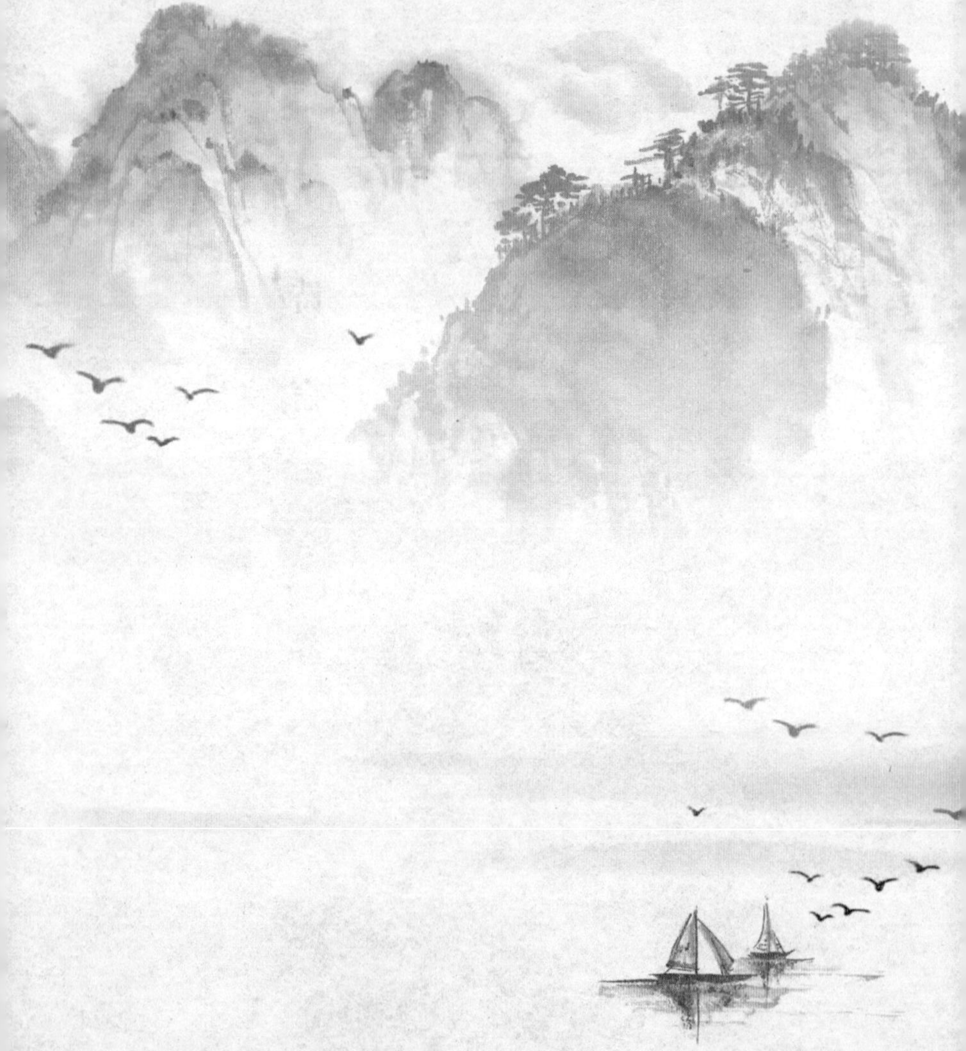

望雁荡山

车骤行东岭，清奇似入闲。
流纹喷石火，潭穴沫崖斑。
万古终归一，千秋未宿圜。
露风沉此地，荡雁共难关。

◎清奇：清新奇妙的境界。唐·李山甫《山中依韵答刘书记见赠》："谢公寄我诗，清奇不可陪。"
◎石火：以石敲击，迸发出的火花。其闪现极为短暂。唐·裴铏《传奇·封陟》："休敲石火，尚昏黑而流光。"

滇池即怀

旷地稀云罩，西山状自留。
艇风惊客雁，人影聚红鸥。
日下金波荡，桥间紫舞蹄。
琼池多逸想，南岭作仙游。

◎客雁：王琦汇解："雁春至则自南往北，秋至则自北徂南，有似客然，故曰客雁。"

山水梦谢客

谢公天眷顾，貌质自巍巍。
才斗三分厚，文情百丈菲。
才掬岩上月，又瞰雾中辉。
喜作逍遥客，云山带暮归。

◇谢客、谢公：指南朝宋人谢灵运。

跋涉金牛道所怀

故国承弯道，通天绝壁艰。
金牛荒谬笑，壮士汗颜攀。
血雨楼门夜，风刀剑阁关。
涉登从此上，怅惘未回还。

◎金牛：古川陕间栈道名。蜀道之南栈，旧名金牛峡，故自陕西省勉县而西，南至四川省剑阁县之剑门关口，称金牛道。自秦以后，由汉中入蜀者，必取道于此。唐·李白《上皇西巡南京歌》之八："秦开蜀道置金牛，汉水元通星汉流。"

恭王府

和珅抄倒后,民拥睿皇殿。
府邸风沉滓,花园日浸云。
垂帘公在世,洋务佛搴军。
勾冀兴衰里,哀哀复此闻。

◇睿皇:嘉庆皇帝。
◇公:恭亲王奕䜣。
◇佛:老佛爷慈禧太后。

国子监

仰畏京城地,巍峨学府高。
贡生忙取士,寒子望穿袍。
入室书痕苦,登堂相貌豪。
民根涵选育,帝国教成鳌。

◇贡生:指科举时代,考选府、州、县生员(秀才)送到国子监(太学)肄业的人。
◎入室:语出《论语·先进》"由也升堂矣,未入于室也。"后以"入室"比喻学问或技艺得到师传,造诣高深。

行在宝箴塞

古塞归何处，硝烟起散中。
苍桑枪孔现，枯索井沿逢。
遇乱方如此，临安谁与同。
即行秋欲半，还揽宝箴雄。

◇枯索：枯燥乏味。

山中彝家

滇境天然洗，归程窄路斜。
云游开似朵，苞玉坠成葩。
瘠亩稀良穗，孤村有旷霞。
县城余万户，偏此滞彝家。

◇云游：云彩飘动浮游。

怀郑成功二首

潆浪连威气,惊为巨舰来。大旗扬尚武,红鬼窜丢盔。
誓取飘摇地,强攻炮火台。生随时运去,死不作尘埃。

明皇何日待,枉怨国中身。父陷幽图里,儿悲浊海滨。
商期哀没落,官道叹沉沦。肝胆留魂魄,千年第一人。

◇明皇:唐·玄宗(李隆基)谥至道大圣大明孝皇帝。后世诗文多称为明皇。暗讽明朝此际皇帝昏庸。
◎幽图:牢狱。宋·韩维《奉和象之夜饮》之三:"烦忱忽以去,旷如出幽图。"

京兆尹餐厅

高官京兆尹,变调入京园。
绕壁依青竹,归堂现绿源。
初衷疏腻肉,本意近蔬蕃。
天价如金纸,沦为奢侈轩。

◇京兆尹:官名。汉代管辖京兆地区的行政长官,职权相当于郡太守。后因以称京都地区的行政长官。

金川观音寺

高原曾是客，路陡肯登攀。
上赴观音寺，中瞻纳勒山。
经堂追幸运，正殿悟仙班。
四臂莲花里，祥云分外闲。

◎正殿：庙宇里位置在中间的主殿。唐·白居易《沃洲山禅院记》："三年而禅院成，五年而佛事立，正殿若干间，斋堂若干间。"
◇纳勒山：四川阿坝州金川县山名。

登顶达古冰川

川不辞年少，皑云头上摘。
高低峰卷浪，远近石飞鲐。
悬索山间断，连阶栈外埋。
置身达古顶，冰雪佐徘徊。

◎鲐：大鱼名。《史记·货殖列传》："鲐鮆千斤，鲰千石，鲍千钧。"晋·张协《七命》："灵渊之龟，莱黄之鲐。"

昆虫展寄语

虫类同归屋,琳琅怪绝伦。
落蛾飞蝶梦,起蝾染蛉尘。
龟甲慌横窜。蜂蟒逗人巡。
变身钟造化,续探自然真。

怜元稹发妻韦丛

合卺初将定,悬殊市巷惊。
元君曾漏户,韦氏本闺庭。
贫贱生不弃,饥寒逝未瞑。
巫山沧海里,何处泪相倾?

◎合卺:古代婚礼中的一种仪式。剖一瓠为两瓢,新婚夫妇各执一瓢,斟酒以饮。后多以"合卺"代指成婚。《礼记·昏义》:"妇至,婿揖妇以入,共牢而食,合卺而酳。"
◇元君:此处尊称元稹。

卢浦大桥怜怀

己亥春某日,余因赴沪曾过卢浦大桥,次日,惊闻一小男五秒纵足落水,其母愕然顿哭,甚为惜叹,思可避矣,遂作此以警:

埔江桥上索,夜色拔巍峨。
前日初经过,今时再守逻。
停车因口角,纵足却悲歌。
母子堪怜矣,倾听勿责苛。

◇守逻:警察巡逻查访。

夜宿资阳赏秋雨

晓来青润处,冠叶落悠诗。
居锁丘山媚,窗追雁水迟。
身轻游步在,廊旷湛凉疑。
昨夜听秋雨,声声陌草知。

◎丘山:山丘;山岳。《庄子·则阳》:"丘山积卑而为高,江河合水而为大。"
◇雁水:雁江,四川境内水名。

沙河公园见趣

杏黄冬草暖,童稚戏公园。
鱼动空中匿,车停石上翻。
阶高身跌撞,眼快步盘蜿。
沉浸流连乐,天真述所言。

◇杏黄:黄而微红的颜色。

惊遇桥下人家

行沙河公园,适见阴暗潮湿的桥下竟住一人家,孤苦伶仃,慨然,上行车流浑不知,下居人眠如自乐:

桥下河居黯,当醒独湿眠。
饥寒循草木,富贵困炊烟。
世态真何用,穷通亦苦焉。
投生篷里歇,莫问买房钱。

◎穷通:困厄与显达。《庄子·让王》:"古之得道者,穷亦乐,通亦乐,所乐非穷通也;道德于此,则穷通为寒暑风雨之序矣。"

荀令君

略韬方北顾,王佐念真才。
荀令香常熠,刘皇懦久哀。
疆场随武荡,沧海尚谋徕。
鸩酒安然饮,贞忠已别裁。

◇荀令君:荀彧。东汉末年政治家、战略家。其早年被称为"王佐之才。"
◎王佐:王者的辅佐,佐君成王业的人。唐·韩愈《合江亭》诗:"维昔经营初,邦君实王佐。"
◇别裁:区别取舍。

过元谋小城唏嘘房价

夜幕行街里,钢筋起且崇。
楼高人寂少,县小价虚空。
借问何人买,收言百众疯。
嗟夫民怨苦,寸厦裂心忡。

◇元谋:云南省楚雄自治州县名。

咏芒果

家中框象果，少昔不知名。
甘汁添香醉，黄衣上色成。
投来双手抱，吞去寸肠清。
初貌人稀见，深山南国生。

◎象果：灵果，仙果。金·元好问《贺德卿王太医生子》诗："此日寿筵分象果，异时云汉望仙槎。"

白露日

村野拾白露，田畴鲤浅黄。
枣沉摘取快，稻坠刈割忙。
萧瑟怜悠草，苍茫忆故乡。
与亲离会意，追慕断心肠。

◎萧索：凋零，冷落，凄凉。明·杨珽《龙膏记·传情》："你秋色将临，能无萧瑟之感。"

竹咏

不见青春色，何曾绿染痕。
茹津延隙物，结叶出前根。
骨峻三堆石，风斜万户门。
或云常独僻，终岁永头尊。

◎户门：门户。汉·严遵《道德指归论》："夫生之于形也，神为之蒂，精为之根，营爽为宫室，九窍为户门。"

苌弘化碧

春秋基业垒，蔚叹幕臣贤。
孔圣循箴乐，周公奉纪年。
岂知珠血碧，何乃乱肠虔。
卷帙歌身事，精魂未断延。

◇苌弘：亦作苌宏，字叔（约公元前565年—前492年），古蜀地资州人。为中国古代著名学者、政治家、教育家、天文学家。

◎卷帙：亦作"卷袠"。书籍；篇章。清·唐孙华《戊寅除夕》诗之一："短绠有心探卷帙，长绳无策系羲娥。"

晨思

仲夏重楼静，推窗一片晴。
林花摇馥郁，草气透神清。
赏景当应慢，驱车概莫争。
此时多绿意，何必上峰营。

◎仲夏：夏季的第二个月，即农历五月。因处夏季之中，故称。《书·尧典》："日永星火，以正仲夏。"
◎馥郁：指浓烈的香气。元·陈樵《雨香亭》诗："氛氲入几席，馥郁侵衣裳。"

处暑微凉

秋蝉频嚷日，阴翳木间深。
灼暑知将尽，清凉信已临。
经风思落叶，逐岁恋轮痕。
此去托身过，今朝倚院吟。

◇处暑：二十四节气之一。
◎阴翳：指树木枝叶繁茂成阴。明·蒋一葵《长安客话·三忠祠》："林木阴翳，不知凡几百重。"

绵拖

密针新织线，婆母细加毡。
各色呈双翼，微花动九弦。
冬寒衣背薄，雨冻履踝单。
娇女迎欢喜，朝装已蹬前。

◎雨冻：指雪花。唐·吴融《赋雪十韵》："雨冻轻轻下，风乾渐渐吹。"

罗汉寺

层瓦垂飞拔，城灯拥院红。
檐楼开绮洞，烛火出清宫。
世态尘云系，芸生浊浪逢。
也应心大隐，闹市作瞑瞳。

◎烛火：熸烛火。《南史·陆云公传》："云公善弈蓁，尝夜侍坐，武冠触烛火。"
◎大隐：指身居朝市而志在玄远的人。晋·王康琚《反招隐诗》："小隐隐陵薮，大隐隐朝市。"

大理三咏

旧国寻谁语，沉然对九衢。眼迷楼外影，身隐肆间符。
古马封疆冷，今花隔柳殊。宋军当所料，蒙铁假西途。

苍山横壁立，何处索丹梯。降霭趋光尽，攀云与庙齐。
花街无有赋，风月早生题。近访行登道，心清气脚低。

西窥千寻丈，斑阑蠱傲霜。夜星环塔白，佛日耀山苍。
海荡翻长镇，人乖护久匡。云乡平乱世，革代莫称王。

◇九衢：纵横交叉的大道；繁华的街市。王逸注："九交道曰衢。"
◇蒙：蒙古。
◇苍山：云南省大理山名。
◎丹梯：红色的台阶。南朝宋·谢灵运《拟魏太子邺中集诗·阮瑀》："躧步陵丹梯，并坐侍君子。"黄节注："丹梯，丹墀也。"
◎佛日：对佛的敬称。佛教认为佛之法力广大，普济众生，如日之普照大地，故以日为喻。南朝梁·简文帝《大法颂》："佛日出世，同遣惑霜。"
◇革代：改朝换代。

重阳

节日移步成都凤凰山公园作:

何处邀佳节,层园一畅情。
菊黄秋雨过,蕨苫晚晴迎。
垒步登高远,擒筝跑纵横。
只今人聚地,谁慕凤凰鸣。

◎晚睛:谓傍晚晴朗的天色。南朝梁·何逊《春暮喜晴酬袁户曹苦雨》诗:"振衣喜初霁,褰裳对晚晴。"
◇筝:风筝。

咏鼻

平观是脊门,卧辨似坟墩。
跳窜多悲血,安居寡祸根。
狂彪灾直患,自我果才吞。
人得虚心法,容身万物恩。

◎安居:安静地生活。《孟子·滕文公下》:"公孙衍、张仪岂不诚大丈夫哉,一怒而诸侯惧,安居而天下熄。"
◎心法:佛教语。指经典以外传授之法。以心相印证,故名。唐·李华《润州天乡寺故大德云禅师碑》:"自菩提达摩降及大照禅师，七叶相乘，谓之七祖，心法传示，为最上乘。"

闻郸都再诊病例

肺疫何时息，郸都此又生。
渐天寒冻变，游市酒欢瞠。
朝昼餐商闭，家禽菜铺清。
夜深知测队，犹自愿安呈。

◎朝昼：早晨与白天。南朝宋·鲍照《野鹅赋》："处朝昼而虽念，假外见而迁排。"
◇呈：呈现。

鸣沙山四首

峰起何穿越，群驼总列躬。丘延黄嶂外，人上白云东。
远景迷尘漠，斜阳落暮穹。依门多候客，议念此沙雄。

垂蹬趾分丫，驼鞍稳伏爬。仰天堆望眼，移步溢游槎。
远戍单巡出，平坡几处斜。莫辞当故里，共饮野边霞。

风魅开天险，魔山到眼奇。径将穿谷处，楼恐入晖时。
古境心无碍，今人道所宜。芸芸多涩阻，何惧著尘累。

滑面逢童溜，丘阿积夕氛。鸣声喧客枕，飞影入芳裙。夜暗花迷路，秋来草自薰。遣时生别恨，只怨画窗文。

◎远戍：边境的军营、城堡。唐·王昌龄《从军行》之七："人依远戍须看火，马踏深山不见踪。"
◎芸芸：众多貌。《老子》："夫物芸芸，各復归其根。"
◎丘阿：山丘的曲深僻静处。汉·王逸《九思·逢尤》："遽僤遑兮驱林泽，步屏营兮行丘阿。"
◎客枕：喻指旅途中过夜。明·郭奎《客枕》诗："客枕睡不着，天高秋气清。"
◎飞影：移动的影子。明·沈周《经尚湖望虞山》诗："高云仰见出翠壁，飞影下接沧波流。"

单县半月台

狂歌举酒来，诗逸壮君才。
结友清溪水，邀琴朗月台。
古怜民怨苦，今恨疾风哀。
单县循丝路，心花早渐开。

◇单县：山东省菏泽市县名。
◎半月台：《清一统志·曹州府二》称：半月台"唐少府陶沔所筑"。李白《登单父陶少府半月台》诗："陶公有逸兴，不与常人俱。筑台像半月，迥向高城隅。"
◎狂歌：纵情歌咏。汉·徐干《中论·夭寿》："或披发而狂歌，或三黜而不去。"
◇丝路：丝绸之路经济带。

说秦

郑国渠中水，都江堰外仓。
秦川居富庶，蜀域赠康庄。
南纵何披靡，东横岂挈骧。
从来担大厦，雄帝傲群狂。

◇郑国渠：古代关中平原的人工灌溉渠。秦王政十年（公元前237年），采纳韩国水工郑国的建议开凿。历时十余年始成。渠长三百多里，灌田四万余顷，关中成为沃野。
◇秦川：古地区名。泛指今陕西、甘肃的秦岭以北平原地带。因春秋、战国时地属秦国而得名。
◎大厦：高大的房屋。代指秦国强大。汉·王褒《四子讲德论》："大厦之材，非一丘之木；太平之功，非一人之略也。"

肺炎

蓉城冬日,三岁小女略感风寒,伤肺以侵,父母颇为虑,曰:

数九寒天始,加衣厚暖时。
菌滋生肺腑,瑟渐伏身肢。
何处怜娇女,几回得国医。
但求伤痛少,父母笑开眉。

伏案怨

莫道行僧苦,犹能诵古经。
心终无挂碍,苦尽有清宁。
长日思中竭,繁文写未停。
只因寻好句,人醒久飘零。

◎繁文:繁琐复杂的文辞。南朝梁·沈约《怀旧诗》:"吏道勤不息,繁文长自拥。"
◎飘零:凋零。唐·卢照邻《曲池荷》诗:"常恐秋风早,飘零君不知。"

绵州访学

为解妻之念,赴其母校西南科技大学访师略记:

此赴绵州聚,卿曾旧读书。
足登云树路,眼接镜湖鱼。
度鸟晴时起,花蜓静处居。
恩师樽下问,冷暖似何如。

怀平民教育家晏阳初

闻为开蒙昧,常思教卫荣。
扫盲乡智改,除陋舍风明。
学取香江志,名持联国声。
圣心耕化育,洲海朗天清。

◇香江:代指香港。
◇联国:联合国。

叹曹侯子建

公子归如死,徒存白马篇。
王侯心怯落,文帝意凶旋。
既有攀云志,何无覆手权。
郎中空智慧,放任叹千年。

◇子建:曹植。

云南大学至公堂

科举消声去,踪门尚客来。
旧痕缘砌避,荒院垒云开。
鸟啄堂间叶,人摩石上苔。
国危何发聩,谁警一多哀。

◎国危:指国家有危难。《周礼·秋官·小司寇》:"一曰询国危,二曰询国迁。"
◇一多:闻一多。

云南大学水塔

塔与日相呼，钟声却弭无。
临风缭自在，经雨傲穷徂。
师去容毋改，时行韵再苏。
明朝生复别，遍地立鸿儒。

云南大学会泽楼

滇城胜概多，佳地即吟哦。
一览欧情迥，频来画意和。
读书珍异教，求学贵精磨。
小女欢何志，登阶独唱歌。

◇欧情：欧洲风情。此指建筑风格。
◎异教：不同的教化。《宋书·何承天传》："勤惰异教，贫富殊资，疆场之民，多怀彼此。"

防病谣

为防孙女病,备药故村中。
枇叶携坡坝,淫羊拔石窿。
劬劳锄所动,惠德汗相融。
何语三春报,恩添隔代崇。

◇淫羊:中药名,淫羊藿。
◎劬劳:劳累;劳苦。《诗·小雅·蓼莪》:"哀哀父母,生我劬劳。"
◎三春:古时以农历正月为孟春,二月为仲春,三月为季春,三个月合称为三春。三春的阳光哺育万物,父母爱,极言其恩德之浩大、深广。唐·孟郊《游子吟》:"谁言寸草心,报得三春晖。"

厨事

蹲家烹美味,问购菜三堆。
葱兔鲜鲜切,锅汤滚滚煨。
当知腾气袅,念是热香回。
暇里抛劳案,邀君喝一杯。

春熙坊蜀绣

不羡罗敷锦,因痴蜀绣藏。
快鞍丰骏马,静簇半鸳鸯。
篛竹生何许,熊猫染乍妆。
春熙坊里韵,犹望汉秦墙。

◎罗敷:古代美女名。《孔雀东南飞》:"东家有贤女,自名为罗敷"。
◇篛竹:嫩竹。

前蜀恨

前蜀三千里,江山十八春。
伤情妃帝酒,回首陇秦尘。
土木寒臣客,捐苛苦匠民。
空存膏野沃,逝水困鄛鳞。

◇前蜀:五代十国之一,由王建所建,定都成都。盛时疆域约为今四川大部、甘肃东南部、陕西南部、湖北西部。
◇十八春:前蜀存国18年,即公元907至925年。
◎逝水:比喻流逝的光阴。清·纪昀《阅微草堂笔记》:"舞衫歌扇,仪态万方,弹指繁华,总随逝水。"

后蜀恨

后蜀初兴际,西川震复苏。
旧臣何足恃,新帝岂能孤。
悠坐几人乐,偏居一域输。
问谁齐解甲,蕊眼枉哀鸣。

◇后蜀:五代十国之一。后唐西川节度使孟知祥据蜀称帝,建号蜀,为别于唐末王建之蜀,故称后蜀(公元934年–965年)。
◎解甲:放下武器,投降。前蜀·花蕊夫人《述国亡》诗:"十四万人齐解甲,宁无一箇是男儿?"

遣作

忽自躯之殒,无因见贵贫。
善心皆莫怪,恶作只能瞋。
顽病收肓染,良医借道循。
若知何是道,天地物玄真。

◎玄真:道家称妙道、精气等。三国魏·阮籍《东平赋》:"彼玄真之所宝兮,乐寂寞之无知。"

房湖公园三首

出世终无有，人心叵测悬。贬官惟此道，逸致可由天。
安史埋荒陇，开元入秽田。当时谁得见，湖凿引民泉。

圣谕稀人迹，贪功妄自痴。蜀民遭命迫，宫帝建朝奇。
石上威风处，怀中血恨时。曾经书字好，还问道真疑。

懿德开千载，仁心启八荒。乾坤存赤史，日月有馀光。
文庙常哀乱，棂星自望祥。彼时宫殿外，遗像独悲伤。

◇房湖公园：四川德阳广汉市一园名。房公湖是唐上元二年（761年）房管迁任汉州刺史时所凿。房管，唐朝玄宗时丞相，刚直不阿。肃宗即位后嫉管，命管征讨安史之乱，因兵力悬殊战败，贬官汉州（今广汉）刺史。房管在汉州多善政，深得民心。曾凿二湖，一为西湖（后称房公西湖），一为城湖（后称房湖）。
◎出世：谓出仕做官；立身成名。唐·李白《窜夜郎于乌江留别宗十六璟》诗："浪迹未出世，空名动京师。"
◎圣谕：皇帝训诫臣下的诏令或语言。此处明意园内有圣谕碑。

元谋人博物馆见闻

玄黄天地在,更迭亿年同。
犀石留珍宝,猿眉聚眼瞳。
襁胞经弱肉,繁衍御强攻。
惜命生灵薄,须臾一阵风。

剑雨江湖

避世人谁似,浮名自莫痴。
一生骎妙物,万念入悠词。
桃境春风里,青山竹涧时。
不堪归路尽,所志欲迷歧。

宿兰州

旅馆人情薄,羁怀却只增。
眼蒙楼下雨,车涌树边灯。
不觉行无赖,将言道未称。
遥钟听夜半,归意动明征。

◇称:称心如意。

读登幽州台歌常怀陈子昂

一读千秋后,斯人意亦幽。
山川留古迹,涕泪对孤愁。
自笑才非命,谁怜身作囚。
平生万里志,空负济时谋。

崇州唐求广场即句二首

居隐江湖客,山阴百感生。故人不可见,潭水自天成。
日夜横蓬远,桥龙御眼明。谁怜瓢一去,撩动蜀诗情。

吟苦传能久,情怀只此君。凤山多秀气,蛇雨半奇文。
蜀府千秋意,崇州几处云。相逢成邂逅,读韵醉斜曛。

◇唐求:唐朝人,写诗每有所得,捻成纸团,投入葫芦中,未曾示人。至晚年,将诗瓢投于味江中漂流而去,且祝愿说:"兹瓢倘不沦没,得之者始知吾苦心耳。"因此时人称为"一瓢诗人"。
◇凤山:凤栖山,四川省崇州境内山名。

瞻川剧变脸吐火创始人康芷林

戏圣今安在，临邛固驿边。
幸存吞火艺，得学变容贤。
人聚勾栏里，茶归瓦肆前。
投奇回首处，一缕小窗烟。

十方堂邛窑遗址

古器传佳质，灯窗试一观。
元知繁庶地，便毁碎凄滩。
玉液凝青碗，金波溢彩盘。
何能持赠友，封绝诉沉安。

◇玉液：喻美酒。南朝梁·刘潜《谢晋安王赐宜城酒启》："忽值饼泻椒芳，壶开玉液。"

◇持赠：持物赠人。宋·欧阳修《乞药呈梅圣俞》诗："谓此吾家物，问谁持赠公。"

邛崃瓷胎竹编

长街人影语，瓷筱满墙隅。
蝉翼开光幌，云丝织酒壶。
春秋花木动，经纬鸟虫呼。
此际堪持抱，翛然忘我无。

◎蝉翼：蝉的翅膀。常用以比喻极轻极薄的事物。宋·吴处厚《青箱杂记》卷八："维扬软縠如云英，亳郡轻纱似蝉翼。"
◎云丝：指飘动的鬃毛。唐·李群玉《骢马》诗："长嘶清海风，蹀躞振云丝。"
◎翛然：无拘无束貌、超脱貌。《庄子·大宗师》："翛然而往，翛然而来而已矣。"

醉里毕棚沟

川西多娆媚，幽景美难收。
远古蓁蓁树，今朝碧碧沟。
气闲天上走，瀑怒涧中流。
世外存仙地，留连再复求。

◇毕棚沟：四川省阿坝藏族羌族自治州理县一地名。

过宕昌哈达铺

昔曾怀战火，此地想长征。
茫路迷私语，悬心惑角营。
幸哉孤报降，叹矣四时晴。
谁是江山客，巍昂北上行。

◇宕昌：甘肃省陇南市一县名。
◇哈达铺：位于岷山脚下，中国工农红军一、二、四方面军三大主力长征所经之地。1935年中国工农红军二、三方面军突破国民党反动派的围追堵截，在这里制定了挥师陕北，为中国革命史写下了光辉的一页。
◇孤报：毛泽东和中央其他领导同志，根据在哈达铺邮政代办所发现的敌伪报纸提供的消息，决定红军到陕北建立根据地。

甘南草甸忽逢暴雨

路行如一辙，何域对销魂。
风雨连村暗，尘雷匝地昏。
鸟栖知谷口，人伏认家门。
回首苍茫里，游心涌已掀。

◎一辙：同一车轮碾出的痕迹。喻趋向相同。晋·卢谌《赠刘琨》诗："惟同大观，万涂一辙。"

◎匝地：遍地。唐·王勃《还冀州别洛下知己序》："风烟匝地，车马如龙。"
◎游心：浮想骋思。三国魏·嵇康《赠兄秀才入军》诗："俯仰自得，游心泰玄。"

当金山

纵峦三面起，天暑半浮山。
舆列随沟上，垭凹向谷还。
风尘无定所，旷色易开颜。
不见孤弯处，征车独往攀。

◇当金山：甘肃省阿克塞哈萨克自治县境内山脉。
◎天暑：太阳。《文选·陆机〈皇太子宴玄圃宣猷堂有令赋诗〉》："协风傍骇，天暑仰澄。"

荒壁见施工忙碌即句

大块无穷日，何尝有限头。
嶂随川尽续，客起景争遒。
野外人家少，天边掘器绸。
莫言真绝域，电塔道桥浮。

◎大块：大自然，大地。《庄子·齐物论》："夫大块噫气，其名为风。"成玄英疏:"大块者,造物之名,亦自然之称也。"

◇道桥:道路与桥梁。

思三峡

鬼殿临江岸,船轮向此停。
水流天上峡,雾散峭边屏。
旧阕犹依咏,新诗未记铭。
一朝风雨至,愁杀夜猿瞑。

◇愁杀:亦作"愁煞"。谓使人极为忧愁。杀,表示程度深。

过陇南二首

小市居弯谷,群峰列画围。日昏车马聚,程远旅房祈。
得幸层云薄,才无夜雨微。解衣舒望月,未把倦身违。

不知何处好,邀约巷中游。烟火依廊宇,灯琴跳石头。
岂言无食美,自是带醪流。一缕凉风意,连瓢饮未休。

黄龙幽迹四首

飞泉千百仞,泻向绝岩头。落涧悬冰雪,萦云转栈楸。
寒侵衣袂薄,影入鉴波浮。欲识清新意,泠然万窾收。

灰鼠窥跫语,阶旁跳窜惊。冒乎身搅尾,低罢目揪睛。
巧食人间赠,贪欢树垛嘤。空冥晨雨后,渺寄趣还生。

索入天衢远,身趋物象新。松根盘石壑,蕨叶乱山邻。
日起峰头晚,烟浮陂外珍。嘉亲犹自喜,碌事已挥尘。

山下人何往,岩黄水自来。因遵迷彩镜,竟直踏巍台。
番寺宏钟隐,池亭澈日开。足停随络绎,佛揭缭徘徊。

呈贺

时值锦江诗词楹联学会成立雅会所见:

锦水推春事,诗家集画阑。
胸前花作喜,台上友成欢。
鼓橐催风起,凝声逐韵湍。
海天看更好,多了弄潮官。

◎鼓橐:鼓动风箱。《墨子·备穴》:"以颉皋冲之,疾鼓橐熏之。"《淮南子·本经训》："鼓橐吹埵，以销铜铁。"

上里古镇

水色连天镜，依山择驿棚。
羌人居叠嶂，身毒绕繁荆。
西狄专丝路，南方擢玉名。
仙桥通俗世，迎送客商征。

◎天镜：指月影。唐·李白《渡荆门送别》诗："月下飞天镜，云生结海流。"
◇身毒：印度的古名之一。

秋高

秋来骤雨过，暑退喜风涡。
一路烟村好，平田稻亩峨。
鸟飞晴影乱，蝉立水光蓑。
便作高人嗜，无嫌俗状何。

乞巧

诗知何巧拙,为尔织丝毫。
多趣蚕成茧,无烦绣作袍。
露生潮幕湿,秋向夏云高。
当恨兰心手,今间世几缫。

访九襄

穿隧行西路,催逢适雨濛。
高情奔日旷,小镇落天融。
登眺看浮世,停依笑窘穷。
此时人欲问,贞节几神工。

◇九襄:四川省雅安市汉源县一镇名。

午行见樱花坠如疫袭口占

欹斜琼蕊落,祟影此穿梭。
择目皆归宿,盈蜂有遗窠。
已然途载恨,复又疠添磨。
空问萋萋树,青春几奈何?

甜城大千园四首

园野春深静，幽怀自若何。花枝当午露，柳叶对池娑。
坐石惟携鹤，与人共踏莎。平生好美者，相赏独能多。

笔力生云汉，毫端走万般。挥光书细字，滴玉泼明峦。
点雾浓林巧，招霓断石磐。何人披绢素，相助引仙欢。

不是丹青手，还能识画珍。笔端山墨变，纸上泪弦嗔。
得味如成幻，知心自有因。玄黄常奥妙，存念贵游神。

片片生绡妙，丹青写欲狂。不因人貌古，能以笔情香。
粉彩描春水，乾坤转漭江。凭谁传此意，万里誉东方。

◇甜城：四川省内江别称。
◇大千园：张大千纪念园。

汉中寄古五首

交兵多策势，褒姒献春身。惯宠幽闺子，难成倩笑唇。
诸侯空寇戏，烽火博姬人。为政当惊愕，前师奉后尘。

此域封王日，皇风始动时。伏军同战斗，谋士各追随。
南郑旌旗肃，彭城剑气垂。沛公行乐奏，一统四方谁。

韩信拜初将，萧何举辟疆。也曾遭冷眼，到底对平常。
威震人谁勇，言诬族却荒。一腔怀愤气，万古凛冰霜。

玄公据汉川，蜀地卫安然。吴境长生忌，曹家永落涎。
压军堆众矢，催妇舞危鞭。劳惫存千虑，崩心日夜悬。

定军山复见，北伐昔曾歌。汉室曦光薄，王宫疾怨多。
天寒空射虎，日晚但鸣鼍。一扇横秋色，迷烟奈此何。

◇褒姒：周时褒国女子，姒姓。周幽王伐褒，褒侯进褒姒，为幽王所宠幸。
◇皇风：皇帝的教化。
◇南郑：周畿内邑。今属陕西省汉中市一区。
◇沛公：刘邦。
◇玄公：刘备。
◇射虎：形容英雄豪气。
◇鸣鼍：敲击鼍鼓。
◇崩心：形容极度担心害怕。

凤栖山五首

佛殿栖坡立，人声度树阴。重檐僧莫影，千载字澄金。
登足山梯润，开屏木栈深。此时无限意，应在五云心。

明有春秋日，文皇只自伤。年衰犹可念，世乱永无常。
风雨孤骢鬓，溪川一苇航。不须重问讯，此境是安乡。

禅院幽墙外，葱郊郁色迷。坐茶邀竹馆，听鸟语林蹊。
地僻生时令，翁常卖草藜。独怜山迳好，一路向阶栖。

古木参差见，重蹊次第通。疏光来宇外，远步自州东。
路尽人堆笑，亭生蝶歇风。谁能驱寂寞，还待岁浓丛。

康熙临御笔，冠盖避红墙。瓦叠门偏迥，偈多咒未忙。
灵连巴蜀慧，香带赤州光。停步朝风处，松间正自凉。

◎五云：祥云之云。清·王琦注："五云，五色云也。"《宋书》："云有五色，太平之应也。"
◇苇航：小舟。
◇冠盖：形容大树盖顶。

四时山野遣怀

不到山溪久，因寻阻有涯。春风吹杜若，夜雨落瓠瓜。
自爱青云际，谁偏白露家。何由生一笑，高枕卧天沙。

神懒非无地，年驹似此心。青山怀旧国，红叶落秋林。
世味人偏薄，闲门客自寻。相逢留别语，不觉夜寒侵。

何事偏怜我，无心便息情。诗书供岁月，贫贱谢公卿。
有逸能逃世，因人解送生。一杯劳酒味，相饮莫需倾。

世路多离乱，浮生转自由。江湖行欲尽，山水计非求。
野鸟随人立，寒鸦带雨投。此时怀故土，不敢上高丘。

不是无情者，心闲境自偏。看山兼爱水，对客辄宜船。
日月随人老，歌诗得命全。平生存志恨，偶向酒杯眠。

雨足风初定，春归草复生。野烟随鸟尽，村火向人明。
日上林鸠起，山多谷笋鸣。不能无一事，何必问阴晴。

世浪常多变，吾怀尺寸宽。人心无白发，天道有青官。
岁月千般美，风霜万点寒。江湖今独立，倚槛数渔竿。

自古无恒月，何人解此情。一岗聊覆尔，万感向谁平。
天地真吾土，功名愧我生。不堪归去晚，烟景半江城。

世路风波险，吾生岁月遒。无心思远道，有志得遨游。
松竹堪娱悦，江山可放舟。不烦君子议，且作一天鸥。

长路多纷乱，浮沉未觉非。天心难自察，吾意且依违。
风静林阴直，泉流石涧微。平生无限事，惟有钓鱼矶。

未得幽栖乐，何尝更苦迷。松枝藏古殿，水气隔高溪。
草木珍成性，林峦荟辨蹊。此情天亦爱，莫滞醉当携。

卷一 诗言

43

久见人天别，心期寄得无。但逢春雨足，宁觉夜眠孤。
绿梦吟三首，青灯酒一壶。此生随处有，不必造杭苏。

迷境东西道，人生易白头。何因存得失，便可惯消忧。
风影随春暮，林声带雨流。凭君垂我念，也欲怆幽州。

春水绿杨枝，人眸总见之。一身孤枕稳，几里故园宜。
天地多新感，风花有夙期。此心磁似石，谁可接琼诗。

壁仞苍云耸，追峰紫翠堆。鸟随孤棹下，人向九天抬。
草蔓缘溪合，杉萝绕竹开。不留游赏意，便欲往方莱。

不知今又去，何处是吾家。竖带崖门树，横添野岸沙。
溪光明落照，春色动飞蛇。独立堆惆怅，烟霏欲挽霞。

眼外秋多雨，孤村夜有声。月低人语静，窗迥客愁生。
老木风霜苦，枯茅岁序成。凭谁参久别，还忆故交情。

连夜西川雨，朝来爽气多。朱云空故里，白鬓欲新歌。
尘事何时渡，吾生几岁蹉。秋光明似镜，无限瑞风波。

常近天然景，因非世俗徒。人谁知此意，我自说闲孤。
得气千峰起，沾精万木苏。何曾能著屐，更请问登途。

毕岭寻归路，秋声动夕阳。林峦多古意，风语有残妆。
草色侵村幌，松阴拂寺堂。此心谁可会，泉石叩维王。

冬居

何将渡冽冬，屋火热圆笼。
还觉安居好，常知浪荡庸。
眼中欣墨笔，耳畔喜亲容。
难得身无碍，时听秒走钟。

春思

地僻人稀到，梯前草自生。
不逢知己至，惟见野村明。
日夕山光静，池新蛱影横。
行游何处好，随意候仓庚。

◇蛱：蝴蝶。
◇仓庚：亦作"仓鹒"。黄莺的别名。《诗·豳风·东山》："仓庚于飞，熠燿其羽。"

红叶

霜树光逾好,风枝坠叶延。
晚霞明远岫,黄鹂语高天。
一幕巴东意,千林海北川。
绯红无所赠,持寄锦云鸾。

辨菊

晚草平郊密,闲丘小凳虚。
落黄归蝶翅,残粉坠蜂裾。
为识三丛植,真寻几叠书。
家童争指点,一笑乐花锄。

行路难

世事曾何奈,人心叵莫言。
但能行一步,岂料阻诸门。
月落无多树,风来有寡痕。
命途谁得意,笑尽此孤昏。

锦门二首

雨后天凉彻，绸丝列店新。丘幽添绿润，鸟娆茹精神。
菊骨随风软，溪流到岸匀。游家诚可乐，逐景胜耕人。

丝路趋南望，商源一线斜。缅滇盘迥道，欧亚造云涯。
日晚行人语，囊繁野径胯。蜀乡如可问，回首忆笘笆。

◎逐景：谓追寻胜景。清·曹寅《梦春曲》："楼船万石临中河，饮酒逐景欢笑多。"
◇笘笆：竹篱笆。此代故乡。

登凌云山二首

青龙生郭野，白虎矗平坡。
料峭多经事，虚心问卧陀。

果郡山灵性，道旁古刹森。
焚香人不尽，僧侣苦清吟。

◇凌云山：四川省南充市一山。
◇青龙：风水学左，代表东方。
◇白虎：风水学右，代表西方。
◇果郡：南充古称果城，曾设郡。

蛐蛐

樗村恒寂蔑，偶宿品乡情。
滴雨秋期渐，虚窗曙色紫。
风翻垂叶响，蛐唱扰尘平。
依梦堪怀久，听声一夜明。

◎樗村：荒村。清·曹寅《南辕杂诗》之五："想到来朝近春社，樗村烟垄正呼牛。"
◎寂蔑：沉寂；声息俱无。南朝梁·沈约《辩圣论》："圣人盖人中之含明德尽照精粹凝玄者，或三圣并时，或千载寂蔑。"
◎曙色：拂晓时的天色。南朝梁·简文帝《守东平中华门开》诗："薄云初启雨，曙色始成霞。"

新衣

旧敝预添衣，常听贱内唏。
携随多乐趣，挑选少评讥。
游目寻心意，思量试背围。
人生终一世，装美莫相违。

晨霾

朝雾结窗台,尘朦四面哀。
气清何所去?村墅蕙芳栽。

小诗

世人常在局,进退岂由行。
早觉成棋子,甘当保帅兵。

养神

闭目小窗旁,抛鞋袜已光。
绝无烦闹事,物我两相忘。

金沙江畔思筑路英雄

万里金沙下,千峦迭墨垂。
谷风孤浪唳,英烈可思谁。

昆明翠湖观鸥

西陆登云岭，重阳遇响晴。
灵鸥游子意，再向翠湖行。

◎西陆：指秋天。《文选·郭璞〈游仙诗〉之七》："蓐收清西陆，朱羲将由白。"李善注引司马彪《续汉书》："日行北陆谓之冬，西陆谓之秋。"

野行杂咏二十九首

闲散随人事，翛然万虑休。不辞千日后，聊复一时秋。
花鸟长成性，风烟自在楼。无心求妙理，何必觅丹丘。

逸散何时了，居然别市廛。不嫌山水好，自爱野庐偏。
草绿门前路，池平钓石船。谁能知此意，吾欲学真仙。

人生玄事足，万变作浮云。白昼不成寐，虚窗长忆群。
春声过谷鸟，晴影落丘芬。何处堪携酒，松风夜念君。

身世本无累，山林亦自奇。一溪风月好，数树竹松宜。
野外孤亭小，桥边老鹤垂。时人多陷俗，不到谢家池。

山静暝深处，林幽鸟迹斜。春泉流竹叶，晴日放桃葩。

野蝶依蒲子，溪鱼戏荇芽。拾杯村酒绿，不减旧时茶。

命性归幽独，无营乐且安。花开犹失雨，桠语尽生寒。
日月双蓬易，江湖一梦残。运来稀得意，谁解护危湍。

适栖非所意，静处著低坪。山色当窗见，泉声打石鸣。
款风留半榻，新月带前楹。此际无人会，萧然白发生。

日涉无拘系，心期况可招。春风吹柳絮，芳草带沙桥。
酒债应须少，诗魔未肯消。更怜禽似钰，几点在青霄。

不见真人处，超然世外身。花枝风度曲，云缕月随轮。
行路多巇隔，心神自坦谆。此生还庶几，未觉是非巡。

野色连村暗，春光入户明。竹林深处见，花蕊浅时生。
城北诗书满，窗西鸟语平。自携筇杖去，独步一身情。

恍居无所用，一日即堪娱。花木参天静，溪山入眼枯。
人家临水竹，野店出菰蒲。更觅桃源者，年来不自愚。

日蔽山阴客，悠思志满余。一筇随水步，双屦隔灵虚。
雨后青衫湿，春临紫蕨舒。时平应未老，不必问何居。

不巧寻山路，何曾见野田。雾宁村落断，天迥日轮悬。
草树新痕绿，人归故地偏。此身浑似鹤，随处亦俙然。

天下疏知遇，山林却自宽。一丘真足乐，三殿未加寒。
阶外呼僧出，台端倚杖餐。高琴流水贵，不觉酒杯干。

世事参棋局，吾生莫恋痴。修身迷物化，愤气损心脾。
只是求真质，何曾计别疑。无能吟老子，空了古人诗。

得失两无营，山林一性情。白霓眠竹屋，绿水映松楹。
门掩深秋迥，溪连落照明。不须车马到，高足隐神征。

坡田秋色好，一夜露存寒。黄果炊新熟，青柑摘故酸。
野蔬添午饱，村穗压桠残。此外无尘事，心期自可安。

天地为吾宅，芳英筑敝窝。青云孤榻挂，绿水两弦挪。
雷去常相醉，风来亦自歌。时人应笑我，高枕即羲娥。

优散终成癖，穷通亦在心。无营常自得，执意失吾寻。
秋足田苗熟，春恬水气侵。飞龙潜海北，何顾破千金。

俗碌人多识，吾生早解怜。遣情依野鹤，清味入灵泉。
松老枝才劲，云归影更圆。此方宗一佐，何必问丹铅。

尘路催纷扰，山林籍此游。兰筠无俗物，猿鹤有名流。
留醉双悠目，能消万古愁。天宫饶自得，随处仰崇丘。

一片白云心，弯然隐密林。岸前春水浅，槛外夕阳深。
逗步从魂赋，优游任客吟。何时登五岳，回首老驹骖。

气运垂幽独，东风入户稀。花开知雨落，蝶趁逐香飞。
授意游蜂去，移情恋草归。栖身端几处，笑用苦萦违。

清孤随乐逗，静躁两俱休。世上谁真挚，壶中孰假酬。
菊阴开绿幄，花袭满琼瓯。何物堪高卧？巍然万古秋。

身如野鹤昂，心似老松狂。白露沾苔上，丹枫坠石梁。
矮峰连竹坞，曲涧入云房。一榻端无事，悠然意自忘。

自笑一葩莘，生涯在水滨。诗成长作伴，书袭亦随身。
杂攘无穷事，闲寻几度因。恍神趋所得，心迹两俱新。

趣说优居好，年来意自迁。门前无俗路，廊下有文蠋。
独鹤惊寒影，啼莺破夕烟。此时身待也，便作日高眠。

旷味如将悟，单栖似此情。鸟啼林外寺，犬吠竹边声。
石枕魂归榻，窗纱日照笙。守时闻夜漏，灯烛亮偎呈。

荆棘多凌乱，敦安一辈生。不求名利客，莫辨是非情。
菊傲当窗动，梅香过屋明。自然无所住，行早白云耕。

◎玄事：深奥的事理。晋·支遁《大小品对比要抄序》："余今所以例玄事以骈比，标二品以相对，明彼此之所在，辩大小之有先。"

◎无营：无所谋求。汉·蔡邕《释诲》："安贫乐贱，与世无营。"

◎诗魔：犹如入魔一般的强烈的诗兴。唐·白居易醉吟》之二："酒狂又引诗魔发，日午悲吟到日西。"

◎菰蒲：借指湖泽。南唐·张泌《洞庭阻风》诗："空江浩荡景萧然，尽日菰蒲泊钓船。"

◎灵虚：犹太虚。宇宙。《云笈七籤》："于是静心一思，逸凭灵虚；登岩崎岖，引领仰玄。"

◎新痕：指新月。宋·王沂孙《眉妩·新月》词："渐新痕悬柳，澹彩穿花，依约破初暝。"

◎无能：谦词。犹不才。宋·苏辙《次韵答友人见寄》："对案青山云气腾，天将隙地养无能。"

◎羲娥：日御羲和与月神嫦娥的并称。借指日月。唐·韩愈《石鼓歌》："孔子西行不到秦，掎摭星宿遗羲娥。"

◎无所住：谓不被任何意念、事物所拘执。宋·王安石《答蒋颖叔书》："若知应生无所住心，则但有所著，皆在所诃。"

悟

天意随风雨，人情易觉宽。
三生犹隔阔，几日始融欢。
白首嗟何及，青山喜自漫。
安然无限阻，莫学老儒酸。

葛仙山二十首

远近连山路,迢迢一曲跚。地偏人境少,天阔客怀宽。

柏松与矗石,相对自成峰。不作人家住,何须世外逢。

隐林盘古观,闭陋寡腾烟。脚入仙翁里,风来叶索边。

登临山路迥,甬道只绵延。野色连沙石,飘筝入画栏。

断崖危欲坠,洞寨瘦多归。不见长安道,征人日夜飞。

风嘶深谷响,野雀远村鸣。回首云沙外,乡园一片情。

崎道一重围,昏临宿雾微。觉知霜晚冷,人语月儿归。

天外何年有,人言在水晶。石函真火候,泉溜若冰鸣。

一气不知极,阴阳互出门。人心天自定,物色鸟能喧。

白水无鱼子,青霞有鸟朋。谁堪共晚岁,相对语寒冰。

何处觅阴崖,凉光漫石阶。人言不到地,天道忽然乖。

一室如悬磬，何须问葛藤。人情元淡薄，吾意自兢矜。

树杪孤灯落，溪边野火埋。谁怜荒路僻，竟至葛仙斋。

山茶新蓓蕾，初上百枝奇。小道无尘杂，荆前自傲姿。

南寨存佳植，来春定蕊香。谁云移步早，偏觉有心芳。

小苑函芳卉，幽香逐客襟。新风开绣户，歌美绕瑶琴。

翠袖摇柔女，丹容晕晓金。天然清韵在，相对一丛林。

落日横弧岭，垂泉滴半天。高台春事晚，啼鸟自迎前。

岣洞所藏依，欣然怪石围。进深长愈黑，何怕志将岿。

憎童动趣腮，悬线执鸢来。可否高飞慕，娘亲快请猜。

赋得自由相逐诗

得失常相逐，浮生岁月催。
何须缧绁负，且复自由裁。
林树垂霜叶，山亭起夜醅。

火明冬院暖，水静夏溪嵬。
松影移窗密，灯光照地皑。
有山无俗状，得水尽高材。
月色趋长夜，仙音抚孽灾。
江湖多少路，无用驾蓬莱。

◇赋得：一诗歌体例，首句常取成句。
◇得失常相逐：出自唐·白居易《短歌曲》"盛衰不自由，得失常相逐。"

游仙诗

绛阙游真隐，何因綺绔鲜。
璇霄沧海上，瑶草碧涯边。
花影移红萼，歌声起翠烟。
空床眠白石，高枕近玄莲。
风细泉湍出，云昏日色寒。
洞门无锁地，疑是梦相缠。

◎绛阙：宫殿寺观前的朱色门阙。亦借指朝廷、寺庙、仙宫等。晋·陆机《五等论》："钲鼙震于阃宇，锋镝流乎绛阙。"
◎璇霄：犹碧空。元·周巽《郊祀曲》诗："瑶阶降甘露，璇霄罗景星。"

摄影公园见寄二十韵

偶得幽栖地，因君一笑唇。
翛然骋远目，更拟赋闲身。
蜂迹随春聚，渔歌逐水伸。
曲桥留暖照，影色近青茵。
锦水稀悠艇，碎云宿急粼。
春风来故步，落日满游尘。
石老苔成古，柳垂叶又新。
幽怀聊适此，俗眼欲何垠。
鸟伴新添树，筝牵忽有民。
相框不改旧，城史有来亲。
野墅殷家赫，楼台栋岸嶙。
不能为寄客，只觉滞凡宾。
石上寻脚步，蕉根问态神。
何堪紫蕊在，更使绿枝循。
世事真成幻，人情欲解巾。
半生存故咏，四壁有馀呻。
梦逐飞鸿杳，魂依白鹤珍。
不因春月缺，便以夜窗询。
一旦灵光入，群丘爽气遵。
自惭无报志，怎复馈佳人。

◎锦水：即成都锦江。唐·杜甫《短歌行赠王郎司直》："西得诸侯棹锦水，欲向何门趿珠履。"

◎解巾：除去头巾。谓出任官职。《后汉书·韦彪传》："诏书逼切，不得已，解巾之郡。"李贤注："巾，幅巾也。既服冠冕，故解幅巾。"唐·王勃《送劼赴太学序》："解巾捧檄。"
◇飞鸿：音信。

昆明大观楼

高楼斜照后，望眼半川明。
宇色涵虚碧，山光入太清。
桥廊依树折，礁石没湖平。
野境通花径，游蜂出洞营。
临波摇短棹，登足掖童丁。
女笑崇霄处，夫观茂菱坪。
叹其长韵永，颂之美音萦。
汲取湘妃气，奏来楚瑟情。
引歌飞别鸟，催客动离声。
无限幽栖意，何为人醉倾。

◇长韵：此指长联之词韵。
◇湘妃：舜二妃娥皇、女英。相传二妃没于湘水，遂为湘水之神。
◎楚瑟：楚地的瑟。唐·孟郊《长安羁旅》诗："听乐别离中，声声入幽肠。晓泪滴楚瑟，夜魄逸吴乡。"

成都近郊好秾人晚春园景十韵

春色忽将尽，龙泉村聚之。
风光囤故态，园木自精姿。
行入繁红地，停思晚景时。
花廊通水脉，草巷隔桥基。
日上林烟迥，蝶来道色熏。
篱根镶纸轸，脚外见绦吹。
桨溅难辞醉，身闲便著颐。
绿苗亲卉市，白鹤渡湖湄。
肉植归车艇，含羞护牖陂。
言归生妙处，犹得趣新宜。

◇龙泉：成都一辖区。
◇肉植：观赏类植物。
◇含羞：含羞草。

崂山二十韵

峭壁立神型，凌磴汲气腥。
巍川穷远塞，昶日镇孤屏。
路绝人村迥，池森鸟雀灵。
蛟龙争入穴，风雾自来青。
天堑通河汉，谷流赴海溟。

千峰疑凝玉，一瀑巧飞萍。
旧迹提诗处，古声落画庭。
低回随寺转，突兀向天经。
巨笔情无敌，游心梦亦宁。
青松不受伐，白石几成铭。
朗色藏幽窟，驰光出外垧。
云根蟠地脉，霜窦凿天星。
坡泽千秋岁，滨陵亿古龄。
才知百草地，又识道踪瓶。
雨后苔痕润，晴初薛晕伶。
何人能解意？一点太清荧。
似见仙人去，也逢野衲听。
鬼家多志怪，此客独飘零。
落日孤鸿啸，高风倦足停。
何因驻此景，万里别秋亭。

◎蛟龙：古代传说的两种动物，居深水中。相传蛟能发洪水，龙能兴云雨。《礼记·中庸》："今夫水，一勺之多，及其不测，鼋鼍蛟龙鱼鳖生焉，货财殖焉。"
◇突兀：高耸貌。
◇野衲：指山野中的僧徒。

洱海组曲六首

执手绳缨一绺弓，铃叮行马点双瞳。
搴帘小女弯头探，早有游人出画丛。

柳下余阴摇玉空，相机背后映腮红。
决留百态千姿美，恨作流云恨作风。

堤处蘋根水皱融，岸前三五逗蝌童。
哪分清浊憎憎聚，别样逍遥善却同。

笔外苍山蘸墨篷，随波推到太阳宫。
起收停靠心间事，无限人生岂短匆。

陀曼初开叶坠绒，金花五朵动情衷。
只因骏马先登足，蝴蝶泉歌一点通。

月雪花风洱海中，双廊云畔趣无穷。
何时借浪腾丹阙，得领神驰蕊殿东。

◇陀曼：花名。
◇金花五朵：取典电影《五朵金花》，暗含白族青年阿鹏与副社长金花在大理三月街一见钟情，次年阿鹏走遍苍山洱海寻找金花，经过一次次误会之后，有情人终成眷属的爱情故事。

◇蝴蝶泉：大理一旅游胜地。
◎丹阙：赤色的宫阙。唐太宗《秋月即目》诗："爽气浮丹阙，秋光澹紫宫。"
◇蕊殿：借指神仙居住之地。

桂湖拾趣八首

随坐石矶环水畔，远观篷影近观船。
孩童登足如双桨，笑是前行闹却旋。

荇青湖底知初夏，人众芸芸乐忘家。
直把漏？撑下水，抬头惊点几螺虾。

斜径弯弯暗小池，花尖簇草绕鞋丝。
间添野蝶时飞没，早惹嬉童逐影姿。

来回绦下笑声频，若约桥旁有丽身。
畴古牵枝多别苦，而今折柳已天伦。

高树盖头低绿荷，雏莺展翅弄舷歌。
快追舟友寻幽去，小掌划划胜似鹅。

一片陂塘翠掩窗，棹心未怕叠波尨。
佳期自造佳湖地，白鹤飞来定盼双。

叶摇前眼风吹领，潭面依稀滞断萍。
何不一身观蚁走，任由潇洒自知瞑。

吊环设在院中腰，款步翁婆惜舞娇。
倒海翻山童侧喜，哪知懵懂我垂髫。

◇桂湖：成都新都区一湖。
◎畴古：往古，古昔。《晋书·徐广传》："自圣代有造《中兴记》者，道风帝典，焕乎史策。而太和以降，世歷三朝，玄风圣迹，儵为畴古。"
◎陂塘：池塘。《国语·周语下》："陂塘汙庳，以钟其美。"韦昭注："畜水曰陂，塘也。"
◎垂髫：亦作"垂龆"。晋·陶潜《桃花源记》："黄发垂髫，并怡然自乐。"

饭后

日夏沉凉炎炙袭，草青后院路穿矶。
起身双脚蹚飞雨，乱伞风飙湿薄衣。

静修

前尘往事尽云烟，谁笑他人看不穿。
只是逍遥峦海过，静心修性未茫然。

过沐川竹海

慈竹阴阴覆绿苔,涧门昼掩小窗开。
路人不识清风面,惟顾蜓身点点来。

◇沐川：四川省乐山市下辖县。

买果

出行前路抬头望,街市依稀卖果忙。
喜向村民听贵否,巨芒迎手价廉香。

亭溪问答

月华清冷照孤标,几点香魂寄碧绡。
奇问红尘何所似,轮留端合答蓬飘。

童教

勺碗叮咚小孺声,米羹看似已空清。
只应为母光盘教,桌畔何来斗粒瞠。

题图

闭默清思远客尘,搴香贴鼻塑安身。
岂因墙寺深深锁,却与修尼美善真。

◇客尘:佛教语。指尘世的种种烦恼。

邛海三首

谁从邛水访蓬瀛,千里泸山入眼明。
回首云涯无限意,白鸥生处最关情。

芦苇萧萧两岸风,扁舟何处对渔翁。
行痕渺渺沧波阔,天地茫茫碧海丛。

骑足归来路却遥,单车过处觅渔樵。
何须更问游仙事,眼外菱花最是娇。

◇泸山:西昌山名。
◇菱花:荷花。

西昌赏花四绝句

春城携绿碧迎川,满目雍容数杜鹃。
自是清风能著意,不逢雨露也嫣然。

一抹邛湖草色新,玫瑰朵朵醉无垠。
忍将两手倾相扣,共愿今生爱永真。

夜长绿海已枝斜,顿觉光阴逝际涯。
许把愁云频解散,趁随香亩笑谁家。

野塘城北郁金生,串有幽禽绣木鸣。
浓意回归人未老,逸香胸外激波平。

三月三

上巳从来重踏游,春滨载酒饮花丘。
当时祓禊多佳会,芸沐灾赢一祭休。

◎上巳:旧时节日名。汉以前以农历三月上旬巳日为"上巳";魏晋以后,定为三月三日。《后汉书·礼仪志上》:"是月上巳,官民皆絜于东流水上,曰洗濯祓除去宿垢疢为大絜。

过郑州

映颜处处崇高宇,间有千窗若洞居。
谁说中原黄土诟,鳞楼片片耀征途。

◇鳞楼:远看楼房的每户窗户如鱼鳞貌。

埃塞俄比亚组诗三十首

翻岭越洋何所惧,翼高云远胜乘桴。
东非脚下三千里,同类天空貌却殊。

窗边小铺陈横比,弯曲勾文盖铁皮。
日日守时勤苦作,有朝富足自相期。

乡国中阳异域晨,相逢同事一家亲。
喜将情意斜斟酒,涤尽心芜忽似春。

雷动都城垂晚景,长街楼下少人丁。
已将此季托心事,终日昏黄待雨晴。

举手敲门问购无,芭蕉几串黑肌肤。
停车细选寻筹价,早已蜂潮比火荼。

文员勤快厨娘乐，当地招工释负荷。
因起路缘行共志，寸心肝胆照欢歌。

长龙如水初排队，翘面回身手四垂。
男女偎依循序进，文明自足有交规。

斜巷深长通市井，落衣坡道失钱惊。
未因异域纷争抢，黑貌相帮笑递迎。

窗纱拂掩厦高低，或躲尘鸦绿树啼。
才是晴峰心眼阔，瞬时街壑泻成溪。

莫非此境天贫瘠，鸡卵轻微似鸽生。
安得人间均美馔，再无童稚饿相争。

浮刻黄墙锦绣颜，穿梭铁路白云间。
纷纭商货终奔去，千里邻邦一日还。

轻轨荣生顺畅时，高原乐浪舞娇姿。
谁承父辈甘倾挤，日夜图强寸语知。

劝君莫恨战风霜，八载儿郎在异疆。
惟见路通驰远影，何知明月恋东床。

盘旁蜜酒色如橙，英吉餐中别味情。

微醉引杯君莫笑，此时不必忆川羹。

飒扬旗帜频高举，赤热忠诚祖国呼。
友谊长存担共事，恩成锦画赠前途。

戏把韩文当补气，也将烤肉作心迷。
全因望眼乡居渺，东亚亲邻抱臂栖。

蓝天广袤野郊行，栏隔村丘草木菁。
数片高楼平地起，势追熙达众人惊。

农野无田两目茫，横穿前路马牛羊。
何方种遍咖啡豆，世界增情分外香。

聚镜人前诉问谁，潇潇往事旧痕追。
但期新业优中续，几许工民展蹙眉。

阿姆哈拉与中文，此际无需赛彩纷。
决意苦行深学透，凯歌奏响再相闻。

红衣白袖身眸靓，倾笑柔姿步态昂。
待到温心终检票，铁龙已过数山岗。

华姿擎碧仙人掌，金阁翻风玉液樽。
锦日满天柔似水，今朝已是过桃源。

忽若天生能御敌，乱枪炮火阻潭泥。
千年古国同仇盖，佳话功勋入史题。

彼代周遭今未拟，只为迁徙苦安期。
抚童骑射何方捷，锤锻基因概莫疑。

火喷不是无情物，一抹蓝痕遗澹湖。
珍鸟若明棕叶意，和风振翅遍流苏。

清晨熬煮暖香腾，寄目端杯你好称。
不觉苦庸留异境，却浮甜意一层层。

根根蕹菜疏金贵，岂似乡田百两堆。
别样着汤开口脆，莫嫌价倍枉徘徊。

马铃忽见又蹄声，若似不知路已成。
荒古今期堪对比，福开寰宇落鸿名。

得寻艺品巧工场，择日登门对店商。
留谜琳琅无限意，漫天疾雨步匆仓。

余忆岸湖曾访处，韶风吹棹满回汀。
冠林阴外鹰高急，浮藻花痕翠亦青。

◇英吉餐：当地美食英吉拉。
◇阿姆哈拉：埃塞俄比亚当地语言。

车近京城

眼下春晖似水流，清阳出浴照弯头。
铁车行驾追飞马，叠影红花分外柔。

◇铁车：此指高铁。

秋雨

晓湿窗櫺雨滴廊，易迁造化永寻常。
秋君迷告沉氛雾，一抹光阴一抹凉。

◇窗櫺：即窗格。

藏地蒙古包

藏家小筑夜生凉，篷眺银河点点光。
梦里穹宫天欲曙，听来黑鹤玉壶香。

大闸蟹怨

肚白壳青金足爪,不拘江海纵横爬。
夜行出穴非真贼,何我擒烹独送牙。

骆驼刺二首

根脉生于朔漠中,风姿不与蒺藜同。
四时枯裂群凋尽,唯我迎头傲碧空。

厚丘盖砾屡摇风,日夜凭依上绿戎。
鹅颈嘴间青口脆,甘心托食变精骢。

丹景山八首

山门立处流溪坐,读韵通情品唱和。
聊把疲躯深向去,莫辜天景此幽多。

平坝续存沟壑转,笑眉挂在闹声间。
传承旧辈教新趣,嘉女随跟滚铁环。

拜谒陆祠扬起志,银黄叶落写相思。
一生花喜耕寻幸,常念彭丹列谱时。

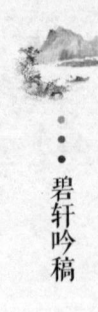

握方尺寸司长短，信众高香敬鲁班。
只愿丰材居乐美，早投心血满人间。

陡斜怪石望丘惊，道殿循依佛寺生。
得也归伦参接济，渡安尘世几多情。

深树重阴径小休，间逢媪妇苦言留。
箩筐野果灵芝贵，问价人稀谁使愁。

山坡颓秃枝低结，蓄土明春冒萼新。
也似小童登小步，日行渐进始成真。

瓦蔽角亭筠盖目，顿劳莫弃憩柔躯。
涧溪昼夜流无尽，远有长心克荡迂。

◇陆祠：陆游祠。
◇彭丹：花名，彭州牡丹。我国传统名花之首。

夏日过天全县

城邑幽居避俗缘，飘来高处雾飞烟。
隧门过眼惊开幕，谁爱轻凉卧此仙。

帝王庙歌二首

金瓦红椽何磊落,景崇德圣御弦歌。
三皇百代巡依祭,万古千秋海晏河。

河疏道阔苦关情,将勇臣躬作爱卿。
随帝功勋参配殿,岂夸颜色岂夸名。

◎弦歌:依琴瑟而咏歌。《周礼·春官·小师》:"小师掌教鼓鼗、柷、敔、埙、箫、管、弦、歌。"郑玄注:"弦,谓琴瑟也。歌,依咏诗也。"
◇三皇:传说中上古三帝王。伏羲、神农、黄帝。
◇配殿:宫殿或寺庙正殿两旁的偏殿。

家乡通航

檐空喜见过飞航,千里奔驰赴故乡。
年福有人能照面,心痴更觅幼时堂。

过龙门山

裂地龙门只畏攀,壁痕缝补似开山。
何来阵痛诸消隐,盼有宁云自往还。

甘堡藏寨

百户门幢镇石砦，屯兵曾战据称雄。
漫坡贵报平荒策，羌藏嘉绒始血融。

鸡犬

终天拘闭锁樊篱，牝牡家禽滞望疲。
守得主人前放探，羽飞犬跳正迎姿。

◎牝牡：鸟兽的雌性和雄性。《荀子·非相》："夫禽兽有父子而无父子之亲，有牝牡而无男女之别。"

桂湖记四首

昔年曾此坐桥楼，今日篷中变泛舟。
桨亦盘旋方未指，得风飘到榭湾头。

有父加儿踏水游，一家怎奈寡亲眸。
只因细算花销少，爱母遥观等岸丘。

小贩弹圈一手勾，暗量空落枉飞投。
媪翁几处连声笑，刮目童颜抱犬收。

玩枪戏击破黄球，廿发成存八发优。
双眼眯懵端不稳，乱中取胜辣椒抔。

◇暗量：暗暗地估量。
◇抔：用手捧起来。

问童

秋晨天角挂晴空，早起家车载玉童。
奇问日何常左右，答因人动北西东。

纸牌瞬息转眸空，奇笑追痴问未穷。
莫怪房间魔有术，自携速影袖衣中。

听陕北民歌

谷间几曲信天游，情意绵延巧转喉。
爱死个人哥妹好，腔腔别惜总相愁。

黄土洼瘠日照沟，谁人执调峁山头。
民歌挥鼓声声急，心拥旌旗战色稠。

益阳赫山吟三首

百年工业无须论,龙岭添飞自有神。
晨日赫山声鹊起,满城尽觉梦催人。

满目欣荣岂偶然,营耕时代苦争先。
将期一笑谁人识,还问衡龙日夜天。

日得田家数亩粮,作精技艺乐封箱。
炊烟茅舍今何在,早换甘饴送户房。

过芦沟竹海四首

竹林深处有清风,道转千回朗照逢。
今日访随山上去,轻车已过翠篁丛。

院廊叠瓦弯枝影,听有蝉声续续鸣。
同是世间生死物,应知自在最关情。

登阶雅舍寻何况?怎奈黄兰扑鼻香。
莫向平畴迷旧景,野园此处亦疏狂。

难得庭香抛燥闷，山居落椅贵宁神。
井天星月翻无迹，迎耳惟留蟀翅亲。

◇芦沟竹海：四川省邛崃境内景点。

记咏

参加四川省诗词协会活动所记二首：

两宋明清接汉唐，蜀西文墨傲鸿章。
韵情风骨何能起，畅引岷峨夜未央。

逸画台几多接问，裴公行舞剑高人。
酒间潇洒勤雕琢，折扇梅花一点新。

◇裴公：裴旻，唐朝"剑圣"。

夏夜雨宿剑阁二首

散花碎雨打窗庭，凉气霏微湿未停。
剑阁从来风色好，夜芬如沐待朝青。

夏风吹雨送车声，谢客行居独倚楹。

却忆古人关下石，崔嵬深处望川平。

◎霏微：濛濛细雨。元·王恽《玉堂嘉话》卷八："五日一霏微，十日一霢沐。"

山城十韵

江影蒙蒙画不如，崇楼星火夜寒虚。
嘉陵瞥处行船缓，能渡人家载月初。

置意邀情倚馆墙，一樽相对话衷肠。
托心更说浮生事，夜半伊人忘何乡。

江岸潮花赴九垓，天门自此为君开。
料知宏宇喷泉冒，借力催城遍地财。

无端冬雨打头来，迎有诗怀自我裁。
觉似霰花能幻落，宛然天指点儿孩。

坎坷交通绕雾城，路回弯转与腰倾。
滑梯偶得儿童聚，几处嘻哈跑蹿生。

行遍千山万水中，朝天门外有轮篷。
长江索道东南面，惟见阴岚一线通。

街道青坡旧炮场，风催黄叶乱秋霜。
无情草窟随奔兔，尽入孤垣野岸荒。

人接低街铺总延，时观沉重棒挑肩。
辛勤滨浦期心好，莫再飘零卖力煎

折拐穿梭两轨梯，一声哄磬入楼迷。
不须常问前方路，更学冲锋自在携。

百里连桥横阔水，大河驰纵壮心魂。
浩然不尽平生语，坐享青山意独尊。

◎九垓：指天。《文选·司马相如〈封禅文〉》："上畅九垓，下泝八埏。"
◎阴岚：雾气。唐·权德舆《韦宾客宅与诸博士宴集》诗："阴岚冒苔石，轻籁韵风篁。"

抚仙湖棹歌三十首

百里清湖水半湾，烟波渺渺慕云闲。
扁船何处趋蓬境，且倚桅杆眺远山。

上是穹苍下九渊，浮舟贴在镜中旋。
相依未恨时归暮，别有飘悠寄旷年。

◎九渊：深渊。语出《庄子·列御寇》："夫千金之珠，必在九重之渊，而骊龙颔下。"

亭前波沫漪如许，树影遥遥两岸宽。
著意琉璃光色里，骋眸行客正相看。

脚根踏浪过徘徊，百里风巡趁棹开。
今日转篷何处去，黛山邀我几时回。

汗流蹚桨是何酣，唯有青冥入目谙。
见说江南风物好，岂知此美赛江南。

◎青冥：形容青苍幽远。指青天。《楚辞·九章·悲回风》："据青冥而攄虹兮，遂儵忽而扪天。"

赋笔吟哦绣水边，晚潮带湿浪推舷。
与童携手观风色，卵石抛成彩线牵。

万顷琉璃月亮湾，树森顾似立娇鬟。
游人不论愁心事，只见巡波自往还。

◎娇鬟：美丽的环状发髻。唐·刘商《铜雀妓》诗："玉辇岂再来，娇鬟为谁绿。"

双脚童丫未避人，数亭蓑草一丘滨。
不观缓缓时来艇，任自扬沙坐几轮。

石灵磐怪源深壑，造化鸿蒙自琇莹。
亿岁仙湖多觅古，柜墙若诉抚听声。

◎鸿蒙：迷漫广大貌。《汉书·扬雄传上》："外则正南极海，邪界虞渊，鸿濛沆茫，碣以崇山。"

栈道悠悠一径长，柳阴深处仰天光。
且将心海多停靠，别意人生晤老庄。

北境陵空漾碧纹，晶光闪烁日波焚。
潮声常打蒹葭岸，伴作佳人足舞裙。

◎陵空：凌空。高入天际。宋·苏辙《超然台赋》："岿高台之陵空兮，溢晨景之絜鲜。"

孤屿微茫水阻门，望穿行客几丝魂。
分明托起仙居影，留醉亭台拜谒恩。

堤树盼来生妩媚，湖峰看尽驻蹁跹。
斜阳容与娇身洒，发髻添花格外鲜。

道傍湖畔野枝菲，翠蔓长根绕客衣。
不见旧时杨柳折，惟思郎眼望家归。

佳人赏月更相宜，山半腰居水外窥。

近是草葳闲屋岭,远存彤映碧琉璃。

笋峭崚嶒屏耸翠,皋风吹送寺云声。
千年此地无尘迹,慈面观音自圣明。

◎崚嶒:指高峻的山。明·高启《期张校理王著作徐记室游虎阜》诗:"最怜虎阜在平地,一邱势敌千崚嶒。"

曲径斜通下丽霄,昔年于此驻仙韶。
数声松鼠枝前响,十里松林叶上噍。

蓑翁踏木兜盈水,择个清池隔石矶。
鱇浪鱼儿追逆浪,终游筐内落言唏。

◇鱇浪鱼:抚仙湖独有鱼种。

笔架巍巍观玉笋,相交掩映绿渔村。
往来游畅舒秋色,添我倾情一段魂。

◇笔架:此指笔架山。

升庵诗曲渡云乡,几许青山对夕阳。
怀寄仙湖春未暮,何劳屈膝伏朝纲。

◇升庵:杨慎。其曾贬居云南。

铜锅街上是何香,新客开谈坐满堂。
淡薯清油凭解饿,不虚行此乐汪汪。

◇铜锅:当地流行铜锅饭。

榕桧森森树树稠,声声雀鸟出林头。
何须更问南来意,笑指闲云自在流。

罗锻锦绸何足贵,也如嘉女试衣裳。
淳风入绣何其美,出水芙蓉扮倩娘。

宫阁人文气尚豪,翰林进士列鹏鳌。
四方争问功穷事,励志心潜逐浪高。

◇进士:"一门双进士,百步两翰林。"抚仙湖禄充村300多户人家,只有三姓无人金榜题名,张培裔、张珠、杨思荣的故事代代留传。
◎鹏鳌:鹏与鳌,传说中为神仙乘坐之物。此取高升之意。宋·苏轼《次韵江晦叔兼呈器之》:"横空初不跨鹏鳌,但觉胡床步步高。"

两仙石肖动凡尘,万亩波光洒海垠。
过隙身躯贪岂尽,乘槎天际每常亲。

叹得抚仙湖外望,星云湖水自星纹。
头鱼绝裂通来往,因怪离奇界石分。

渊深百丈涛平静，哪晓千年陷古城。
一问可曾摧地荡？再思可是苦交兵？

木径偎依浅畔迟，数家层屋半山篱。
海中皮艇随帆远，云下青年载浪嬉。

人说银鱼誉太湖，罗伽湖里备添殊。
深闺聚养晶莹汇，不必陈居待价沽。

◇罗伽湖：抚仙湖的别称。

滇域胜湖天眷永，通消南北坠珠萦。
归江达海何时尽，辞作游仙执念明。

过安岳柠檬园

绿满丘岗浓叶洗，日光穿树鹤云低。
轻车驰越奔如马，已入柠园目色迷。

入滇易门盘山公路

上观蓝镜垂天外，山路绵延野菊开。
车向密林盘旋下，云中仙子脚边来。

◇易门：云南省玉溪市一下辖县。

九寨望乡

自古山川多秀色，平分丽景伴离殇。
又闻动烈催天地，九寨生灵在望乡。

奇心

阿狗阿猫细打量，远应居守小村冈。
为能馈女奇心足，摄录亲传笑满房。

泸沽湖恋歌二十首

辘饥只怪迷清浪，天景黄昏对店墙。
借问食家何处去，锅开蒸气美鱼香。

懒起推窗观旭日,却迎倒影镜妆迟。
莫非有力催鸥羽,牵柳盘旋缕缕丝。

道前约莫连荒憬,穿岸灵鸡野谷鸣。
也学潜明归客意,坐峰遥望水云情。

◎荒憬:指荒远之国。《文选·王融〈三月三日曲水诗序〉》:"宫邻昭泰,荒憬清夷。"

奇地湖居夜渐深,忽闻坝上俚歌临。
梭人置酒聊无尽,火忘围炉阁忘音。

◎俚歌:通俗浅近的民间歌谣。唐·刘禹锡《武陵书怀五十韵》:"照山畲火动,蹋月俚歌喧。"

锦峰光抹岚霏透,遍洒银滩意未休。
贻恨匆匆嬉趣少,澜波柱自触心头。

◎岚霏:山间云雾。宋·林逋《山阁偶书》诗:"但将松籁延佳客,常带岚霏认远村。"

梵音诘曲降崔嵬,拾道经幡次第开。
不觉湖中连野寺,隔帘僧侣出头来。

◇梵音诘曲:佛语经声。

岛旁柳幄是谁家，绮馆邀风卷幔斜。
童子悄言廊下影，勿惊鱼梦溅飞花。

◎柳幄：浓密的柳荫。因柳丝下垂如帷幄，故称。唐·杜牧《朱坡》诗："眉点萱芽嫩，风条柳幄迷。"

浮根容与叶丝飘，暝日苍西对海遥。
何觅情郎登木桨，撑云直渡走婚桥。

◎浮根：露出土面的树根。北魏·贾思勰《齐民要术·种桑柘》："斫去浮根，以蚕矢粪之。"

劝君莫念女神山，柱玉屏琼辞忘还。
眼外岛光通紫闼，至今犹照翠眉弯。

◎紫闼：指宫廷。闼，宫中小门。《后汉书·崔骃传》："不以此时攀台阶，窥紫闼，据高轩，望朱阁。"

一泓蓝鉴成秋水，上枕槽船点素晖。
阿夏因寻郎解意，侬愁侬梦载云归。

四方格姆唯高耸，七月登林老少同。
荞面盈枝祈壁女，转山转水彩幡雄。

◇格姆：格姆女神山。

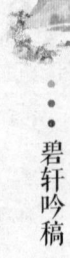

水性杨花君莫怪，惊知奕朵棹边开。
问天何自芳如许？探媚遮娇俟日来。

◇水性杨花：花名，亦称海菜花。

媳娃娥岛清如洗，弯脚红鸥啄白霓。
若自风高趋碧宇，生随谢客作云栖。

◇媳娃娥岛：岛名。
◎云栖：隐居。唐·陈子昂《续唐故中岳体玄先生潘尊师碑颂》："令守嵩山玉女峰，云栖穷林今五纪。"

并步移思沉森渿，恍然石侧见经章。
何方同饮泸崖水，宁蒗盐源果正黄。

◎森渿：辽阔貌。清·姚鼐《望庐山》诗："沧洲森渿万余里，岩风忽落闻天鸡。"
◇宁蒗盐源：两县名，分属云南丽江和四川凉山。两县共治泸沽湖。

登峰容易拜仙难，湖外千回绕百般。
路草低眉如候客，隔窗守得带情看。

高湖双桨对山青，傍水依波划未停。
彝帽频前终入画，此随何不任飘零。

无家不住碧波边，只对蓬莱不对田。
若此长居抛悔药，何须仙子月宫迁。

◎蓬莱：蓬莱山。古代传说中的神山名。亦常泛指仙境。《史记·封禅书》："自威、宣、燕昭使人入海求蓬莱、方丈、瀛洲，此三神山者，其傅在勃海中。"
◎悔药：取唐·李商隐《嫦娥》诗："嫦娥应悔偷灵药，碧海青天夜夜心。"

车行岬角日初晨，足靠晶湖分外亲。
莫是天尊瓶乍碎，何泼满地水光银。

◇岬角：突向水中的尖形陆地。如山东有成山岬（今称成山角）。
◇天尊：道教对所奉天神中最高贵者的尊称。此指元始天尊。曾持八宝琉璃瓶，装有三光（日、月、星）神水。

川滇友谊一桥深，白塔桥旁岂独吟。
北往南来多剡客，梦添行迹在云心。

◎剡客：指东晋戴逵。泛指隐士。唐·杨巨源《奉酬端公春雪见寄》诗："兴逸何妨寻剡客，唱高还肯寄巴人。"

投目南峰失北峰，舍留自古两难容。
忍将乐境封悠处，许岁来年霄上逢。

卷一 诗言

◎霄上：天空。北魏·郦道元《水经注·河水二》："山峰之上，立石数百丈，亭亭桀竖，竞势争高，望远参参，若攒图之託霄上。"

碌

沉碌不知春复尽，院庭叶落已清明。
锦年宣会君当忆，盼讯升高四海鸣。

◎升高：登高。宋·梅尧臣《还吴长文舍人诗卷》诗："升高觞嘉宾，赋笔速鹰翩。"

青海湖四十首

古来名胜只如斯，谁遣山公解赋诗。
今日临湖成独立，天涯人语暮霓时。

◇山公：晋山涛的别称，"竹林七贤"之一。此为作者自况。

雨后高原黛草嫣，几家旅店枕湖船。
不需依对黄昏路，未有渔人也自眠。

◎黛草：深青色的草。南朝梁·江淹《知己赋》："黛草兮永祕，朱丹兮何晨？"

　　　　高原极望水空流，嘉措仓央古滞留。
　　　　闻道故人何况至，不堪重问佛中囚。

◇仓央：仓央嘉措。传说仓央嘉措到达美丽的湖泊，留下了最后一滴眼泪。

　　　　挚语箴言荡绝音，灵童转世苦修吟。
　　　　青溟皓皓凭无籍，肠断情歌比海深。

◎青溟：指沧海。唐·杜甫《奉先刘少府新画山水障歌》："沧浪水深青溟阔，敧岸侧岛秋毫末。"

　　　　黑马河乡晓色浮，凉风催我赴潮头。
　　　　未逢日出差人意，颗雨驰来入客愁。

◇黑马河乡：地名。

　　　　经幡飞猎守晨曦，石岸喧鸣浪打随。
　　　　纵使乌云横密布，小亭观鹤却心颐。

　　　　日月山西万丈光，祁连东去比咸阳。
　　　　汉家天子无人到，龙水曾升泻怪吭。

◇日月山：地名。

塞阻奔流势未平，隆山倒水改河嘤。
众人踏返青沙畔，犹喜前程一片明。

长沐灵辉秀几湾，湿肤濯足忘回还。
莫愁亿万年光去，咸淡沧桑瞬念间。

◎灵辉：亦作"灵晖"。太阳。《文选·陆机〈演连珠〉之六》："灵辉朝觐，称物纳照。"
◎濯足：本谓洗去脚污。后以"濯足"比喻清除世尘。《孟子·离娄上》："沧浪之水清兮，可以濯我缨；沧浪之水浊兮，可以濯我足。"

湖水溶溶漾碧虚，陵风吹冒刺鳅鱼。
若能择野挥垂钓，得旷心神柳老居。

◎溶溶：水流盛大貌。《楚辞·刘向〈九叹·逢纷〉》："扬流波之潢潢兮，体溶溶而东回。"

裸鲤灵期欢七月，洄游投卵壮何般。
岂知百鸟堆尖喙，未怕冰锋走剑丸。

◎灵期：发迹得意之期。唐·王勃《为人与蜀城父老第二书》："及其攀穹运，接灵期，乘云雷而清八极，和阴阳而调万品。"

南北来回两岸纱，夏中乡郭聚何家。
鸟鸣已绝湖头岛，断续孤车载落霞。

◎夏中：犹夏季。晋·王羲之《谢仁祖帖》："忽然夏中感怀，冷冷不适。足下復何似，耿耿。"

秦马威仪御八方，乌孙血汗配支翔。
汉唐倥偬趋边外，今岁宁闲啜草忙。

◇乌孙血汗：良马名，盛产青海地区。
◇倥偬：事情纷繁迫促。

蟠桃伏阙盛仙娘，何限神通引凤皇。
常有此尊能爱护，羡须永寿恋宫闱。

◇仙娘：王母娘娘，传说青海湖为最大瑶池，每年农历六月六西王母会在此设蟠桃会，宴请各路神仙。

韶华不负父龙殷，联璧功成一代勋。
今日拜前寻宝镜，湖光亮处更思君。

◇父龙：传说当年东海龙王最小儿子引来一百零八条湖水，汇成浩瀚的西海，因此他成为了西海龙王。

蒙家祭祀海湖天，数百年来萨满传。
往代遗民今在矣，声声辞续永虔然。

◇祭祀：蒙古族崇尚祭海、祭天的传统，祭祀青海湖成为传统。
◇萨满：萨满教。相信万物有灵。

   陇畦油菜降眸前，掬朵金黄照影翩。
   最是一寻香雨后，遍生蜂浪悦晴天。

◎一寻：寻访一次。唐·李端《送马尊师》诗："武陵花木应长在，愿与渔人更一寻。"

   花间蜂铺结成群，绿意淳甜宙上云。
   我亦爱鲜无个事，购来清口满唇芬。

◎个事：犹一事。宋·周密《齐东野语·文庄公滑稽》："把酒莫沉吟，身闲无个事，且登临。"

   藏寨熙然一径求，拐坡拾上众人游。
   帐中环镯推相攘，何驻山间静塔陬。

   岸上乌云骤雨来，湖南眺海意悠哉。
   一湾便可容依梦，何处房车接九垓。

   无限琉璃浸碧空，透心澄澈水催风。
   野村内外青圩上，白帽追跟逐几丛。

赛事环湖竞海涯，每年曾约抱湍霞。
一千里外车回往，朗闪英花落几家。

东海龙王授贵贤，遣儿引此百河填。
无人解识西来意，只有凌霄帝子仙。

天宫腾闹义猴嗔，倒海翻云战几巡。
穷处饮湖琼渴水，莫非谢我二郎神。

胸前点点渍痕多，三步躬身叩佛幡。
何处圣城堪寄远，修行吟尽六言歌。

◇六言：六字真言、六字真经或六字大明咒，是藏传佛教诵咒"唵、嘛、呢、叭、咪、吽"6个字。

垒石堆前遇老翁，诵经不绝见宗风。
教名自古痴何造，百读箴文意却朦。

玉盘初荐肉牛尝，零碎寒葱带雪光。
解饿热锅人饱后，妻娥犹恋藏茶香。

湖心日色下阑干，嘉女骑行上马鞍。
玉影不归青草睡，鼠惊也学踏铃銮。

雨滴垂空湿客衣，草栏无语荡延飞。
碧痕不是寻芳者，任尔追风自在归。

◇碧痕：作者号。

渺渺烟波接远蕃，逍遥心地一尘喧。
白云生处谁家屋，黄叶青时古寺门。

海子当年步迹存，恨无相遇见真尊。
铁车碾破千山轨，落日萧萧抚赤魂。

◇海子：现代诗人。

人间万事自纷纭，何似经筒顺逆分。
客至不需谈略术，教跟小女转中欣。

普氏原羚栖几处，草窠冷域落单孤。
莫非人扰生惊吓，岂作渊冰救绝途。

◇普氏原羚：珍稀动物名。
◇草窠：草丛。

生死相持大雁情，古词诗语续常鸣。
谁知西海依何物，款款天鹅亦永行。

青湖水暖早谁知，斑雁归遥总未迟。
舍命护孵留尚此，人何渠秽弃婴尸。

一泓清净水如银，民俗经随继古人。
美者本来无所用，自然淳朴乃天伦。

山中人事无多有，待解冰封入海心。
唯是米油成托语，返因碎壑阻湖深。

大孙小女乐家园，老妇抛尘对饼掀。
莫说新年分砾秽，牛羊青草也泥源。

◇抛尘：青海湖有习俗把泥尘掩盖在饼上，填埋，过时日取出可食。

祭典神瓶比问中，藏胞相聚各西东。
一年蹈舞寻常想，长此康宁意转崇。

平身故事几人知，酒肆青稞只笑嬉。
玉液不须愁里饮，灵泉那涌醉来诗。

沙河源上行

沙河棕盛已枝繁，小步初临别市喧。
春蝶暖消寒病去，期应锦色育文媛。

满山香

野落荒坡堆骨朵,新枝小叶两三株。
擎来药宝存筐待,哪处青伤已绝驱。

◇满山香:植物名。

上班逢雨

柱雨横飞逐路头,日更叠热几时休。
朝奔案牍车稀阻,汪海深深一片愁。

石羊丑柑

尘追前路日追腮,车落人群市集开。
何处寻凉清饮水,丑柑自喜入怀来。

蜀南竹海十二首

林锦叶垂深翠竹,约期居客在乡途。
知窗夜静寒风紧,守得身前火满炉。

小立云台望海涛，海涛不见也无嘈。
莫须眉蹙遮青眼，心浪犹推竹浪高。

◎青眼：喻青春年少。唐·张祜《喜王子载话旧》诗："相逢青眼日，相叹白头时。"

寻上篁高陡复加，半山道隐半山斜。
驰身仙境观何止，着意将心赴雾花。

旋梯直上独登台，浓淡云分两界裁。
楼外岭筠三万里，怡和顿有豁胸开。

谁将竹节呼甘蔗，童闹长廊欲下车。
才是向欢伸远指，又从蹬足入林遮。

劲枝当道郁何磐，雾障箐声窥胆寒。
壁底疑存三万丈，一时回首脚行跚。

宝寨门西百尺墙，凿痕妙计列铿锵。
先人睿智卿当晓，切莫蹉跎对海茫。

盖顶壁横头乍枕，咆声渐落次回轮。
早知悬谷忠音信，不拒常成悬谷人。

岩陡崖危何所惧，路人香在洞仙居。

不辞千里求慈佛，因有灾荒一岁除。

径湿双鞋雾湿肩，忘忧谷内望惊天。
若邀神斧开飞石，守得筇根拔地穿。

灵钟珍物鲜何论，着帽琼姿嗅竹荪。
百手去年初采撷，已成今夜酒盘温。

朝仰瀑涛三二五，银针直下可教孺。
只因转石流无懈，方有砰声力未枯。

题潮州太平街义兴甲巷

牌坊旁巷寻幽趣，明昧清风扑面来。
迎举旧年听帝诏，悉惊此处又生材。

外滩作

厦楼侧面灯明俏，转眼珠明一点高。
已是浦东天眷子，何愁血雨逐风涛。

春月速速见涂彬叹花期甚短劝勉谣

郊林春色正繁华,陷事勤郎忘赏花。
独倚窗栏情未尽,何时月下问催家。

学棋

月上重霄不夜天,女童棋待学宫传。
围城满脑欣盘算,铄羽家翁泪柱涎。

三月四日前见重三后次清明吟之

上巳连并物洁齐,雨街染雾使敦迷。
踏青渐觉无郊与,应漉寒襟足满泥。

◎洁齐:《月令七十二候集解》:"三月节,物至此时,皆以洁齐而清明矣。"

自然王国丛林越野驾乘遂记

砾入坑洼斥半空,巨声斜去遗轰隆。
忽来丛野参神气,轮下尘飞胜踏骢。

富顺西湖行足二首

湖下扁舟映倒衣,云间钟秀鸟翻飞。
西风邀作亭香语,岸角来寻豆脑归。

数亩葫芦水满塘,洼堤荫木半斜廊。
人声来去栖相乐,顿把他乡作故乡。

◇豆脑:豆腐脑。当地美食。

泸定桥

崖下飞悬第一桥,板徒曾愕锁云烧。
敌凶余猛今何待,翻滚洪流过几招。

望江楼行吟四首

穿默清流过锦江,声寻深竹起高腔。
始年十六生弦舞,名动蓉都世未双。

浓情身落宴开时,唱和回巡夜夜痴。
岂料边陲狂逸事,枇杷花下寓相思。

幽会潼川梦美栖，倾心一见俊郎迷。
浣花青水趋双鸟，频笑吟归月满堤。

佳期自古恨凄茫，劳燕终分盼望乡。
欲寄红笺心上意，芙蓉泪泣断人肠。

午后油菜田

三月韦家碾上春，踏青小女过田埂。
花农开柜工蜂笑，不作桃园散舍人。

◇韦家碾：成都一地名。

夏日郊行六绝句

坐观蜂集上枝头，身起呈眸绕一周。
小草何须依卧树，连坡盈透碧湖沟。

偶遇青茵蛱蝶归，引来童女网初挥。
空然两手浑不信，直意狂奔捉趣飞。

清净本来无一物，墅山何处听棕飑。
轩人自爱行居乐，莫问尘间几闹攘。

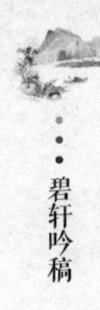

三影不知何处来，数声幽鸟顿徘徊。
巧鞋裙袜尘廊上，莲睡相亲且莫猜。

铁栅寻悠无路去，阻因恶犬告门间。
域间本自同光景，徒致封行隔世居。

搜香扶肚气神低，怎奈孤村远路迷。
枉惜纸鸢高独幕，催车回舍未停蹄。

白鹤诗十首

灵洲数点停何物，羽白高身立树头。
忽的几巡摇叶动，嬉来三五影飞游。

湖水潋溶漾碧空，绿阴深处醉琴翁。
双双振翼归来稳，谁羡倾枝压曲弓。

近椅临湖岸柳垂，远洲入画鸟悬仪。
投眸悠境思魂散，猛醒鱼声乱水漓。

娇童枪眼闭睁眸，标在葱林岛上鸥。
不是真心持杀尽，只因玩戏试无休。

上路看花笑语频，环湖踪迹自由身。
不须更问金仙雁，回首桃源又一人。

歇足观棋局未闲，任其白鹤舞斑斓。
指评得意春风面，消遣清凉夏一湾。

驰舟何处问江湖，墨镜姑娘入画图。
白翅渚前光浪阔，雒城镇外夕阳苏。

空竹来回婆叟抖，恰如旋羽隐相投。
人生自有消欢处，不必伤怀锁苦愁。

雕刻池鱼堤径滞，行人一赴便迷痴。
蘑菇形状凉亭处，几度邀延鹤驻时。

才是沙包宠具攻，套圈瓷器却成空。
手携嘉女追青鹤，妻我行非爱更同。

小凉山

何方呼作小凉山？雷马屏峨怪石顽。
莫问蜀西峰耸际，永华宁蒗入滇艰。

感垃圾处置

谁人不恋居佳境,欲把尘污化美清。
日夜殷勤烧未竭,暖心牵线火灯明。

新时代卖报人

曩昔纸文多问阅,如今舆论网无垠。
更年时日熙攘变,落寞吆声卖报人。

幸福田园三首

草蓁云卷秋高爽,身向园田那畔行。
采朵寻茶香满径,款蝶飞竹坠枝迎。

桥映水葱风入柳,幢幢丛芦舞汀洲。
起将双足知何处?一片农鸭戏桨头。

菊黄田野方塘岸,半有蜻蜓两面飞。
坐看草亭新鱼近,高低萍叶点余晖。

雅鱼

西雅清溪一带流,锦衣鳞物曳江洲。
纵来喋骨穿坚剑,未阻娇香嫩滋柔。

药醋

阆中药醋誉多传,请水嘉陵据作泉。
沐足添香君莫笑,人生能得几回仙。

夜读

城里星灯仍闪烁,读书夜半却无眠。
低头揣度诚斋义,醉卧清新复自然。

咏天才拉斐尔二首

眼入蓝红宗教影,温容百变弃萧森。
掀开赤子苍生系,昭见和光圣母心。

伟才命宿遭天嫉,画半英年却坠西。
上帝不怜耕秀壁,反随春黯鸟花凄。

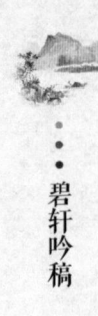

遇见阿来读成都物候记

心逐锦官多物语,人文意趣忆原初。
思循静夜生花笔,却胜园丁百日锄。

浙江文泰高速建设所见

今时修路动尘埃,万壑千峰渐次开。
不畏盘旋连海岳,高桥照水耸云来。

马湖行五首

朗月照人清似水,廊中消暑若临冰。
斜风载影归来晚,回首沧湖夜正兴。

迴潮拍岸夜无眠,星近长滨泊钓船。
欸乃一泓青浦月,画情凭此赋宵烟

烤凫腾香满目忙,黑茄韭薯笑盈筐。
借循湖宿何方有,呃憾摇头早订光。

村灯篝火初明灭，恰得彝胞起舞时。
哪是月琴怀外客，已随簪步醉中痴。

翌日洼湖欣昨夜，照空粼动溢和谐。
大波一跳凉身足，胜作朝元绕玉街。

◎欸乃：象声词。泛指歌声悠扬。唐·刘言史《潇湘游》诗："野花满髻妆色新，闻歌欸乃深峡里。"
◇月琴：乐器名。古称阮咸。圆形扁平，后也改为八角形，四弦，用拨子弹奏。以其初形状如月，发音似琴，故名。
◇朝元：古代诸侯和臣属在每年元旦贺见帝王。
◎玉街：天街的美称。泛指天界。元·无名氏《端正好·滚绣球》套曲："三华聚顶泥丸路，五气朝元绕玉街，下十二楼台。"

早食

起早雷波馋美味，手携小女紧跟随。
膻羊线米加鸡卵，正值倾情捧碗时。

◇雷波：四川凉山州一县名。

玉兰

劝君莫羡海樱潮,众朵才开却坠凋。
静僻春归香满院,始知傲洁立枝娆。

小园

踏春新叶漾晴波,时有莺头冒碧萝。
几度芳园人少见,惟听唧唧迭声多。

春来

寒夜锁沉成久待,两年三月令初来。
渐追高鸟若生意,便着清香暗涌哉。

腊月浣花溪行足

堤岸初晴日正长,枝间梅点挂红妆。
冬园野色无人管,白鹭邀风自主张。

晴郊

拍网高低动马骝,借风白羽入新楼。
只知身捷勤抛汗,不觉窗台昃漏流。

题壶口瀑布

龙翻东去接荒沟,傲激岩门万仞头。
寻得今朝豪杰渡,指间狂发弄潮舟。

冰粉

晶剔玲珑小路边,干唇诱急待篷前。
勺瓢更有膏瓜果,争忍冰凉自在天。

警词

淡色恨花怨柳颓,凡间邪毒倒惊雷。
莫称一事成千死,陨命重听十百回。

堤上

溪水溶溶漾碧茬,数声啼鸟歇谁家。
行人莫指前朝迹,犹有新桠坠翠芽。

酬九思轩主闻漳州抗疫见寄

南北重闻浮旧疫,投心闽越挺幡旗。
甲衣麾下请缨赴,谁说男花不汉儿?

立春

元气始更年象早,留连新暖景相和。
贴联纳福门前敬,莫欠东风一笑呵。

雨水

埂泥深处草芊眠,荒茀无人独悄然。
寒渐东君垂贵雨,迎苞翘待润花天。

◎荒茀:犹荒芜。宋·李纲《到湖南界首谢表》:"郡邑凋残,奸吏因而渔猎;田畴荒茀,遗民谁与拊循。"

◎东君：司春之神。唐·王初《立春后作》诗："东君珂佩响珊珊，青驭多时下九关。方信玉霄千万里，春风犹未到人间。"

惊蛰

登晨兰玉高枝劲，跳眼黄鹂乱树鸣。
最是一年耕早处，暗虫破土正催兵。

春分

蕙沾细雨待阴晴，万物纷回翠绿争。
闻阁电驱雷乍鼓，始知昼夜半分明。

清明

数双聚鸟啄芳泥，似欲衔时却自低。
不管人间常别散，只愁阴雨阻桥西。

谷雨

东郊花果已登葱,苗急甘霖拟谷风。
䳴鸠时飞无定迹,催归落院滴残红。

◎䳴鸠:杜鹃鸟。

立夏

燥热浓阴催汗滴,郊童遮帽发眸低。
依归还别春方尽,裤短裙腰足弄溪。

小满

炎风吹湿已知年,鼓闷人间五月天。
三十六江初涌溢,虾鱼若喜跳连绵。

芒种

村老躬耕麦子成,一畴草泽润家牲。
晚禾挥播才方见,唯盼收来满库盈。

立秋

林下池阴蝉翼静,园枝呼月露凉生。
黄花开绽归年岁,聊赏秋香别样情。

霜降

渐冷翻临出夜行,为将赠女暖衣衡。
午间盲挑迷分寸,此择随身合眼瞪。

立冬

野雪轻铺胜薄霜,晨来丛木挂琳琅。
仙姬一夜堆花蕊,留劝匆人莫再忙。

小雪

天公着意助风霏,万斛珠玑入地围。
不似阳春歌冷曲,送君冬瑞在瑶妃。

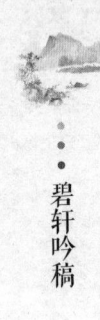

大雪

檐滴成珠总守时,引来玉屑逗高枝。
如何不爱瑶仙子,遍撒莹花处处诗。

冬至

绒裘冷冽雪霜侵,抖涩冬禽树瘦林。
遥想羊汤炊未足,归乡谁有马蹄音。

小寒

岷岭知闻雪满颠,今朝盈素倍欣然。
人家爱喜非关息,缩鸟无心只自眠。

大寒

寒尽暖阳何处聚,腊梅迎骨已喧垂。
天涯托寄归心隔,冀北乡安克疫谁。

紫罗兰

针叶香浮紫簇中,翠茎团拂绛飞虫。
康然得据皆天幸,咏送春情喜乐融。

月季花

身独临空野界墙,繁枝硕朵卧昭阳。
因怜皇后通尘域,次第依偎草木香。

鸢尾花

暄风吹放小鸢筒,独立山园百九丛。
不待游蜂争点缀,自家生意引青童。

虞美人花

嘉容何处待花来,玉步姗姗赏翠台。
几度春思风外起,数枝子影逐红开。

樱花

齿花开遍百千勾,压朵殷繁诱目新。
姿势在框听待久,薄裙腮面出佳人。

银莲花

花影参差小小屏,晓来素蕊学娉婷。
旅家尽道春光远,那觉窗前早艳翎。

野罂粟

野荸香里骨高擎,脚迹稀留也得荣。
未怨地偏无位贵,等闲仿学美人呈。

天竺葵

晓露轻红浮翠叶,晴窗幽艳斗群蘂。
何方粉本来佳品,非域邦乡誉绛葵。

水仙花

雅蒜天葱据是名，貌齐菡萏洁还清。
含黄素瓣真仙子，嫁与春风举笑迎。

山桃花

数抹胭脂笑语隆，赘低惊眼倚桥东。
可怜春意堆何处，托取新诗寄晚风。

三色堇

兀然朵朵类人颜，嘴目三三笑足间。
莫是天宫凭弄趣，迷身蛱蝶未回还。

木香花

白珑藤画几回春，坐对和风自在身。
君亦常从廊下客，与谁同雅作居邻。

金鱼草

昂首花期又一年,人声更问吉祥篇。
常思灾病均停息,岂作新姿也泰然。

角堇

黄紫分明系矮姿,一番别巧妙堪诗。
天然雕出纤微处,光气初生点缀时。

黄钟木

黄金如烁耀春山,叭朵头开比压弯。
常识丘途心目稳,争寻风味忘回环。

花毛茛

薄衣实裹叠层层,朵比玫瑰更硕增。
芹菜花名差胜意,节时丽艳向谁矜。

荷包牡丹

垂貌风铃语暗闻,小鸾列队舞红芬。
新桃两瓣多眒窕,滴欲晶潆引爱君。

风信子

落落支荸遍野冈,重洋远渡种园庄。
长因守得潮开日,遂作花间第一香。

碧冬茄

坡前阶外看纹色,暖日初明百簇丛。
莫是叭开招趣味,争成萼底蝶双逢。

报春花

雷动花苞伞态姿,黄红紫绿竞争持。
莫嫌丰叶垂泥涅,引护东君早未迟。

樱桃

四月茵坡披满绿,开花至果廿天功。
待来树下人丛众,尽喜娇莹玛瑙红。

草莓

伞蕊低茎越璧田,红衣皇后袂飞仙。
幼年不识甜滋味,瞪目菱窝舌正涎。

忘忧草

夜明雨后坡英陨,衣袂投间白日初。
斜朵共黄争以眺,金针几处忘忧舒。

含羞草

咸言松劲贵昂头,稀见垂桠霹雳收。
觉有压催常著力,审循度意避筹谋。

豆腐吟

富人盘碟端清品,恩物平民视亦亲。
千户谁家收馈赠,倚田常喜豆黄垠。

春波荡漾满人间用辘轳体

春波荡漾满人间,逗引蒙童逐笑颜。
近草网兜挥乍落,闷怀鱼怎再无还。

斜出棍栊诧百般,春波荡漾满人间。
莫非穷境终回赠,柳暗花明翻快鹇。

陟彼高坡绿趣闲,相闻鸟曲似仙班。
春波荡漾人间满,多少欣情涌臂弯。

桃枝举力萼垂殷,迎燕双追鹊也攀。
何恨案劳浑未觉,春波荡漾满人间。

古天宫寺

青峰险路当何极,直过孤村上乱梯。
蝉向荒芜听远近,寺归高顶渡东西。
恍然莲吐云中日,忽若光牵峡里溪。
仰慕观音千影化,慈身普惠降虹霓。

宽窄巷子

少城往事连今古,墙荡清旗几度殊。
院静庭深攀绶带,巷多瓦黛舞流苏。
闭门旧迹终寥落,敞肆新街未劳徒。
石马飘香留影处,竹椅伴作一茶壶。

◇少城:又名满城,成都老城区西部,是清朝朝廷为八旗兵及其家属专门修建的"城中城"。

感西成客专开通

宝成故事惊河汉,铁路开天六十年。
劈断秦川吞烈石,掘通蜀道驾云烟。
而今闪电匆飞过,往古诗痕瞬串连。
千里熊猫羊肉泡,西成半日似登仙。

伤寒有感

静夜无声寒入屋,北方潮冻卷川西。
恶烧猛虎闻山倒,惊厥洪魔顾女啼。
呼得快车奔火速,抢来生气望温低。
若无贤蕙三分手,何处重逢再看鹈。

夜宿攀枝花即怀

夜临钒钛之新地,桥索巍巍路怅然。
独坐峦山沽酒醒,偏居沧浪赏灯眠。
今民崇业经时动,旧事丰功伴境迁。
渡口枝花开朵朵,借公指手点成全。

永陵怀古

草林柏动鸣丘土,一寸功名百尺枯。
早岁哪知王胄命,经年却掌玺金符。
得功患难僖宗顾,成业英威刺史驱。
若此长承休整志,锦城千载少诛屠。

碧轩吟稿

取学照金小镇

昨夕新楼挂晚霞，今来秋雨湿黄花。
凉催野木雄碑麓，红染旁阶碧宇涯。
万里征途劳远足，三英丹史忆前家。
凭窗更有伤怀处，谁赴残阳斩乱麻。

◎三英：此指谢子长、刘志丹、习仲勋等革命党人。

秋近

一片秋蝉噪落红，择宵如意雨声雄。
城天百里明凉日，风叶千林响早虫。
老我生涯随逆旅，何方书剑寄征鸿。
人情渐近心偏切，况值炎蒸不待功。

扁都口怀张骞径此出使西域

峡峙荒庭乱石煎，杖蹄此处使西天。
匈奴不复通雄臂，月氏方能贸绣钿。
万里硝烟听塞上，一时丝路问桑田。

圣皇远迈多忧虑，直待迎归有诏年。

◇月氏：匈奴崛起以前居于河西走廊、祁连山古代游牧民族。

扁都口怀霍去病决战焉支山

义师滚滚下枯原，怎奈风刀黑气喧。
漠北一人当骑骏，河西四郡阻胡蕃。
孤忠未负开疆策，馀猛还思指阵言。
只恨长怀忧报国，盖然无愧在城垣。

◇河西四郡：西汉政府在河西走廊设置的四郡，即武威郡、张掖郡、酒泉郡、敦煌郡。

瞻潮州韩文公祠

双旌石下韩山路，东靠湘桥橡盖居。
道济一乡兴教乐，文开八代著诗书。
鳄溪曾出荒中境，蛮寇原生草外庐。
终得岭南亲造化，雨风刺史次相除。

◎文开八代：取"文起八代之衰"之意，出自苏轼《潮州韩文公庙碑》中对韩愈的赞誉，赞扬他发起古文运动，重振

文风的历史勋绩。"八代"指的是东汉、魏、晋、宋、齐、梁、陈、隋,这几个朝代正是骈文由形成到鼎盛的时代。另,"八代",即很长时间。

瞻李劼人故居有寄

小庭孤寂门间坐,何处微澜引大波。
死水忽来追旧事,暴风骤降洗沉疴。
天回镇上民愁谲,蜀锦城中血恨多。
乱火诉言如著史,一生所向问菱窠。

成都往重庆

风回电掣渡轻烟,猎豹长龙闪陌阡。
结伴登途离蜀境,携家移足拜渝渊。
行人望处多亲近,居客逢时少悖迁。
巧遇双城秋色里,桷枝银杏两敲然。

八阵图遗址怀古

国分未待有迟躅,乱世横生造夙儒。
文战百官纵意洒,澜滔洪舌撼东吴。
武吞八阵惊雷震,霹雳群凶暴虎符。

怀我孔公无限恨，饮干血海也难枯。

◇凤儒：老成博学的读书人。

大梅沙海滨公园

重楼新筑旷高斋，四面烟光照翠佳。
艇远沙洲成一画，日斜碎浪挤千排。
水中鱼影初飞箭，堤岸人踪未著鞋。
不用寻芳须问渡，此身端在白鸥涯。

大雁塔二首

塔嵬崛矗自空濛，谁语天河解碧筒。
百劫经轮圆觉旅，三生慧力幻形风。
佛心无意成虚妄，道碍留痕作悟通。
欲识如来归实法，何须迎骨奉玲珑。

金光高处溢通明，天滞霞红佑太平。
古树影迷沙雁落，新香火庇福音生。
六根几静皈僧塔，孤杖曾期出夜城。
我自登阶堆怅念，西墙独倚寐禅声。

望祁连四首

千百年前旧使星,骠骑夜战似雷霆。
祁山水尽黄天白,潩壁尘枯瀚海暝。
铁甲永沉王相恨,雁书新报帝君宁。
出关常问中原事,奔袭谁威说汉铭。

◎骠骑:指汉朝骠骑将军霍去病。《文选·扬雄〈解嘲〉》:"公孙创业于金马,骠骑发迹于祁连。"
◎瀚海:指沙漠。唐·陶翰《出萧关怀古》诗:"孤城当瀚海,落日照祁连。"

迂回闪电引雕弓,阵扫匈奴溃敌笼。
塞漠马嘶平隘岭,居胥坛祭震皇宫。
天骄莫罪前时帅,贼退方忧旧日翁。
恨得此身归北虏,尽销促命与羌丛。

◇居胥:狼居胥山的省称。今蒙古人民共和国境内肯特山。一说在今内蒙古克什克腾旗西北至阿嘎旗一带。西汉元狩四年霍去病出代郡塞击匈奴,封狼居胥山。
◇北虏:古代对北方匈奴等少数民族的称呼。

保境安民涌暗藏,长枪一箭出戎裳。
功名早已成黄石,意气无曾负凤阳。
何处旌旗天堑险,几时戈骑绝营狂。

从来边崿难明数，唯有星辉泛永光。

◎凤阳：《诗·大雅·卷阿》："凤皇鸣矣，于彼高冈。梧桐生矣，于彼朝阳。"后用"凤阳"指朝阳。

朝官争识汉宫骊，燕队威仪入阙梯。
丝路已随春草碧，山丹直逐鹤云西。
长安城内添新色，黔首樽前落旧醯。
莫怪当筵歌舞起，天生英杰卫娟栖。

◎鹤云：白云。《旧唐书·音乐志三》："鹤云旦起。"
◇醯是会意字。读作xī。本意指醋，引申为用于保存蔬菜、水果、鱼蛋、牡蛎的净醋或加香料的醋，也指酒。

眺岗什卡雪峰

别处山光吼白涛，尖峰寒色拥衣袍。
长途未有言明塞，孤岭何由问汉刀。
天堑人声稀鼎沸，嵌垭洞窟自风骚。
平生几度登高眺，回首溪村笑旧皋。

◎鼎沸：形容喧闹、嘈杂。《文选·左思〈蜀都赋〉》："誼哗鼎沸，则唲聒宇宙。"

133

题玉门关

壁草方盘古帝丘，西来玉皛取兹流。
长城锁钥连淮海，大漠飞狐护肃州，
万里关河通绝塞，千年风暴暗荒陬。
汉家亭燧今何处，愁对沉兵泪欲浮。

◎玉皛：像玉一样晶莹透明。晋·葛洪《抱朴子·至理》："玉皛珍膏，溶溢霄零。"
◎荒陬：荒远的角落。晋·左思《吴都赋》："其荒陬谲诡，则有龙穴内蒸。"

朱子九首

不见儒冠百代霜，仰瞻遗像古文章。
师恩殿庙无高品，家训堂祠是故乡。
历尽风雷平野阔，频经潭浪恶寒长。
怎能归解生来事，头扎因钻理学囊。

人需所以谓儒先，治世非无二子传。
承脉句章宗海内，化文集理润膺前。
悟随日上凝云散，手把诗来只影眠。
何处与君为旧伴，相期弄里五夫边。

◇儒先：儒生。
◇治世：治天下，治国。

  人说尤溪喜火奔，七星北斗降天恩。
  千年礼乐今何似，万古君臣道可尊。
  进渡聘由施国柄，退来择复造乾坤。
  一生只作宁和寄，且记归休大梦存。

◎七星：二十八宿之一。南方朱鸟七宿的第四宿，有星七颗。《礼记·月令》："季春之月，月在胃，昏七星中。"
◎大梦：古人用以喻人生。《庄子·齐物论》："方其梦也，不知其梦也。梦之中又占其梦焉，觉而后知其梦也。且有大觉而后知此其大梦也。"

  朱子辉荣海内稀，大成贤弟独卿非。
  武夷茂木风常劲，泰岱葱坛圣亦巍。
  儒语导能通造化，理言格物致余晖。
  夜长从此彤光朗，际遇人伦自启微。

◎格物：推究事物之理。《礼记·大学》："致知在格物，物格而后知至。"

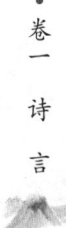

◇人伦：封建礼教所规定的人与人之间的关系。特指尊卑长幼之间的等级关系。

四海三朝幸此师，人心始海自熙仪。
凡间缁事常春日，官牧虚苛久旱时。
天子无方推鼎革，虔臣有意立纲维。
仲尼不想坟茔后，来世修成众佛痴。

儒家千载道如何，魏晋开来战若魔。
礼德已孤前日学，正心无定旧年科。
青衿自爱生涯短，黑首惟怜世路跎。
多少仁人埋玉骨，至今空向史书歌。

◎青衿：青色交领的长衫。代学子。《诗·郑风·子衿》"青青子衿，悠悠我心"毛传："青衿，青领也。学子之所服。"

寄依不必念明神，大国持朝贵得仁。
宇宙谁知天理具，古今都有律情因。
纵来五帝终尝老，却使诸民但欲瞋。
子道如川斯永逝，君言生死岂由身。

◎五帝：上古传说中的五位帝王，说法不一。黄帝（轩辕）、颛顼（高阳）、帝喾（高辛）、唐尧、虞舜。

康皇不见丘和孟，更是难思汉复唐。
海晏升平皆在眼，圣明天下亦能量。

卿情久志安心地，相媚徒夸舞吏场。
莫怪山林拘病客，只来闲坐著华章。

君辩鹅湖陆九争，应邀白鹿洞飞声。
辞言已动山阳咏，著述能生宇外情。
自古明教皆凛义，到今德育见高精。
莫嗟往事真消了，韩日还依旧课程。

◇鹅湖：书院名。宋淳熙二年朱熹与吕祖谦、陆九渊兄弟讲学鹅湖寺，后人立为四贤堂。《宋史·儒林传四·陆九渊》："九渊尝与朱熹会鹅湖，论辨所学，多不合。"
◇白鹿洞：书院名。在江西省九江市庐山五老峰南麓。《续资治通鉴·宋太宗太平兴国五年》："白鹿洞在庐山之阳，常聚生徒数百人。"

北京孔庙

皇家着意跪尊颜，香墨浓开檐殿间。
碑上提名应耀祖，朝中立德勿归山。
迩来刺股攻书海，从此闻鸡过仕关。
技艺曾经争已变，箴文远去或回还。

◇刺股：战国时魏人苏秦说秦王，十次上书不用，资用乏绝，归家发愤读书。欲睡，则引锥自刺其股。见《战国策·秦策一》。后因以刺股指勤学苦读。

◇闻鸡：东晋时，祖逖和刘琨同为司州主簿，常互相勉励振作。半夜听到鸡鸣，立即起来舞剑。语出《晋书·祖逖传》。后以"闻鸡起舞"比喻及时奋发。

茶香

一撮绿芽归旷野，飞香饼定出红门。
眉开浓液闽江顾，手过纯糕福气存。
漫品涩醇源地厚，闲沾清洌自天恩。
生平几次寻真茗，却笑茶杯换酒樽。

咏文天祥

闷骨如拳未肯平，一生膺阔磊光明。
岂因风雨无根本，却见魁文自性情。
大器久虚英采在，微词空费梦魂惊。
可怜凛烈还山去，天下谁人不识名。

平乐古镇渔市拐码头作

白沫江流百感生,古来桥市闹还萦。
谁家铁铺门庭望,何处渔人木桨擎。
前路寒风连朔野,南峰晴雪过丛坑。
漭原铃马遥天外,似作弦琴落梦声。

芦沟竹海次张问陶芦沟韵

邛州行觉远嚣埃,筠海迷云渐次开。
翠绿满天山外去,清凉一夏涧边来。
常盈影里不知己,自慕诗家最爱才。
往古朝官呼岂应,置身莫恋凤凰台。

袍哥人家

雄心慷慨吼何深,巴蜀风云动壮襟。
海底初归通帅策,山中难爽入盟林。
功名随愿封疆吏,富贵抛投报国忧。
不惜黄金身自掷,青袍白马越囹阴。

青花

淡雅初开点缀精,前生饮火釉还明。
西洋远渡看尘事,南海新临得妙声。
天下能工多巧匠,古今绝品不浮名。
如斯国色当须继,莫负珍泥景德情。

郪江古镇二首

辛丑年秋日,与众诗书画老师、同友三台郪江古镇写生采风,寄作:

远国潇沉问几时,诸侯挥戟古交知。
封尘惑自崖间墓,册史明从阙上辞。
水润梓州文始盛,王临汉郡业初持。
得今小域稀人迹,庙阁寻渊久寄兹。

偏因古澹播幽名,桥径连村意境生。
昨夜管弦痴未尽,翌朝书画趣犹盈。
何关滴汗催头背,不惧飞蚊窜草蘅。
心似榕高垂懿德,换来凉荫育新茎。

广汉保保节

正月玉圆辞旧岁,万家千户问生涯。
房湖桠柏能呈瑞,雁岛沦滔莫作邪。
干爹知谁灵眼动,雏婴得尔妙心迦。
行轮属相祛忧病,三百年来庇福嘉。

德阳文庙

天下贤名世所希,重曾一见仰高晖。
棂星不作龙鸾瑞,雄殿常随雨泊晞。
半辈飘游归亦学,四方布政梦还讥。
直言九域风尘外,列国孤臣信莫违。

旧时居富顺半月某日吊刘光第

不见卿衔与世违,每因国虑食眠稀。
青云暗志成钟禄,穷首新光自幄帏。
纵莫牝鸡容子辈,终当凌阁使君归。
何时已筑孤茔域,谁坐峨眉旧寺矶。

塔子山九天楼

登临望览拔标悬，何处飞甍接远天。
楼塔绣楹千梦极，云山画户九重巅。
青螺隐见疑无色，白石微茫可记年。
不待秋风吹鹤醒，长桥东去已成翩。

题德阳石刻艺术墙

何年凿此壁延绵，巧匠谁人手所宣。
魂魄中华推第一，山川民族蔚三千。
势移北斗分明在，笔挟边云隐约妍。
莫向旌湖邀质气，从来工拙得神诠。

园景

天公好事惜韶光，雨后园林已侧芳。
百岁风云随眼底，半生襟度寄毫芒。
青山到处开通透，白发归来且达祥。
更上高楼何所见，满湖绿荇正红妆。

三洞古桥览治水

万物归根一水通，鳖灵疏泻治滔洪。
山河地患无穷尽，桑穗人宁不待功。
玉垒金堂难得月，新都郫邑自迁宫。
行迟闭目瞻前事，欲往开明古蜀逢。

◇鳖灵：丛帝名，善治水，逐杜宇王蜀，建立开明王朝。开明王朝初定都郫邑（今成都市郫县），后迁徙到成都（今成都市区）。历十二世，亡于秦。

◎玉垒：指玉垒山。在四川省理县东南。多作成都的代称。晋左思《蜀都赋》："廓灵关以为门，苞玉垒而为宇。"刘逵注："玉垒，山名也，湔水出焉。在成都西北岷山界。"

白马关

地开绵竹旧时名，御驾临身白马蹬。
北望秦川封锁钥，南收天府阻关城。
刀光直毁农桑事，碧血何浇尸裹营。
自古征锋均绝苦，应知安泰贵难生。

大柴旦

行饿还将食肉饴,炕锅高火正逢宜。
因贪口腹为名寄,但得肌踝与道持。
山雪何堪供饮唊,村羊谁复问流离。
远来更有心奇者,街夜光灯恐熄迟。

甘肃博物馆参观存事

一带霜廊万里风,馆墙谁道旧城雄。
沧桑戍事诗家笔,尘海羁愁晚驿砻。
今古民耕劳最苦,东西兵派意何穷。
不堪回首天涯路,几度征途落照红。

◎尘海:谓茫茫尘世。明·袁宗道《曹元和邀饮灵慧寺同诸公赋》:"骤马出尘海,入门闻午钟。"清·曹寅《引镜谢客》诗:"烟波情亦淡,尘海路常纤。"

成都

人居天府慰升平，百业兴熙梦渐成。
曾荡欢悲钩古事，今沉风雨竞新生。
堂祠龙泽皆春色，锦绣云丝贵世名。
更喜连听弦鼓奏，好音催处任君行。

◎好音：犹言好消息。《诗·桧风·匪风》："谁将西归，怀之好音。"

河西戈壁

几阵黄沙捲地湍，驱车谁阻越云端。
丘重延落天涯暮，刺结横生烈日残。
北道凭心知塞马，西关投客忆胡鞍。
小楼夜断深闺泪，烽燧征人岁虎盘。

◎捲地：谓贴着地面迅猛向前推进。多指风。唐·岑参《白雪歌送武判官归京》："北风捲地白草折，胡天八月即飞雪。"
◎烽燧：古代边防报警的信号，白天放烟叫烽，夜间举火叫燧。《墨子·号令》："与城上烽燧相望。"

瓜州

玉门西出是瓜州,商贾交衢止歇留。
南向敦煌飞佛妙,北行哈密抱甜稠。
谁言涩涩多芜翳,此地绒绒自绿洲。
青史墨中听未尽,忍将夜月引箜篌。

◇瓜州:古地名。即今甘肃省敦煌市。
◎交衢:指道路交错要冲之处。清·顾炎武《将远行》诗:"回首八骏遥,怅然临交衢。"
◇芜翳:犹芜没。
◎箜篌:古代拨弦乐器名。有竖式和卧式两种。《史记·孝武本纪》:"祷祠泰一、后土,始用乐舞,益召歌儿,作二十五弦及箜篌瑟自此起。"

大坂山

当空烈日照渠壕,远岫彤云拥碧芼。
山色有情如可画,人居无影竟成高。
半边绿草低头坠,几个黄羊仰鼻嗷。
我是新风谁阻缆,过坡停让惧牛牦。

◎彤云:彩云。南朝宋·颜延之《车驾幸京口三月三日侍游曲阿后湖作》诗:"万轴胤行卫,千翼泛飞浮;彤云丽琁盖,祥飙被綵斿。"

酒

遐陬妙手匠心裁,琼液壶瓶几度来。
微醉迷云吟赤水,浅眠恋梦避滔雷。
桃源久住应无恨,恼事终消定有媒。
若欲携风腾万里,送君春暖百花开。

◎遐陬:边远一隅。《宋书·谢灵运传》:"内匡寰表,外清遐陬。"
◇赤水:贵州省境内河流名。

九曲黄河第一湾

旷陌长风拂地绒,野原无际草桥通。
玉骢骄处零星雨,宝宇连时锦绣虹。
一带光天迷妻女,几回土鼠诱童翁。
何方别趣居游眼,只落延河傲笑中。

征程

诸史巍峨御战忙,百年何地问开疆。
恶峦时见枪林激,险渚常思炮火狂。
纵使梦途多积劫,任凭归路自成钢。
从兹一役存丹碧,遍染星河耀八方。

◎御战:为抵御敌人的侵犯而作战。《尉缭子·守权》:"凡守者,进不郭围,退不亭障,以御战,非善者也。"
◎积劫:积久的劫难。南朝梁·江淹《吴中礼石佛》诗:"敬承积劫下,金光铄海湄。"

寻凉

棱里高风与客宜,一朝多丽踏郊迟。
松林擎叶人偏静,草石流泉梦亦奇。
台下有诗吟处好,夕来常雨坐成痴。
心头何限清凉味,欲把新瓜慰所滋。

深圳莲花山

天涯游子步归来,登仰莲山冠木栽。
日下隆霞成绮境,尊前伟额矗璇台。
旧年中国多贫祸,近岁神州寡弱哀。
何幸南方圈手迹,春风送暖万花开。

蛇口海上世界

天风吹醒海门潮,万里溟鹏卷雨消。
龙舶夜随江底月,云车日压渡头桥。
长年追客家乡别,几度寻商梦笔描。
莫怪此时人搏久,已然四十早殷饶。

◎溟鹏：北冥之鹏。《庄子·逍遥游》："北冥有鱼,其名为鲲。鲲之大,不知其几千里也。化而为鸟,其名为鹏。"

赠建设者异地坚守

莫怪离家少宿身,谁无情愫享天伦。
一年几别不成岁,万里双思却已姻。
愿许遥途留皎月,欲求大业见亲人。
艰关如此都尝尽,故把青山作比邻。

咏史冤烈之岳飞

天马冲锋势莫当,毕生勇气战收疆。
才奔郑洛干戈热,又逐郾昌猛火狂。
破敌壮行担国事,戮人奸罪乱纲常。
可怜鹏举何时见,空使雄夫泪八方。

◇郑洛:郑州、洛阳,南宋地名。
◇郾昌:郾城、颍昌,南宋地名。
◎鹏举:谓奋发有为。三国魏·曹植《玄畅赋》:"希鹏举以抟天,蹑青云而奋羽。"

咏史冤烈之袁崇焕

铁衣玉节阻关城,威震南来片片兵。
夜半风寒摧杀色,胸前戈利袭骁名。
若驱恶宦宫中孽,岂怨孤臣血外旌。
宁锦明州谁与溃,至今扼恨落滔声。

◎铁衣:借指战士。唐·高适《燕歌行》:"铁衣远戍辛勤久,玉箸应啼别离后。"
◎玉节:指持节赴任的官员。宋·杨万里《送吉州赵山父移广东提刑》诗:"岭上梅花莫迟发,先遣北枝迎玉节。"

咏史冤烈之彭越

击游南楚惑西东,旋马纷骧气跃虹。
长戟干天心独壮,先军麋地势初雄。
蜀行大意中阴计,酱血深愁赏略功。
只道旁人犹畏虎,事君何故触闱宫。

◎干天:犹参天。谓高出空际。北魏·郦道元《水经注·溱水》:"崖峻险阻,岩岭干天。"

咏史冤烈之蒙恬

恨极何如泪洒巾,满怀无愧祭先秦。
自修直道千秋事,谁念长城两鬓尘。
岂料内宫偷殿柱,亦知外域滞和春。
此心威凛重来去,塞上江南幸草新。

◎直道:古道路名。(秦始皇)三十五年(公元前二百一十二年)命蒙恬开筑,北起九原(今内蒙古包头市西北),南至云阳(今陕西淳化西北),是联结关中平原与河套地区的主要通道。《史记·蒙恬列传论》:"吾适北边,自直道归,行观蒙恬所为秦筑长城亭障,堑山堙谷,通直道,固轻百姓力矣。"
◇幸草:谓车轮轧过的草。

咏史冤烈之韩信

断垣几度暮门开,独霸中原取国台。
韬略屈沉荒往日,垒营愤起傲雄材。
彭城走卒邦王困,垓下倾歌项楚哀。
何必曾经追月马,汉宫马月已寒埃。

◇彭城:古地名,今江苏省徐州。
◇垓下:古地名。在今安徽省灵璧县东南。汉高祖刘邦围困项羽于此。

登巴灵台

巴灵台上观天祭,身跃凌虚凤驾鸾。
豪赋下凡皇帝喜,仙班出世俚民欢。
若非古道开林地,应是苍岩走泥丸。
欲驱人间污里秽,焚香火影拜神坛。

◎凌虚:升于空际。三国魏·曹植《七启》:"华阁缘云,飞陛凌虚,俯眺流星,仰观八隅。"
◎凤驾:仙人的车乘。南朝梁·何逊《七夕》诗:"仙车驻七襄,凤驾出天潢。"
◎泥丸:即泥洹。宋·苏轼《次前韵寄子由》:"泥丸尚一路,所向余皆穷。"

谒新都彭家珍专祠

绝境弹丸成一掷,大憨社党命呜休。
孤身未起惟功去,热胆犹刚与血流。
祠外凝云垂远像,石前愤笔遏高丘。
蜀中自古多英士,何惧霜寒易水飔。

◎大憨:极为人所怨恶。《明史·刑法志一》:"巨恶大憨,案如山积。"
◎凝云:浓云;密云。南朝齐·朱孝廉《白雪曲》:"凝云没霄汉,从风飞且散。"隋·薛道衡《出塞》诗:"凝云迷代郡,流水冻桑乾。"
◎易水:水名。在河北省西部。源出易县境,入南拒马河。荆轲入秦行刺秦王,燕太子丹饯别于此。《战国策·燕策三》:"风萧萧兮易水寒,壮士一去兮不复还。"

青白江怡湖园

响晴枝蕊弄姿妍,不待游人久絜鲜。
柳杞乍舒青袅娜,榕梢已厚翠萦缠。
叟童渐近春时节,鸳鹭犹亲水里天。
莫怪畅怀增感激,石梯高处晤平川。

◎响晴:犹言晴朗高爽。

◎絜鲜：清新。宋·苏辙《超然台赋》："岿高台之陵空兮，溢晨景之絜鲜。"
◎柳杞：泛指柳树。杞，柳的一种，也叫红皮柳。《文选·张衡〈西京赋〉》："周以金堤，树以柳杞。"

读伤寒杂病论作

世遭百病岁年侵，脉象伤寒袭热沉。
经解众忧非是幻，药归诸法即成金。
谁能烧鼎调颓气，何似开囊待好音。
常叹此书真妙处，几多人愈振怀襟。

◎脉象：中医学名词。指脉搏的形象与动态，为中医辨证的依据之一。一般分为浮、沉、迟、数四大类。

读史怀谭嗣同

男儿投狱命高悬，何惧余威赴九泉。
剑胆锋芒谁与会，琴心傲骨自当前。
维新狂写昆仑志，振国惊开漭地眠。
若再复生孤枕外，必随慧笑敬听禅。

登子云亭而作

西山辞韵传千载,一半文人一半仙。
史绩耕耘追古蜀,方言著述诞长安。
人说足下拙言语,谁料尊前灿墨篇。
后世若知庄老梦,太玄经道在心间。

◎子云亭:在四川省绵阳县。相传为西汉学者扬雄读书处,扬雄字子云,故名。唐·刘禹锡《陋室铭》:"南阳诸葛庐,西蜀子云亭。"
◇方言:此指著作,又名《輶轩使者绝代语释别国方言》,中国第一部比较方言词汇的重要著作。
◇庄老:庄周和老聃。
◇太玄:此指《太玄经》,也称《扬子太玄经》,简称《太玄》或《玄经》,西汉扬雄撰古代哲学著作,扬雄将玄作为最高范畴,并在构筑宇宙生成图式、探索事物发展规律时,以玄为中心思想。

读赋思宋玉

泽水千年云梦照,一朝冷雨一朝寥。
依稀幻境神仙遇,旖旎东墙楚裔交。
自古悲秋从此始,当年赏曲至今操。
百般讽喻风飞赋,儒玉镶名晔笔毫。

◇云梦：亦作"云瞢"，古薮泽名。汉魏之前所指云梦范围并不很大，晋以后的经学家才将云梦泽的范围越说越广，把洞庭湖都包括在内。

笑仙丹

丸丸药草未能通，百铼精钢久此功。
丹灶皇家堆白骨，青烟道阙落寒铜。
神农不慕三春泽，仙子何曾七夕风。
却问蓬莱何处有，至今彭祖笑无逢。

◎寒铜：指铜镜。唐·孟郊《君子勿郁郁士有谤毁者作诗以赠之》之二："玄发不知白，晓入寒铜觉。"
◇彭祖：传说中的人物。因封于彭，故称。传说他善养生，有导引之术，活到八百高龄。

赠钟南山出征

曾经百战应时生，大敌当前有劲声。
耄耋高年犹在路，英雄故事岂非卿。
身辞悠屋筹方急，足落寒城夜鬼惊。
频调奇兵歼冷病，万家守得暖春晴。

咏战役一线医护人员

一阵危情动远征，百城紧急黯云层。
英雄自古生磨难，豪气从来出困凝。
肺疫骄横成祸首，护医勇武显勤能。
如歌千里风尘起，只把冲锋捷足登。

战疫情

百尺高楼叹望何，神州近日起风波。
江城邪毒从天降，枯肺流言自此多。
肆虐无情犹是祸，狂疯有险竟成讹。
英雄上场初心战，斥辨谎真咏浩歌。

闻四大天团医院齐赴江城

一朝毒至竟何如？万户千门泣泪疏。
欲向天宫求炙热，还将心肺去凝淤。
喜闻蜀鲁良医到，又见京湘巧技储。
相遇江城时未晚，共收恶浪鬼魑祛。

◇四大天团医院：北协和、男湘雅、东齐鲁、西华西。详指北京协和医院、湖南湘雅医院、山东齐鲁医院、四川华西医院。

碧轩吟稿

春日寄怀

非典长消十七年,胆寒犹在目眉边。
花摧蝶粉浑无语,柳折莺声枉自眠。
旧事只今成一劫,新愁何处更堪怜。
春来几度观黄鹤,惟愿江城解禁天。

愿景

鼠年莫有旅游周,稀见居民上下楼。
红药池塘韶景歇,绿杨门巷暮云愁。
清晨台灶垂青叶,长夜窗门锁玉钩。
定许疫平春未晚,翩翩鹦鹉立芳洲。

赠疫情上报第一人张继先

诊间何幸顿神聪,野市屠场病肺同。
速报疫情须瞬里,勇持性命急危中。
巧兵授令良医赴,救货参为暖爱融。
笼罩此身泅险避,苍天可鉴首当功。

赠疫情警觉吹哨人李文亮

百行未觉疫情隆，吹哨初惊炯眼忡。
毒渐蔓延兵护急，门封阻滞鬼魑穷。
一星夜落江城月，众客声嘶冽草风。
何日收工擒劲敌，春明对国悼孤忠。

善待自然界感言

人类由来要顺天，自然有道保成全。
不因野味贪心起，安得凶邪恶命悬。
和睦乐山投以敬，泰康善水馈将怜。
此知直欲教之遍，切莫随时又忘迁。

观汨罗江作

昨日初来今日醒，窗前望处楚山新。
蜿蜒汨水终东去，浩荡忠心尽北奔。
若是苍天留有意，岂非灵草信无魂？
千秋长叹千年月，屡诵骚歌屡念君。

梦境

恍自灵光起北溟，断逢雷响作虚形。
天心乍有星疑见，海角还无日黯青。
万里孤槎横汉表，九州大地走云汀。
谁怜独倚栏边月，曾照人间亿兆萍。

◇汉表：天外。
◎云汀：谓云气弥漫着的小洲。唐·杜甫《奉酬薛十二丈判官见赠》诗："羽毛净白雪，惨澹飞云汀。"
◎亿兆：极言其数之多。《书·泰誓中》："受有亿兆夷人，离心离德。"

过翠云廊

苍盖劲枝驰目翠，秋阳漏落掩风尘。
仪威百里秦皇道，荔醉千年皓齿唇。
百姓石开挥汗雨，将军令下拓林春。
刀光旧事迷何处？柏煞森萧问故人。

◇秦皇道：此指秦剑门蜀道。
◇荔醉句：引杨贵妃"一骑红尘妃子笑，无人知是荔枝来。"典故。

过怀远古镇

午过崇州何处去？川西怀远入心门。
车驱长路将街绕，眼过重楼向镇寻。
养在深闺听院巷，行于木铺赞坊邻。
买来新艾熬菖草，香蛋添囊爱已存。

题苴却砚

裂谷荡开茫际境，攀西怀目石溶青。
磋磋声响听金质，奕奕花雕探彩荧。
道子曹衣涵带水，右军刻木恣飞蜻。
墨香堂下新添处，百态人生已寓形。

◇攀西：攀西大裂谷，位于四川南部攀枝花和西昌一带。
◇道子句：引吴道子画作如曹衣带水。
◇右军句：引王羲之书法似入门三分。

过昭通

片城旷立白云边,际望群峰顿觉翩。
百里天光垂客路,几家风物待人缘。
轻车欲驾高原去,稳鸟遥冲翠壁迁。
更在何时重结友,相随停靠问东滇。

怀念严君平

成都有名君平街、君平巷而纪念之,特此往而吟:

巴山蜀水多鸿雅,忽忆君平撰老庄。
玄学静心安社稷,真经惠众睦街坊。
支机石重寻佳话,讲道池深待良方。
魏晋清谈丝管妙,或因师继子云郎。

◎支机石:传说为天上织女用以支撑织布机的石头。唐·宋之问《明河篇》:"更将织女支机石,还访成都卖卜人。"
◇清谈:谓魏晋时期崇尚老庄,空谈玄理的风气。亦称玄谈。清谈重心集中在有无、本末之辨。始于三国魏何晏、夏侯玄、王弼等,至晋王衍辈而益盛,延及齐梁不衰。
◇子云郎:此指扬雄。

寄语蜀汉蒋丞相

丁酉于绵阳西山公园，忽逢古迹，以记：

楹中门外西山静，风打浓荫一石茔。
蔓草曾经冤过错，荒烟昔日毁威名。
诸葛迟暮攻山路，蒋琬新朝用水兵。
水路论争终寡断，痛失蜀汉血流旌。

◎蔓草：生有长茎能缠绕攀缘的杂草。泛指蔓生的野草。《诗·郑风·野有蔓草》："野有蔓草，零露漙兮。"

仙湖植物园

棕绿寺台傍佛幔，睽违嘉景袅幽弦。
园依竹影当窗见，人近林梢到枕眠。
花底游蜂惊落絮，径间归蝶舞斜颠。
问其消遣愁何解，自爱鹦哥学语迁。

◎睽违：别离；隔离。南朝梁·何逊《赠诸游旧》诗："新知虽已乐，旧爱尽睽违。"

题科甲巷

题壁句章堆血凝,黄金粪土佐英名。
数番援济疏周困,一怒抛疑向北征。
足失渡河兵迫涌,命荒甲巷泪奔惊。
悯心何与凶谋约,直使孤蛾扑火鸣。

锦门桑园

桑木阴阴绿满川,白云照处有阡田。
微风吹落平湖水,细雨催开老镜天。
不为径枝知古月,独随梯蕙觅今蝉。
绫罗绸缎当年事,机杼寨来缕缕仙。

灵泉寺

峰寺泉声日夜清,登高膜拜动虔诚。
丹眸光化三冬雪,端面云归四海莺。
香客求瓶荒痛去,修仙拂柳乐康迎。
众生自在存神咒,得学观音渡善行。

访浏阳

今生知幸临湘地,此去浏阳逸志兴。
夜下小城灯灿灿,午间花炮震声声。
正当叶茂催盆景,又见天阴奏雨筝。
随遇跟车成记忆,平江楼上语相倾。

庞统祠

森瑟荒山不忍闻,英灵此处吊圹坟。
金牛道上人何止,落凤坡头箭已纷。
蜀国孤关常跃马,中原穷战失邀君。
几多遗老真垂泪,皇土沦消断暮云。

莫高窟四首

旷风飒爽度沙台,神秘尘寰未可猜。
苦乐何心丘外了,荣兴如此画边开。
经文自古稀人见,幽窟今朝有客来。
腰洞慈雕唯妙俏,行留长顾几徘徊。

◎尘寰:亦作"尘阛"。人世间。清·杜岕《和轮山夕阳寮》诗之二:"楮颐向西坐,宴息忘尘阛。"

碧轩吟稿

凿堆画壁鉴分明，何限人心万窍萦。
笔法泻奇娥髻笑，文章挥彩鬼神惊。
清和已悟中庸道，浩渺真成造化声。
谁复此方皈众佛，应怜荫慧自前生。

◇万窍：大大小小的孔穴。

樊家育女锦如诗，立志躬耕考古痴。
一点丹青通妙境，半生汗漠写禅慈。
从来大梦原非幻，到此芳名却有时。
若问当年荒绝处，早曾纱揭外洋驰。

◇樊家句：此指樊锦诗。

瑶阙高悬似凤行，青宫云雾隔蓬瀛。
飞天石髓成精刻，留仞丹梯列画楹。
金殿乍开龙衮面，玉箫犹奏羽仙声。
神娥下落银河畔，一夕星辰拱上明。

马尔康过卓克基官寨

身置西川何所寄,嘉绒腹地得行期。
梭磨河沐天边雪,官寨门吟水上诗。
自古筒幡多赞诵,由来塔庙聚慈悲。
烽烟日月经年过,历尽沧桑属土司。

◇嘉绒:嘉绒藏族是居住在甘孜州丹巴、康定部分地区,阿坝州金川、小金、马尔康、理县、黑水、红原和汶川部分地区,以及雅安市、凉山州等地,居住着讲嘉绒语,并以农业生产为主的嘉绒人。
◇梭磨河:河流名。四川省阿坝州境内。
◇土司:又称土官、酋是古代中国边疆的官职,元朝始置。用于封授给西北、西南地区的少数民族部族头目。

漫步科玛小镇

褶帽童颜淮口处,一番余味影云疏。
人行长径诗添境,江过连桥画入图。
几次快门尖宇后,两巡悠步紫花初。
探携梦幻奔甬道,法意欧情雨卷途。

◇快门：按相机。取拍摄之意。
◇法意欧情：此指欧洲建筑风格、风情。

摩诃池思怀组诗

锦天花海诚为乐，丽日仙舟蔚盛唐。
野老酒醒迷杂树，青莲目望散忧伤。
登楼鹭起云间户，行岸溪垂柳畔墙。
如若光阴曾未逝，春池饮对有宫商。

◎仙舟：舟船的美称。宋·无名氏《梅妃传》："奏舞鸾之妙曲，乘画鹢之仙舟。"
◇野老：此指杜甫，号少陵野老。
◇青莲：此指李白，号青莲居士。
◎宫商：五音中的宫音和商音。泛指音乐、乐曲。《韩诗外传》卷五："人有六情，目欲视好色，耳欲听宫商。"

烟染平亭花坠影，容身照水浪催舟。
营深高髻扶丝管，路远低眉走僻州。
洪度性来初恃傲，韦皋情去未怀柔。
可怜空有梧桐慧，孤苦伶仃已是愁。

◇洪度：薛涛字。

暗香玉骨君王醉,琼户冰清水殿绵。
天上吟歌风吹暖,池中释盏媚争妍。
果非慵汉迷痴梦,便似残花照暝烟。
攻守江山思国祚,不前终退若行船。

◎暝烟:傍晚的烟霭。唐·戴叔伦《过龙湾五王阁访友不遇》诗:"野桥秋水落,江阁暝烟微。"
◎国祚:国运。《陈书·吴兴王胤传》:"皇孙初诞,国祚方熙。"

灯红幻夜争相看,高瀚弦音漫舞台。
曾昔翠池颜又改,而今葱木景初栽。
心明此是清悠处,志惑原非锦绣才。
斗已星移时已变,芙蓉天府暮云开。

南龛摩崖造像

天造灵光临盛地,经文传颂会巴城。
眼开崖像千年韵,脚入云梯百步声。
王帝佛心祈顺泰,飞霞禅阁愿安宁。
念恩华夏苍生计,欲语和平莫动兵。

府河

一片晴云蔽碧阡,府河如练映波延。
拱梁不碍双飞鹭,凸渚时添半落鸢。
丘顶风凉惊脊唊,坡腰草燥逐童跧。
幽人自足忘移步,坐对鱼钩静凳边。

川美涂鸦墙

误近郊坰美艺巡,车窗雨细度游尘。
街含宿雾楼存旧,书唤痴心塑立新。
巧作有琴归舞者,灵思何意属诗人。
凭谁借入广墙纸,狂绘云丝赠画真。

◎宿雾：夜雾。晋·陶潜《咏贫士》："朝霞开宿雾,众鸟相与飞。"
◎郊坰：泛指郊外。晋·葛洪《抱朴子·崇教》："或建翠翳之青葱,或射勇禽于郊坰。"

红军颂

烽烟侳偬对旌旗,一片红心血荡涤。
马去秋风腾巨浪,枪来寒月锁重敌。
闯关越岭千花喜,开道飞桥万水激。
伟业复兴今又是,老兵追古泪沾衣。

松潘古城三首

千步转跻灯渐朗,松州下坝望高岗。
似闻秋月封铜壁,却遇关城锁铁墙。
刀颤巍巍横立马,号潇穆穆怒扳枪。
古来交战多少事,平定腥风卷更狂。

暖江动浪从天落,引志春心醒佛陀。
西域邀亲添说客,长安问道续娇娥。
虽经川主兵锋后,纵有明皇又奈何?
非是文成倾愿赴,岂听今日福康歌。

◇佛陀:梵语Buddha的译音。或译为"浮屠""浮图""菩提""勃驮"等。简称曰"佛"。意为"觉"。佛教认为,凡能"自觉""觉他""觉行圆满"者皆可为"佛陀"。
◇川主:川主寺。寺庙名。
◇文成:唐代文成公主。

陇塞清寒困觉知，偏居城堡苦耕时。
素仙花滴离人泪，美朵根留客子思。
云鸟应然归旧穴，秋窗当惜盼新姿。
莫随荆棘伤羌马，疑窦初开总未迟。

◇疑窦：使人怀疑之处；疑心。

题万卷楼兼怀谯周陈寿师学

竹阴祠阁深廊地，寻步先师百鸟栖。
原是据持州牧客，怎知推阻魏皇鲵。
谯公谏谏穷兵恶，后主声声北伐迷。
休息随民循大势，赐恩避乱化和霓。

◇州牧：官名。古代指一州之长。谯周在诸葛亮担任益州牧时，被授劝学从事。
◇魏皇：代曹魏政权。

绝唱在前如韵奏，伏身廿七为何求。
洞穿乱国千年月，读罢黄书万卷楼。
父子秉公修镜史，弟师平怨录沉钩。
志文百代真名世，笑酒权争演义谋。

◎黄书：书籍。宋·秦观《赠刘使君景文》诗："石渠病客君应笑，手校黄书两鬓蓬。"
◇沉钧：被湮没的事物。

天坛二首

泻地鎏金望入玄，穹身宝顶矗苍天。
寰丘貌自舒形胜，垣壁人来祭福延。
清影斋宫声色远，余晖庑殿烛香全。
农衣一袭虔心致，辇过风调在沃田。

◇鎏金：用金汞合金制成的金泥涂饰器物的表面，经过烘烤，汞蒸发而金固结于器物上的一种传统工艺。
◎入玄谓达到玄妙的境界。《二刻拍案惊奇》卷二："绿窗相对无余事，演谱推敲思入玄。"
◇庑殿：我国传统建筑屋顶形式之一。由四个倾斜而略呈弯曲的屋面、一条正脊（平脊）和四条斜脊组成。屋角和屋檐向上翘起，弯曲度较屋面为大。

肃容静态系民根，未断农桑鼓乐魂。
九丈华宫扬垒土，三层琼宇盖重门。
玉栏龙墨承天降，楠柱皇恩立地存。
列寇不明生敬畏，蚍蜉柱自倒乾坤。

◎琼宇：瑰丽的宫殿。晋·陆云《登台赋》："玩琼宇而情廒兮，览八方而思锐。"

◎犹言小丑。常用作对敌人的蔑称。清·林则徐《中秋饮沙角炮台眺月有作》诗："是时战舰多貔貅，相随大树驱蚍蜉。"

万里桥怀古二首

扁舟方泊舍桥前，锦国春鱼对酒涎。
诸葛祝邀行万里，费祎辞别涉千川。
山光入路游言妙，才智推人赋笔翩。
几度江南通蜀域，迎君一笑在吴笺。

◇费祎：（？-253年2月），字文伟，江夏鄳县（今河南省罗山县）人，三国时期蜀汉名臣，与诸葛亮、蒋琬、董允并称为蜀汉四相。深得诸葛亮器重，屡次出使东吴。
◇吴笺：吴地所产之笺纸。常指吴国的书信。

秦唐送客此桥中，两宋奔忙继未穷。
东渡锦丝多绮丽，西来物货亦熙隆。
古时桨浪清人耳，今日溪湾绊眼瞳。
车马喧嚣桥上过，何须假蠢巨轮雄。

望丛祠二首

岷峨跌宕自西来,驻邑郫都震业开。
始教农桑耕稻事,复丰衣食哺童孩。
惊心啼鸟时时苦,染血鹃花夜夜哀。
今际祠前瞻望帝,恩仪华夏耀英台。

◎震业:帝王的事业。《乐府诗集·郊庙歌辞十一·唐享隐太子庙乐章五》:"弄兵黩震业,启圣隆祠典。"
◎英台:才能杰出的台阁官员。南朝梁·沈约《侍皇太子释奠宴》诗:"峨峨德傅,灼灼英台。"

腾水天边霓上流,巴民苦济唤孤舟。
志平恶浪岷江鬼,斧断青山玉垒喉。
枉斗房虚妻室怨,得归位正帝王酬。
李冰所向君当记,接力人心岂莫由。

闻老官山汉墓出土文物

城北墓光群眼聚,闻惊汉宝化泥淤。
漆人红面穿经络,织械花机迭锦梳。
若见穴医真扁鹊,似逢巧妇比班妤。
安康自是民心系,解落灾荒岁岁除。

西南联大旧址咏怀三首

冽雨边城黯夜秋,倭奴生浪噪狂流。
草房不碍孤灯火,学海曾驰万里舟。
自是大材成猛伍,岂能国事作蜉蝣。
家乡莫道兴无处,曲满红江泪血投。

◇蜉蝣:比喻微小的生命。

国愁心事振家荒,只合迁栖作序庠。
纵死不归无地驻,随生长聚有天傍。
伟文欲擘君能记,匠技重施自在藏。
莫问西东谁可比,赤诚无愧对炎黄。

景自黄冈得一豪,平生崇爱此心高。
清门有客从丹步,红烛存身识旧袍。
众里名声寻志气,孤街枪炮送悲号。
如何请拜中流去,再念闻多泪已滔。

◇清门:书香门第。此指闻一多出生于书香门第。

沿口古镇

晓色风光投目收,别天一镇在凹丘。
地依武胜披青瓦,水靠嘉陵枕碧洲。
三尺楼间檐欲静,半边街上酒飘柔。
曾经商贾忙行处,争下棉粮古码头。

夜读李龟年有感

雍容盛世牡丹姹,香贵京畿百萼奓。
醉舞羽衣妃子殿,笙歌白雪帝王家。
忽逢刀下千秋恨,终见国中万古疤。
扼腕少陵哭日暮,龟年旧曲泣残花。

云南讲武堂四问

百战孤城万死存,英怀勇守铁滇门。
曾持孙父新民锷,已劈袁公帝国樽。
天外星河风入骨,眼前山岳气飞魂。
功名渐起无穷处,试问何方醑一尊。

闯荡枪戈只为赢,百年威貌凛忠诚。
兵光上下通今古,武话循良学典营。

天地但随云霭变，沟峦遂作鬼神惊。
朱毛共事多迎敌，试问何人替主名。

扭转乾坤一掌中，学优磊落自威风。
国天留幸曾须尔，兵器无边可仗公。
也立珠江黄埔校，又攻闽赣恶峰戎。
四方八处多群虏，试问何英有剑功。

曾是滇王一卧云，武龙侠义振新军。
身成名起追倭后，道畅家安入缅勤。
已见中原分鼎物，更存内鬼著浮芬。
只心爱作游离帅，试问残棋几次闻。

云南民族村行揽三首

绿水茫迷接岸堤，小桥门外路东西。
山田稻米鱼梁少，茅舍林高鸟道低。
巫父若来还自笑，图腾曾去复何栖。
饿观半屋依青郭，欲向村家买腿鸡

几点灵心似火燃，谁人停坐此生怜。
无形有质原因舞，不动虚声却在弦。
基诺青山歌户外，纳西白月驻窗前。
夜来暂借还村去，风色高楼独悄然。

偏立西园过小峰，店门深掩觅文踪。
新乔印画成凰影，老技雕施作雀容。
挑得心晴无处问，愿来路好有时逢。
同行莫笑痴情客，明日蓉城又忆侬。

歇定西分水岭

一带青峦夹道开，甘川过景矗观台。
定西云拥千峰出，漳北溪鸣百步来。
草甸不烦牛马晚，桃源只恨履身催。
何能更结烟霞宅，懒起常亲俏雪皑。

赠筑路杰出青年二十首

十年雪域志情豪，看我雄鹰再领骚。
墨脱临危冲恶境，昌都受命试寒刀。
哪论霜月伤筋骨，已是旗旌舞战袍。
但问先锋谁所向，天高地迥任风涛。

凰凤春林百鸟声，锦花一朵略长成。
南征炼就心生绣，北闯掀开雨望晴。
笔下盈亏通峻宇，指间毫厘串琼楹。
托荒廿亿耕不辍，莞尔妆红目已惊。

梦点山河寻影去，满腔热血贯征途。
匠心磨剑长风破，妙手擎云黑水苏。
三十积劳终薄发，万千概算得高沽。
明珠不用夸其事，沉尽狂沙辨卓殊。

鼋头渚外佳湖畔，地铁工班美玉衔。
感我踌躇疏大道，惜君匍匐克灰岩。
有心改革增光色，无谓钻研隐汗衫。
莫学范蠡天野散，争舷当远再扬帆。

敢问苍天路若何？青春无悔复奔波。
只存浩气追慷慨，要叫丰碑显郁峨。
酷日当身难歇笔，孤星到底任穿梭。
姑娘桥外呼声起，早比钱塘浪沫多。

全心开路容方寸，足未停栖又紧跟。
一去东非连远漠，独留西蜀愧新婚。
地材低质勤浇筑，砼料高标苦踞蹲。
终得技精专配比，满园桃李竞敲门。

和言慈面骋沙场，幸福真忧造一方。
善用人文疏惘惑，熟知策略化凄凉。
牵魂中国行追梦，投爱老挝誉满墙。
且愿世间兵祸止，也思此路意情长。

日升南国观初晓，曾立鹏城意未消。
手握丛书抛旧念，怀藏方案育新苗。
基坑深浅留交首，协会高尖引折腰。
科技本来无绝界，谁归鳌背便天骄。

注定功勋拼一线，急需时刻贵冲前。
何来借我三五日，怎奈完期九十天。
龙壁细施追后滞，狮山猛上动全员。
誓将华梦多装饰，最美车颜再策鞭。

自古中原寻问鼎，得心斩鹿岂无凭。
若非日夜辛耕作，哪有年时建设兴。
理好思维身已到，摸清场市足先登。
如今大道飞高翼，相继青蓝一脉承。

青春从未有蹉跎，享誉他乡苦砺磨。
阿速坡前追命急，农冰村里馈恩多。
精英已遂平生愿，大道终归好梦歌。
常对占芭寻铁笛，龙将飞入灿星河。

百丈高楼升垒土，经营闯荡早惊殊。
不甘低效成庸辈，欲把高知变伟图。
提质几朝摘桂冠，扭亏屡次斩崎岖。
远行长伴晨光色，欣看菁茵正复苏。

满腔志气巨坚攻，久守孤村改厄穷。
巧引丹参生地陌，深谋硒兔跳栏篷。
业成有约何须定，情洒无痕尽已融。
莫问前行如逆旅，男儿奋斗一身雄。

海南潮湿袭来频，朝暮躬耕不负辰。
紧扼平安奔第一，勇争贡献站前轮。
工地探索思兼累，技艺推敲苦更辛。
谁可捧书连昼夜，收于利润乐途真。

众路豪强涌合围，先锋闯荡熠光辉。
风云不让长蛇起，雷雨常和劲敌违。
入主机场铺远道，进军环保塑雄威。
数声霹雳惊魂动，大旆旗开业绩归。

自爱腾飞出耀星，长居浓夜启光荧。
身怀强项从心始，言布精诚与耳宁。
万里征途求未尽，千年大计搏无停。
创收何必神公助，天下雄安梦正馨。

常把公家放在心，休辞竭虑利盈寻。
统筹得以提增效，智慧凭能保降金。
正值八年三秋日，未疏四季一芳阴。
西湖幸有云来石，肯唤凝霜变沃霖。

行业争锋势永萦，谁人粤港澳中行。
惠州往日开新地，湾域新年唱故声。
满眼均垂资节废，一心只在利亏盈。
纵横远市通江海，活水源头正赖卿。

海外从来恋故乡，人居异境感沧桑。
八年漂泊尘飞土，万里趑趄月染霜。
谈判桌间莲似剑，拆迁室里舌如骧。
都言汉子存乎女，志在东非干一场。

草花康茂事锄裁，地产安然赖脑开。
放释资源容有策，退清劣物活非财。
钻研顿解如商矣，融汇谁云比我哉。
一意凝神攻减负，便随佳绩跃高台。

瞻姜维衣冠冢

旷亥千秋峰霹雳，雄才眦意帽冠存。
功持名望三分国，德伴英灵百代魂。
巴蜀西奔趋日月，中原北向斩昆仑。
可怜君运黄泉路，空叹垂青托付恩。

咏樱桃诗会

绿满东郊意未迟,樱珠娇滴正红姿。
斜园众杪成吟笔,小步悠情拟赋诗。
经雨寒凉浑渐觉,对花暄暖尽终知。
远途寻待藏佳景,清梦回留别野思。

长汀店头街作

悠古何须重赘语,眼前盛地告非虚。
闽西若见盐筐沛,粤北应成贸舶徐。
子弟汀波乡怨去,客家潮梦海云舒。
朝阳入骨生精气,慵碌堪抛苦岁除。

至京城

自辞盆地奔京兆,不怨机忙路紧跟。
熙攘去来王府井,琳琅前后稻香村。
单车高宇风声起,浓意琼杯酒沫昏。
夜里未知身是客,直将信苑作家门。

◇信苑:一酒店名。

重龙山寻幽

资中何处觅幽栖,古北崖巍傍滴溪。
摩石千龛成佛迹,阁楼终日续春啼。
人家阻路疑烟火,茵色穿花待布梯。
坡唤鱼池归未得,欲寻隐寺闭门低。

状元街怀赵逵

莫问穷途怒发沉,殿前秦桧恶悬针。
怀遵动鬼终无到,情寄栖云却有喑。
檐外青峰随日远,墙间白树与驹阴。
若时不挤苍生愿,应刻骄名耀古今。

状元街怀骆成骧

先生高学震峨岷,天上争魁第一春。
不负奋勤清两袖,遂承智慧启多民。
得知钦定文经合,拨悟言留疾苦呻。
今夕遇君升敬意,仰追卿辈是前身。

磐石古城

小市商家列古村，瓦楼临次面山门。
汲茶牵手频私语，嚼饼开眉屡暗吞。
游女踏歌金步碎，道郎沽酒翠神温。
谁能更入明清路，莫向浮云问帝恩。

访资中文庙武庙不遇

山下街坊店幔开，武文庙外往徘徊。
人言此景能多少，谁使今朝只再来。
万仞宫墙棋落度，一泓池水柳斜催。
足行莫向荒门恨，且喜春光伴妻孩。

杂兴

风絮飘零任是非，林中鹧鸪又芳晖。
青山满眼愁多病，盛日连天恨有违。
海内几能终死逝，溁涯犹自逐年飞。
绪情何遣花同似，更况城郊酒未归。

咏弘一法师

山僧结屋远江湖，坐阅风涛万象图。
老衲有情归故社，长空无迹挂征途。
青林过雨寒烟湿，古井逢花醉月苏。
着意半生皈佛寺，诗书凭地寄醍醐。

咏苌弘

天教国祚有贤英，誉作周臣贯耳名。
何恨兵家摧礼乐，忠诚投政进仁明。
何悲草木堆冤屈，赤血倾心化碧惊。
欲采山花平此脆，一杯遥酹美魂声。

成都凤凰山机场旧事

浮沉无计问余枭，不料穷途路阻遥。
落日孤城寒色老，激风荒野晓光销。
窄空败走华容道，浩海松开鸟雀桥。
列国垂涎人共止，两心远虑自同潮。

抓周记

八月抓周耽笑步,门庭嬉水嘴高呼。
厨中鲈跳烹红火,椅上身攀尝美葡。
旧岁初知新褓苦,薄灯长照厚眠疏。
糕香童面多姣好,桌夜烛围亮似珠。

仰古田会议旧址

著处稻香沉往日,丛菱冠盖碧前池。
墨痕试色旗常举,星火燎原志永持。
数岁进程拘绝恶,一朝来信释危疑。
安于箴语更知梦,便是军魂再慕时。

成长记

庚子年,适逢企业报纸创建70周年,思之成业路径,尤感时去速也,吾亦随之成长十一载矣,特抒怀:

报社风华七十年,几多往事驻心田。五零年代初生矣,零九秋时始识焉。身赴胶州修隧道,眼观蜀境送书笺。似开心宇情怀起,如沐春风梦笔连。投志新闻勤捕捉,躬行通讯巧裁编。吟窗月照心头印,诗景云飘步里翩。聚焦一线耕风雨，描绘基层写苦煎。字垂远海滔声激，意落平畴砾石旋。动态常常刊在报，捷功处处喜于天。人知纸物多诚血，我说玑珠贵智贤。幸得老师存伯乐，才成雏鸟舞文椽。黄金易购花千树，青玉难藏韵百篇。提笔应珍春岁好，低眉更觉雪期妍。先锋时代呼香墨，宏业生涯盼震弦。催鼓不停趋改革，迈行依旧赖钻研。论评指引龙盈手，赏读邀来凤满肩。奋斗精神当谙记，相思魂骨永承沿。讴歌日夜操劳客，称许苍茫逐梦鸢。北战南征英貌聚，西移东进热肠牵。衷言盘绕吟难尽，惟待登高再跃先。

园圃踏春

谁言春水漾亭山，绿树青迎一道弯。远岸烟浮沙鸟静，平屋墨积纸鸢娴。幸郎有意寻溪去，野叟存心看岛还。花向径边分点点，日随空外绕斑斑。青裙玉臂争新巧，快脚轻身尽旧顽。几度落红随叶下，半篙初白趁流摆。游丝冒树萦千曲，密语柔情续万般。莫怪江湖多此乐，概因诗咏有馀闲。痴来野鹭随舟往，醒后飞泉隔竹潺。莫恨泥尘行十里，风光随处足跻攀。

酒都狂想曲

赤水春开绿满陞，白鹇颉颃野云青。人言津口寻佳酿，我欲南都启美瓶。临瓮嫩醅浮琥珀，隔帘红袖泻清泠。不须问客为何物，拟使言欢在此厅。昔古阳关空遗恨，晚今明盏自逢萍。香流多壑分光影，涧气千溪洗地瞑。谁觉时情殊易老，我怜酒意贵常形。樽前蕊瓣垂盈座，牖外微风倦入棂。轻影移檐斜带粉，巧枝黏草散成零。特来小酌催沉境，随愿低吟渐入冥。睿眼看山如有待，壮怀投处亦相惺。玉壶倒泄银河阔，铜柱高擎天宙溟。仙侣每邀金鼎客，玉人堪醉石楼亭。柔乡寒尽莺声袅，愁客年来燕语馨。将似道宾从解事，枉迷名利逆推硎。莫辞天上琼林阙，直进园中锦步町。未必黄金能致寿，犹从霜鬓更添龄。身随月色三千界，马驾霓光十数瓴。梦里诗情还自许，醉余画色与谁听。仁怀籍此翻思对，回首向来倒月星。

卷二

歌乐

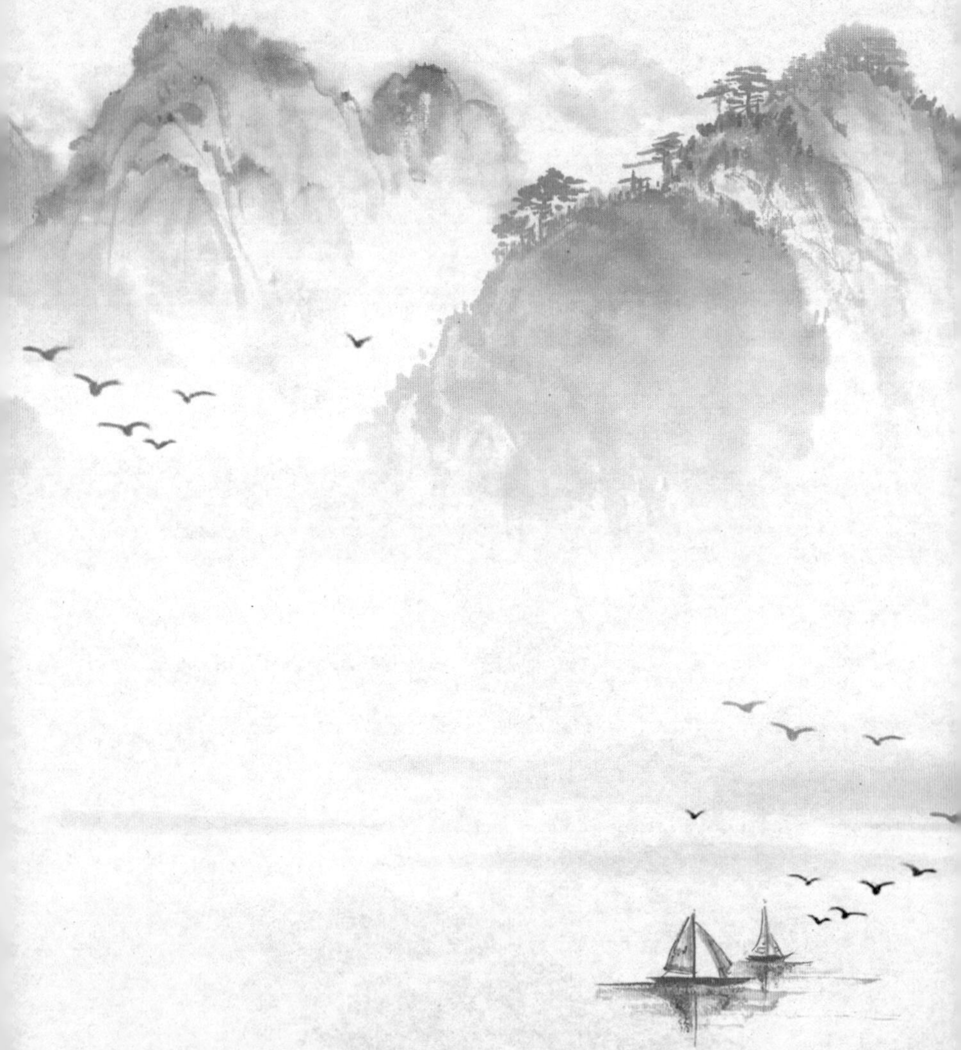

请茶歌

请君一杯邛崃茶,新火腾热正沸花。水自幽泉天际来,叶摘峻岭美木桠。毛尖金尖呈选递,金玉金仓耽绝葩。为君所爱亲烹处,应念阿妹采新芽。摊青萎凋经日月,揉捻焙压去疵瑕。黑白红绿任君意,更有绿者最清嘉。唐典茶谱火番饼,拨云见日终揭纱。初举杯时红黄荡,升见天涧霓堆霞。一口乍呡香满鼻,若驾瑶帐云飞蛇。二口小饮味蕾醒,春光潮起袭英华。潮春入舌又沁喉,醇意连远神韵遐。三口四口品相咂,顺滑丝丝衾绸奢。庙堂忽来璎裙舞,箜篌啜梦醉琵琶。梦歇添杯第五口,南山悠见田墅家。悠墅清新尘埃洗,只有夏竹听池虾。六杯下口已痴觉,旷谷天高秋光斜。万物和谐地籁寂,野津穷处浮扁槎。不舍诗书敛微唇,相如弄琴比蒹葭。可惜酒垆不卖茶,文君嫩绿念嗟呀。十方堂前杯盘迹,后世茶坊透街衙。再杯谈及西域地,东西交流走天涯。丝路重镇茶马过,冬雪早茶暖袈裟。莫辞余杯慢邀呷,慢品底蕴人文加。谁不欢喜邛崃茶?忘忧尘恼驱锁枷。谁不喜欢美邛崃?茶入肺腑人人夸。

永定河歌

侧身人望永定河,天赐之水寄清波。两岸丛叶握彤日,满目生机未消磨。蜀人自是千里客,不妨北臧

留心窝。问源永定奔几何,影从百万年前过。峭壁乱石云峰阻,泄流激荡出远坡。如歌往事沉古阙,多少楼台舞婆娑。帝王岂料烟云卷,剑影行刀血滂沱。就此旧代迭新代,无人幸免争漩涡。只见贵人终富贵,黎元何悲猛赋苛。苍生直愿海晏清,只盼岁岁秀苗禾。叹矣卢沟生炮火,锐志沉沦惧东倭。何处决断矗红旗,赤胆投心化干戈。东山已起恩威变,雄鸡一唱天下和。至今永定永安定,锦策妙方已施罗。郁金满园丽村野,香比芝兰之室多。翁媪云集行幽廊,逗孙之趣笑相呵。更有男女约佳期,快车绿径任穿梭。人生乐景无外此,贵在心灵少偏颇。乐山乐水需乐意,气烦尘疏除病瘥。何不入楼观宁月,逍遥靠梦偎山阿。何不听波永定水,吟醉颜酡再清歌。

惜玉歌

香消当日怨人间,欲怜楚玉是何年。零落三八春节寒,廿五芳华恨无眠。葬心入林黯春山,万众匆匆泣苍天。捶衣顿足苦追问,何时再能睹芳颜?演艺平生风光季,织就哑幕身名起。一颦一笑似花语,花开天下黄金期。勤学深耕常研习,影星加冕未停息。身姿风情频频见,绰约深浅总相宜。每每华袍袭华庭,惊叹无声胜有声。或倾心花梳妆迟,或赞斜眼恶浪惊。木有根兮花有芬,寻探凄零出有因。早岁坎坷染心痕,童女阴影笼卑襟。家父长年累家门，一纸长工命途辛。
生计危危寡母泪，携女摇变佣工身。寄身张家期多年，
情窦初遇影翩翩。公子信女成正果，沉醉蜜语沉巧言。
未料日久生事端，纨绔本性赌巨款。黑脸斗嘴本常见，
流花落水少情恋。爱恋盼作情中味，玉露金风等相会。
半就招来暖意追，半推季珊夜光杯。女郎重情安深闺，
此愿宁祥比翼飞。可恨忽卷离诉案，蜚语报章美名毁。
人言可畏真可畏，人心可悲实可悲！畏莫畏兮置报媒，
不明实事枉为媒。悲莫悲兮陷争男，暖意情恩枉相随。
叹莫叹兮我佳女，何来非要香消作尘飞？刚烈何不学
胡蝶，洞察审势自在归。管它恶言耽错对，只作率真
状纸挥。零落此事长断肠，肠断玉陨空徘徊。

栖霞秋枫歌

我自蜀西访高刹，整衣蓄力上山阿。山阿邀我宿
秋月，对月遂作秋枫歌。莫说枫叶秋瑟瑟，应觉吟爱
秋思多。秋思翻来落秋水，秋声何处逐秋波。曾忆魂
来秋枫里，多少楚臣苦伤国。纵使肠断对江泣，春秋
抱负却未得。帝王频幸六朝地，谁近秋色迷梦惑。自
古江山贵仁德，明镜舟水当警恻。可怜昔人已远去，
冢陵秋柏埋古丘。今人不辞栖亭阙，寺塔钟鼓听不休。
回声若听炮火荡，信知安宁古难求。还闻邦外兵又急，
慨然叶落悲何愁。难有乐居安常在，切莫蹉跎空等待！

也学红叶当空舞,各自有命自主宰。时珍一生尝草树,传有枫脂达四海。枫露红楼芙蓉泪,谏叹孤茗情不改。古贤困窘尚不弃,今人富足庸何哀。何不随风如枫舞,珍重时光逐梦台。舞兮舞兮秋月影,清辉闪闪纷纷而下来。梦兮梦兮秋枫紫,留醉栖霞由我心怀开。

◎莫说句:取意白居易《琵琶行》"枫叶荻花秋瑟瑟"之句。

◎曾忆句典出《楚辞·招魂》"湛湛江水兮上有枫""魂兮归来哀江南"之句。

◇帝王句:历史上曾有五王十四帝登临栖霞山。

◇还闻句:想到当今世界并不安宁。

◇时珍句:《本草纲目》中记载枫香脂的药用价值,具有活血止痛之效。

◇枫露句:曹雪芹,清朝江宁人(今南京),《红楼梦》所载《芙蓉女儿诔》道晴雯喜欢四样物品之一"枫露之茗"。

时代先锋歌

庚子年,企业成立70年放目铁路建设今昔对比感怀而歌:

历史回眸是长河,江滔后浪推前波。人民江山自立日,东方巨龙起巍峨。何振百业千疮孔,再莫折腾苦蹉跎。忆及当年西南地,铁路无有一米多。枉负保路枪声激，川渝人民空嗟哦。幸哉有我新中国，百姓夙愿记心窝。建国之后仅八月，铁军已赴九龙坡。邓公声辞令刚下，十三万员踏征歌。先锋旗帜擎在手，何惧裂隧险水恶。纵有千钧压头石，只见热烟炮火烁。两年修通成渝路，男女老少舞鼓乐。鼓点刚息步又起，从未思怀等歇脚。惟见师挥剑门道，明月峡下影穿梭。峭壁悬崖伏云彩，嘉陵水急涌漩涡。誓把木桥天上架，浪漫豪情寄消磨。谁能三线运筹紧，成昆动脉拟通过。主席命令指崇岭，大小凉山斩顽魔。谨遵指示铁血志，怎能无路驴来驮。金花闯将齐上阵，时见猿猴石掷挪。老昌沟外关村坝，甚有识字医翁婆。禁区一日行典礼，百万彝家笑呵呵。筑路精神不停滞，建功先锋更几何？建局之初践使命，抚平朝越枪雨沱。七十年代援坦赞，赢来世界少偏颇。彼时华夏再壮丽，陕滇黔桂纵横和。湘黔枝柳苗家喜，铁轨枕边曳芳萝。喀斯地貌困狭隘，南昆一朝脱贫疴。天路盘旋鹰高啸，羚羊哈达引游娥。腾浪列车飞雪景，异邦阴谋空教唆。曩昔豪迈诉不尽，而今七十华诞卓。岂忘先辈耕耘处，雄碑血渍浸斑驳。未断正根袭种子，已续铸魂育苗禾。高铁名片终闪亮，先锋蓬荜迎观摩。君不见，成渝繁荣再兴盛，一体奋发华灯灼。西成来回一日足，秦川蜀水美城郭。成贵处处争朝夕，再无关嶂叹重壑。青藏人类破极限，壮志磅礴唱寥廓。君不见，亚吉铁路贯千里，东非驰梦扬魂魄。老挝望眼通陆锁，丝路占芭香阡陌。人类命运早连结，一带一路贵合作。世间福祉共当警，如金

卷二 歌乐

197

和平别挥霍。噫吁嚱！叹乎伟哉！何谓初心矣？永不忘兮祖国之重托！何谓使命矣？永不失兮先锋之承诺！

◇保路枪声：保路运动期间，新任四川总督赵尔丰诱捕咨议局正、副议长蒲殿俊、罗纶以及保路同志会和川路股东会的负责人。消息传开，数万群众前来请愿，要求放人。赵尔丰竟下令军警向手无寸铁的群众开枪，当场打死30多人，造成骇人听闻的"成都血案"。

◇占芭：老挝国家花名。

圆明园挽歌

清帝威仪沉旧国，睥睨天下梦多惑。一园天地趋蓬莱，哪管人间苦凄恻。玉泉水清出秀山，勾勒台榭白云间。雷公有意著新墨，谕旨皇恩设仙班。仙班初出京畿地，临驾放眼丹台低。此寄最能消酷暑，似海骊宫百鸟啼。宫幽当时落偏爱，父子恩情亲相栽。点拨圆明赐深意，托愿修身向儿孩。童心不负增志气，登基二年遂筑台。御点商侜采金石，木从千里热河来。浩荡工匠如军阵，苦营多年初落成。玉人丝管歌岛渚，点灯阁池夜夜明。皇孙巍巍痴幽梦，后园扩建竹在胸。宏丽绮春连斋馆，更添长春缕缕风。古色奇亭自江南，苏杭盛景看未完。收揽洋楼联珠碧，十二生肖喷玉盘。年年三百六十日，听声迷景碧浪时。庆生贺喜戏伶舞，宫娥窈窕梳妆迟。泛舟乘凉摘垂柳，赋景吟诗别了情。

既是瑶池逍遥客，谁人不为此醉倾？醉倾仙苑无时尽，
醉倾大国有魂惊。自恃博物悯福祚，不问技艺问神灵。
神灵脚下埋利炮，洞开国门在一朝。西夷天性好武斗，
付之烈火尘土焦。如梦初醒仓惶恐，子臣弃园逃深宫。
岂料不过一万人，千亩琼林化灰绒！野蛮无耻泣浩劫，
摔宝碎玉遭谴责。本属人类无价品，铭心雕慧天物择。
今此临吊是非地，今此反悔风雨逼。现世醒钟应时警，
毋再愚弱长嘘息！

◎睥睨：古代皇帝的一种仪仗。《宋史·仪卫志六》："睥睨，如华盖而小。"
◇玉泉：山名。
◇雷公：圆明园总设计师雷金玉。
◇骊宫：华清宫，此借指圆明园宫阁。
◇登基二年，雍正二年（1724年），圆明园扩建工程正式开始。
◎西夷：鸦片战争前后，对西方侵略者的鄙称。清·陈康祺《郎潜纪闻》卷七："道光间西夷犯浙，武臣多死绥者。"
◎琼林：琼树之林。古人常以形容仙境的瑰丽景象。晋·支遁"闾阖无扇于琼林，玉响天谐于箫管。"

壮行歌

纪念汶川地震抗震救灾而作：
萋萋草盛抚离魂，山花漫漫弥芳音。忆及当年震

撼地，巴山愁涨黎民心。轻觅隐痛苦伤痕，感怀人间浩气临。绿水常流情依旧，大地光照众山青。蜀川本有葱茏县，却料梦魇萧索见。瑟瑟阴风黯云霓，山陷深谷长夜眠。夜长似冬心意寒，雨嘶如骤泣罹难。呼儿呛女声声怨，凄水噬没苦泪咽。险情紧急系离箭，神兵天降解危悬。速令一语平声起，万名壮士赴前线。险中浩气回首赞，及时雨露撒四川。拳语回荡震宇轩，腿边脸旁尘飞环。身怀国难携重托，烁烁壮行抚悲伤。寰宇众眼投足翘，抢开国道敢担当。通道险峻路阻长，大爱豪情怯鬼魍。小铲旋转愚公撼，山开凯歌猎旗扬。巨擘扛起山动摇，铁臂刨开路平好。芸芸灾民起精神，满心热望砾中报。先锋气质馥芳香，砥柱磨砺可有帮。燃眉急虑缓缓降，生命之道伸八方。物资车中传真情，起吊机上横梁轻。忽听残垣堆中声，奔告相助一家亲。断壁倾身空中悬，间歇碎块落弧线。排砾扫尘有执手，气息堆中明花见。红盔麾下策刚集，黄顶帽舞行动启。你呼我抢追命忙，犹如马喑决战场。死神痛唶哀鸣心，斗士猛驱顽搏拼。生气涌动显光灵，壮举灼灼耀古今。都江堰中月味披，汶川岗上戴日辉。生灵惺惺相惜地，共鉴日月生命归。日月岂是无情意？环抱葱木影相随。寻影犹自青山在，往事沧桑却萦怀。齐心号子满山岗，犹记扁担挑脊梁。夯基建桥架福祉，飒飒热汗溉愿望。路成助送如水注，亿万支援流顺畅。企民齐聚谋安康，重建热潮高歌响。钢筋楼上起歌舞，万众一心施工忙。广厦起地如劲笋，栉比高楼春风唱。建筑儿郎树榜样，殷勤相送留余香。亲民把酒邀相祝，留把青丝当情肠。感慰凝神踌躇想，蜀都赤子在望乡。如今魂牵梦绕地，春泥新房出白墙。情深似水映山高，感恩大旗耀穹苍。山伴水青水清流，此举流芳万古长。

山林歌

幽草百鸟结，斜阳染云端。昔时重阳暮，相见又何年。空有相思树，邈动何汉间。宫阙岂无人？悠眸意韵叹。余味起飘荡，晃晃如波澜。山河影凌乱，逸不成欢颜。何时生长雁，相邀遇林山。只争梦一回，人鸟舞盘旋。

◎幽草：幽深地方的草丛。《诗·小雅·何草不黄》："有芃者狐，率彼幽草。"

◎相思树：咏男女爱情。唐·王初《即夕》："月明休近相思树，恐有韩凭一处栖。"

广东汉剧歌

东粤关不住，高腔出皓唇。一曲中州韵，南国牡丹春。丝竹声乍起，仪态动凡尘。板眼走彤影，髾翎朗飞神。翛然瑶宫里，或赴云台滨。唱调佐婉转，平生享厚淳。三月忘肉味，痴醉或多循。才知静堂处，

髯公站颜亲。正袍塑威身,何其正义真。客家重传袭,即便海外身。美剧留美德,精粹放光新。呕心之大作,叹矣何谆谆。我辈当赏习,感化我新民。邀也皮黄梦,再拜客家人。

◇中州韵:我国许多戏曲剧种在唱曲和念白时使用的一种字音标准。根据元·周德清《中原音韵》、卓从之《中州乐府音韵类编》等书所载,中州韵有阴平、阳平、上、去四声而无入声,字音归为十九韵类。最早使用中州韵的是元代的北曲。

◎云台:高耸入云的台阁。《淮南子·俶真训》:"云台之高,堕者折脊碎脑,而蚊虻适足以翱翔。"

◎谆谆:反复告诫、再三叮咛貌。《诗·大雅·抑》:"诲尔谆谆,听我藐藐。"

筑路歌

开路有先锋,成渝成颂扬。开篇启磅礴,律声起高腔。壮怀铺前路,信念燃胸膛。蓄势在热土,爱国显臂膀。号子震云天,父兄为路扛。脚步陷泥端,浴血奋战场。

博浪歌

春如姑娘姗姗,潮似海浪漭漭。撼乎人间万物,震乎四野八荒。动若咆哮怒号,静如蓄志远翔。一声改革令下,国企运筹走向。你追我赶潮流,我抢你战独创。春天这般到来,骄阳喜引热望。红日冉冉高歌,唤醒千古情肠。黄浦滔滔潮涌,抚得万人酣畅。跃身信手凝姿,回眼已瞭朝阳。江涛再次来袭,市场号角吹响。搏击蓝图会就,凯歌岂不起航?征帆信步前行,何惧潮高巨浪?企兴首推创造,瑞城整乐高唱。一曲乐章奏响,鲜花捧满街巷。城营已谱篇章,万千家庭吉祥。城市生活美好,市场前路通畅。激情已深人心,壮志早入行囊。若欲收获梦想,翘首待望前方。

远迈歌

一曲高歌彻云霄,几番复沓跃天堂。哈达捧来高原情,雪莲驱走怯意想。净水柔情伴思流,轻绸洁纱随风淌。青藏本是仙境地,雪域原应路四方。拳拳呼唤在心间,虔虔感恩诉衷肠。藏家儿女踌躇望,中华黎民心浩荡。人间温情显大道,大爱温暖播八荒。地动山摧虽无情,山牵水连可有帮。山花有界重有义,春色无边报佳芳。央企责任凸显现,千钧关头挺坚强。国企成就好儿郎,奋身搏击保家邦。爱撒神州成铭记,情满大地永不忘。龙盘虎踞云霭兮，蛟龙起凤舞腾翔。江河漫漫行地兮，日月浩浩而轩昂。

镜花水月歌

雾是迷离雾似愁，三山看尽几风流。古来红尘歌相竞，吟来愈觉叹莫休。人生百态就繁簇，雾里看花花更柔。掬花只关饶志趣，岂论拒之暴殄投。何奈得镜容颜变，朝夕难阻青白头。曾经年少爱追梦，转眼驹隙时飞游。梦外金枪仍在手，梦里巨擘换吴钩。光阴春冬夜复夜，圆缺轮月照晚舟。舟急风高浪打浪，处处辗转对沉浮。一任人潮皆成水，上善行归莫强求。

峨眉行

徒步向山行，峰髻合相依。暮雨沾林鸟，巍寺翠欲滴。隐没灵猴欢，寻包来时急。林深上崎路，新叶歌清溪。渺望层巅高，造化钟神奇。玉兰眼前傲，韵袅慈佛西。两日驱百里，常伴香满肌。只身夜寄庙，凉梦声萋萋。素餐冷洗后，踏月莫停息。竹杖不辞艰，风痕卷雪泥。四方朦胧面，金身与天齐。经曲飘仙屋，初阳暖新衣。叹我峨眉云，江海横空辟。星河点琼楼，良辰终忘期。

陇西行

漠上阳关路，人遣伊犁州。销烟犹未竭，帝诏却无休。唳色三冬寒，胡云千里啾。常怀林俟村，功过孰愧羞。

◇林俟村：林则徐，号俟村老人。

长征行

百年征途何能比？红旗猎火苦奔徙。红色往事常浮来，掩卷常思叹不已。骋目倥偬烽烟里，围剿铁墙初筑起。阵云深锁遏广昌，枭容信自心黯喜。当时卒伍缺灵魂，误入歧路持战辛。眼看进退将绝境，痛失先烈泪满巾。纵有北上与西征，无奈徒劳又枉程。兴国宁都一旦困，命悬穷窘拟堵城。游击湘西有周旋，配合突围妙开端。被迫远征令遂下，惟盼他乡天地宽。四道封锁布罗时，雨暗残星煞飞驰。于都南渡穿贡水，王母新田巧胜师。何奈趑趄负重辎，甬道拘迂行进迟。派系军机岂能误？追截师团早谋施。扼腕湘江血战矣！壮烈悲歌当空泣。乌云鸣啸长夜凄，红泻长河已危岌。红军八万损五万，霹雳苍天向谁怨？风激沉浪问故国，何人担此狂澜挽？再莫涌之湘西行，敌人早料列重兵。幸哉有我毛主席，移师黔南擎旗旌。黎平枪芒初落下，台江镇远染红霞。
革命前途何所幸？
迎战求实尤当警。
近逼饕恶成泡影，
滇贵主力傲会合。
更听川陕红四军，
痛劈敌军伪功群。
安顺场畔翼王来，
早识算计终暴露。
看乃泸定今犹记，
碉孔沦陷胜矫骥。
烈骨冰峰何所辞，
常有歇步冻若茧。
纵使沼泥陷霜月，
草根皮带嚼枯舌。
此曲何来世间有，
从此山河换新天。
纵有大雠千般阻，
试问骁勇更几许？
鲜血染红长征路，
感恩之情长相萦。
今世慰以橄榄迎，
复兴之光灼正明。

茶山跃过乌江影，
终有思想正道领。
赤水四渡踏凯歌，
踉跄往覆哀蹉跎。
神来之笔皆注定，
西进茂理扩建勤。
天堑从渡何所惧，
见此悔应刑场赴。
悲剧烟谲岂重演，
几番铁索挺膀臂。
金戈铁骑路辗转，
勇过险阻听调遣。
行行踽踽复行行，
旧疮半透几涌血。
每次垂听寸肠结，
前赴之志寒心彻。
生来红军耽壮气，
赤地千里红旗举。
前进之师未敢忘，
正义巍巍立高岗。
情深根脉诉不尽，
筑梦之道郁葱青。

遵义已入红军家。
危亡之际见真知，
回击阴招空张罗。
所谓精兵笑臃多，
蒋家蒋家奈若何？
得应会理终北上，
小舟已横当快履。
歹命何必翻重遇，
难料红军威雄步。
莫是勇士冲锋出，
雪山之涉雄风展。
单衣霜脚寒梦颤，
仰天赳歌正上演。
饿粮殆尽寻不得，
震撼一曲孤筝裂。
叹哉会宁终凯旋，
塞云深谷任临肩。
刀痕弹瘢抚慰也，
英雄故事思断肠。
巍巍精神所倾处，
遂此谨作长征行。
新的长征谁以赴？

工匠行

庚子年夏日，闻大国工匠彭祥华事迹入选我国职业教育语文教材，感而记之：

昨日杀猪匠，今日爆破工。飞身攀绝壁，半生隧道中。父亲作先辈，继志闯西东。铁轨写纵横，历事必亲躬。川藏路高愕，一身赴峰丛。寒砾常破碎，裂土迷朦瞳。抚石崖上探，深浅寸心知。调药才装配，预报再操持。引管穿寻常，毫厘无差池。旦夕炮赫响，尘消待听迟。队友疑所惧，心悬走钢丝。惧有哑炮涌，向前惮跟随。迷尘一背影，勇赴是谓谁？步重稳如铁，厚背斜微垂。炎炎险情除，远灯烁烁回。忽的呼声起，蹙脸顿展眉。每每铭记此，立志永学追。问君何能尔？蝶变千山梦。光烟骎骎出，天堑处处通。夜窗成大事，莫是班斧逢。

酣夜行

秋风窸窣途漫漫，夜白雾清露婉转。巴山游子蓄势气，齐心勇为美球战。绿茵场边有祥云，高台楼阁佳人欢。呼声回响青天外，人影浮动热波间。热波荡漾心澎湃，花拥澎湃意震撼。可观场上英雄色，可叹志气忠烈胆。翻江倒海健将在，球姿飞扬任意传。你呼我抢妙配合，我应他和锐意见。锐意不摧成城墙，

对手低头城外喊。长传猛飙赛龙喧，骄似银蛇舞宇轩。
左绕右闪余存心，敢叫天地换奇颜。转身捷如燕飞天，
倒挂金钩把球灌。守门将士怎奈何，惨将轻身跌泥端。
教练侧身意萧索，心怀顾虑入心丹。回望我队雀声欢，
热浪雷哄早成片。星迷高呼动飞腾，飚扬国旗五星艳。
他日功国未漫远，漫远不为夜入眠。奋身搏击有磨砺，
只争朝夕捧绚烂。意欲未满只争先，起身肃立有铭传。
佳事身后不曾忘，流传悠广评坤乾。夜雨静谧幽曲散，
夜起茶香卷帘漫。舒笔夜写足球事，瞻想前路九重天。
球在健身塑骄男，功过两端不赘言。把酒临风畅快夜，
茶意球情梦正酣。

巫峡行

金秋十月天凉阴，蜀都客侣过江滨。隔阶江台望神女，梦回高唐分外新。寻乎盛丽从夕晡，仰之袿裳领性沉。却因夜朦山月尽，惟见宝塔耸威嶙。塔下灯明浸河水，应邀古人听浪亲。曾是道阻困车马，孤舟此溪趋旷垠。今日流水声依旧，何奈旧城埋鱼鳞。两岸青山相对阔，因见百米高浮伸。巨轮尚能通江海，云雨之情何所循。漫思江畔行有余，萧森往事却难陈。

长安有狭邪行

蓉城有隔楼,楼楼寡通人。随遇罩面客,短言劝我遵。我遵复多日,病疫始未邻。公安迫流调,医护速奔巡。社区得急令,锁劳控群民。处处俱截扼,满城阻汹尘。危处俱上场,核酸夜检讯。危处俱入户,视作家辈亲。女婿罹肺咳,妻子闷枯神。丈人初容治,屋侣连安身。国民且挚念,凯歌望归循。

门有车马客行

辛丑国庆,众姊妹二十载相遇,随有京都同学之友远道自南江归来同聚,以记:

门内车马客,因假故里来。故里渺相闻,羁旅滞徘徊。浊酒问无极,尺素屡渐开。得询桑梓事,桃李曾谁栽。常诉离恨久,问君当归息。浓歌奏不尽,赠意千金刻。凌晨还持望,秋雨同侪侧。噭鸿争南飞,只君何往北。

拟相逢行

晨曦读典著,晌午整绮床。下午扫居秽,勤耕在轩房。丈君且安卧,时起褒耳旁。

卷二 歌乐

209

夫人弹鸣琴，丈人做佳羹。诗人写美句，喜乐新岁迎。小女端无事，频作扰闹声。

长城谣

缘分一道桥，唱来识奔骄。山河路迢迢，怎捺剑张嚣。狼烟滚风烧，孤魂未勾消。爱恨血里浇，信任立雄腰。旌旗招又招，墨寒对寂寥。千年长城谣，童口今更昭。

光雾山漫吟

高谷夹岸车渐入，弯斜陡峻游人趋。左看拔峰自堆静，层顶高处见巍殊。天境飞来遍山葱，万顷枫林一眼中。漏落人家居身处，小竹亲植更几丛。爱我木栈绝俗尘，徜徉小憩贵养神。慈母劳背积陈痛，常是半夜醒吟呻。暇节等逢巧团圆，拉拽忙父小溪边。拾阶抬望不辞惫，一心只把浓林穿。间生佳气自远来，霓雾扮妆下瑶台。宿鸟几声鸣玉笛，驻足观澜喜临怀。云迷憨态能成癖，冷珠无情滴晶奇。何年据此巨峦立，玉皇阊渺永相持。落条袭手如无语，问顶登往愈泄寒。迎松挂壁风色动，危栏前倾失仰颜。雾隐雾去聊似客，四季飘飘幻无形。常岁他乡天涯里，每叩乡关总恨情。

枫叶红透失遇缘，辗转几次枉等闲。待到米仓山光醉，履步踌躇再回还。唯盼东君青嶂合，林端鸟跃翠烟窄。若遣忧怀春风意，应是萋草从头摘。

西宁吟

汉祚西平亭，今乃海西宁。有羌据湟水，扼揽天外星。繁星多澄澈，扫人孤伶仃。唐蕃出古道，郡驿生马铃。道阻且何长，相造裹劳形。南望岂万里，叠嶂耸列屏。古来通丝玉，四海迎佛灵。铁龙一朝过，邕熙趁市町。

倡子吟

延年与龟年，遭同隔千年。延舞擅弦瑟，都尉新曲专。僭法受腐刑，幸妹起乐怜。一朝择宫阁，殷仪汉皇边。倾城更倾国，佳曲袖翩翩。势时无常形，外有胡戎煎。宠亦随恩起，死亦因祸连。满门抄且袭，后嗣盖绝焉。龟歌每贵门，笙箫手中搴。渭川一时曲，玄宗动垂涎。盛世粉华茂，霓裳处处旋。携弟有彭鹤，羯鼓奏开筵。东都捐宅第，煌煌灼府巅。谁料祸萧墙，刹那朝覆悬。独对江南泣，江声佐凄弦。呜呼倡子命，系零时运迁。得之随遇伺，失之随遇衍。能佼尚趋此，

何乃数凡缘。

鼓吹曲辞之巫山高

巫山高，千仞碧。轻舫逆入莽峭隙。映怀莲台观音席，恨我无访仙人屐。又见美人倒睡隔，应羡瑶姬云雨遮。危栈人间旦凿掷，襄王竟此苦焦迫。壑垒悬棺佐苍迹，枯骨神魂也叹喷。

鼓吹曲辞之巫山高

巫山高，忆其扼。巴乡远，难回蓦。人拟东归，何以道絷？怪其疫病，冷寒再袭。久别旅劳，思迫除夕之将及。众目切切，亲之念念。安宁之日，行将临也厌。枯肺之殇渐次，何之谓？

相和歌辞之采桑

春山北归雁，日暖自回还。男儿东非去，写意梦斑斓。高原齐筑路，志在丛岭间。铁龙驰旷地，鬣狗望开颜。曾约归期满，复搁置等闲。思妇盼何极，怨愁锁眉弯。夜夜苦思语，八年信为艰。稚子问无限，只称读书顽。郎言心渐愧，低头泪已潸。同为人间客，何独阻关山。

珍妃怨

　　凿凿一枯井,落叶生凄悲。何名赐宁寿,却讽香消时。豆蔻值年华,西学冠宫痴。揽来皇恩意,宠爱常相随。光影留真趣,也为佛爷师。宫闱似海深,悬威匿暗慈。少女率天性,朝政作扶持。复加凤投谋,嫉恨设陷辞。外夷闯炮火,国祚崩倾疑。怯怯奔走避,仓惶择当期。人言伴君虎,谁料母胜狮。雷霆下恶旨,一命绑挟推。铁锁何寒砺,岂堪弱女羁。女弱志却烈,井石诉控谁?銮驾空赫赫,呕心驭身卑。贵妃又若何,自蠹贞洁碑。恨作宫廷妇,斗权苦分离。只作庶人身,终日得欣嬉。

青城山晨曲

　　云山幽幽下凡尘,溪清袅动叶飞飞。飞叶盘旋林间斜,置身恍饮晨中晖。蜀地古来多仙境,缑山云顶鹤忘归。鹤影殷勤为探看,络绎千年是为谁?林兮木兮渺真意,众生芸芸携愿随。群观诸峰拥如城,凝黛浅浅峦烟炊。又闻轩辕五岳后,丈人朗朗对峨眉。紫薇居处本天庭,天帝却羡青城菲。天上通灵日行地,人间拾阶登丹梯。丹梯层层无穷尽,道踪浩浩无穷期。

宫门所过连殿宇，墨痕所掩芳草萋。忽忆天师有张陵，
云游修善结茅栖。洞孔涵碧传心道，坐观苍生日朝夕。
素衣缟袖若相见，定闻香留草丛泥。谁料仙女通人情，
化落金簪柳湖西。经久怅惘歌不尽，姻缘美谈甘如饴。
甘苦味甜本在心，三清阁院静修行。代代行人耽此景，
蝶面暖风款款生。老霄殿前遥对看，骋目胸怀亭楼青。
毕生浮华身后事，才复日寐夜醉醒。今往曾经由他去，
初阳喷来浊为清。常留鸣弦音虚实，雨无冷峻雷无惊。
且歌青城山上云，且舞青城山烛灯。逸思翛然过阊门，
羽化登仙日海暝。

阳关曲

汉皇据置阳关隘，初心起于固边陲。守民安国阻
兵侵，停缩胡凶方展眉。未料丝贸通商客，千秋百代
竞称奇。旱帐樽前邀弦琴，中原庙堂醉胡肌。只因驼
影连天际，迎来绵延使节司。使节多时寄祥瑞，使节
始应为宁时。常言商贾轻离别，便落处处三叠靡。初
叠知君欲远行，送君长亭挽君谁？二叠已是泪沾巾，
著雨柳丝折相随。三叠只盼归来早，鸿雁尺素永依思。
黄沙漫漫何时尽？弦弦震心思归期。可惜流连同百代，
代代离人总相疑。楼兰至今无消息，还有阳关烽燧遗。
古董滩土升铜币，醒告天下指迷歧。若听瓦肆隐华栋，
书酒布衣梦间窥。谁欠送客一杯酒，关城向西苦苍悲。

瀚海逢生几岁归，多少离别老死迟。可见行程九万里，新瓷茶香洋人痴。胡椒初入油盐味，更播佛兰基督辞。琉璃香料娇屋贵，斑斓世间五彩姿。姿彩莫非民间盼，往昔沉浮得失知。愿此续来赓今世，老调新唱阳关诗。

嘉宾曲

冬冷酌酒宽窄巷，火锅透热一时香。人在国风栏栅里，毛肚加筷一顿忙。好友频生得高坐，嘉宾远来一交觞。都是文字耕耘客，构思泉涌一箩框。休闲小憩凭君意，杜康从来一疏狂。明朝执笔宏章赠，海内树誉一梦偿。

元谋凤凰湖舞曲

秋凉八九月，相邀踏彝乐。圈圆随声聚，转顾脸笑目。人言彝区乐，彝区信可乐。翁妇牵少女，舞步自相逐。

巫山午居引

盖瓦倏然雨，雨打秋山深。搴帐抬目看，雾气荡萧沉。村雉渐呕鸣，院叶透滴淫。谷风著冷来，何乃

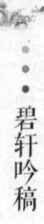

趋远岑。行路拘泥泞，荆棘绊寒襟。怀古跋涉地，足舟巫峡森。

讽诗

虎之嚚嚚，蝇之嗡嗡。人而少廉，民以为公。蝇之嗡嗡，虎之嚚嚚。人而少德，民以为劳。螽之佯佯，鳄之虚虚。人而多伪，民以为居。鳄之虚虚，螽之佯佯。人而多险，民以为祥。

有所思

有所思兮，乃在临邛。岷岭毓华秀，诞之蕙才容。冶铁之富遗之，嘉媛之恳诚之。何其别裁，煌其家业。失之凤中凰，落之半生忙。驷马约也旦旦，当垆媒也端端。无奈信是所毁，白头吟恨以对。空存巍怪赋，绝了美律音。耶噫哉！寒骨刺凉风冽冽，苍心未息何荡！

法医宋慈赞

吾仰惠父事，古时稀难求。立能翻案惊天地，行可置意百姓谋。生死惯无常，病来性命收。更罹世间多横祸，循吏悬镜逮人囚。伟矣宋慈公，正义秉把筹。解密真相里，辗转血泊丘。焦土黑脸残血溅，靠前何怪酒醋浮。若见夜蛇动，黑毒试针头。民诉出冤情，辩口硬全周。未任错假屈打生苦恨，不忍一方冷泪流。于是勤愤整书牍，誓把洗冤集录修。巍巍法医志，以盼杳哀仇。还有盐道独开辟，引进韩水通晚舟。掩卷思奇绝，景仰久无休。得公之心断何幸，与公重上汀江游。

消防赞

辛丑年全国"11·9"消防日，应大学室友四川消防救援总队孟宏昌之约，作此篇：

浩浩乎！吾国土！九百六十万方境，竞相奋发目共睹。几经沧桑浮沉处，刀山火海行无阻。君可见，四海安泰八方皆崛起，有乃消防守如柱。铸我忠诚，凝我气魄。时代召唤心如洗，护佑苍生得安乐。

巍巍哉！吾消防！授旗训词几荣耀，最爱火蓝橙黄装。骋目救民危绝处，铁血满腔爱无疆。君可见，金色大厅英模尚勉励，磐石如诺矗脊梁。炼我勇武，塑我丹魄。使命光荣遂承袭，卫我神州平险恶。

烈烈哉！我英雄！烈烈哉！我英雄！坍山倒楼命危炭，赴汤蹈火逆向冲。焦尘黯窒鹬身跃，掣电东西南北中。君可见，霜丝离离几多悲黑发，祝融共工泣苍穹。熔我智慧，聚我心魄。初心不忘应期冀，抚魂再上战寥廓！

可爱哉！我国士！可爱哉！我国士！百炼成钢灾荒里，一声召唤请缨使。鱼水之恩滴如涌，江河淮济扼安止。君可见，口碑载道街坊笑眸送，感天动地鉴青史。镌我深情，馈我精魄。盼也勇猛至元极，熊熊彤日永不落。

◇火蓝橙黄装：火蓝，改革转制后消防员的新制服，俗称火焰蓝，橙黄代指抢险救援服。

◇金色大厅：11月4日，全国应急管理系统先进模范和消防忠诚卫士表彰大会在人民大会堂金色大厅举行。

◇鹞身：用"鹞子翻身"典，形容消防员技艺超群。

◇祝融共工：我国传统文化中火神和水神。

◇江河淮济：我国传统文化中所指"四渎"，此代指所有河流。

◇元极：天。

卷三

词曲

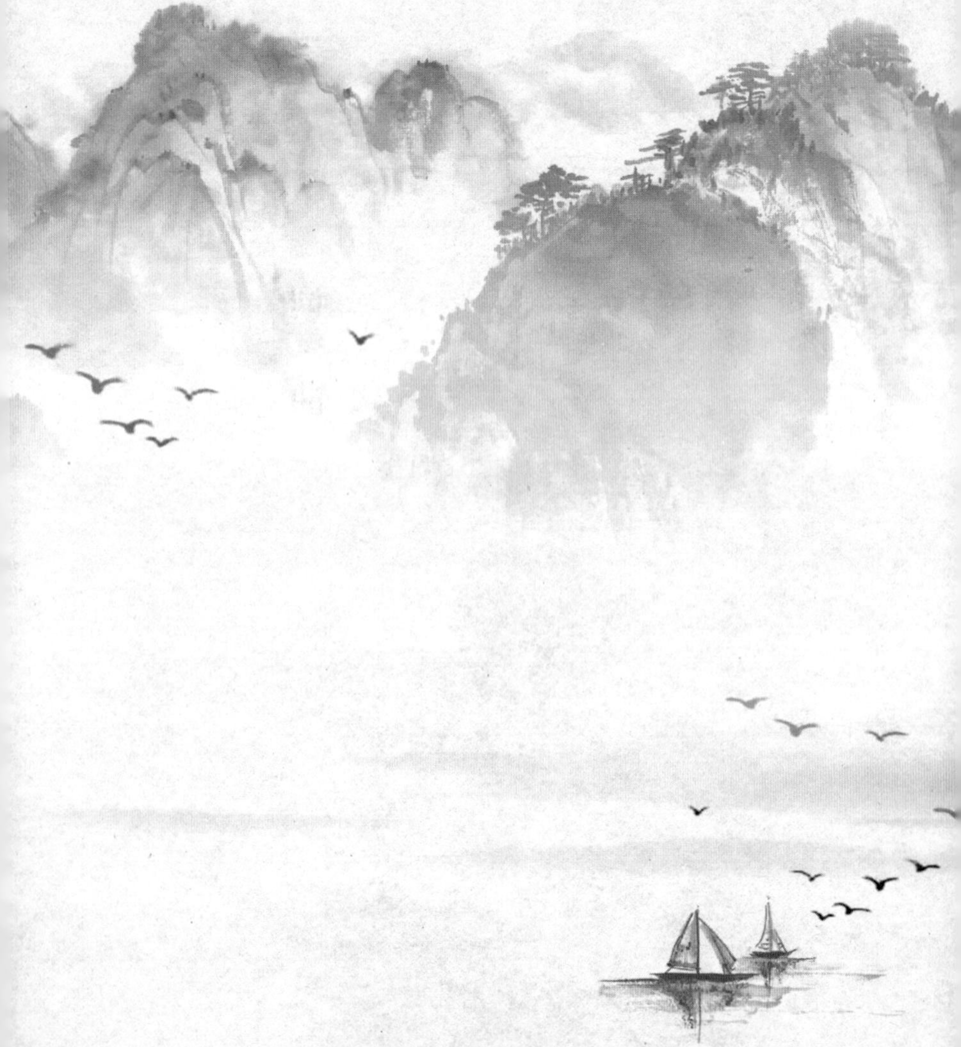

暗香疏影

琼枝劲骨。更一番新色，淡痕盈洁。芳魄摇姿，任尔冻霜冰凛彻。几度疏香掠过，曾记得、含章妆悦。暗指点、朵朵娉婷，纷若报春雪。

诗墨颂卿多矣，今期莫又似、咏闲重撷。芍纵雍恬，兰玉虽娇，怎奈长冬摧跌。怒魂空放云霄早，只算作、惊鸿飞瞥。问何时、邀摘青梅，对饮陆河花月。

◇含章妆：梅花妆。
◇陆河：县名，此地多产梅花。

安平乐慢

行街子古镇作：
字塔晴辉，古街复暖，千头百目相望。吆声接续，藏曲经驰，时有殿肆飘香。饰件琳琅，对晶莹频闪，镜引红妆。绿石自羌乡。穿针择串裁量。

遇麻饼刚烧，嫩樱初上，编物翻解行囊。昆虫观知趣，少童最喜凤中凰。远韵亭庄，还顾得、禽生咮江。念年轮、匆匆几处，只留桥宇沧桑。

八拍蛮

行向小凉山：
车快眼新催马缰，观来流浊溅沧沧。陡道路弯林拥翠，斜阳隐处正高冈。

八声甘州

阆中张飞祠遂成：
对孤丘一垒立门头，千寻草生蓬。最叹心猛魄，蛇矛震地，吼怒当空。遥想痛鞭慵府，扫疾恶危虫。又荡开西蜀，尘血飞濛。

一派忠肝义胆，耀古今日色，悲泣廊中。料玄公长啸，何有月年同。遍回足、满身磊落，阻张郃、天际识威风。争怨得，树愁大意，叶想谦聪。

◇痛鞭慵府：张飞怒鞭督邮。

八声甘州

平乐古镇怀远：
梦来吹醒古镇烟云，铃响马迟迟。对萧萧古道，荼风轻卷，几度星移。落雁平沙旧事，西蜀走边陲。身过江中水，流影千骑。

祈愿目撒红烛，白头不相负，了却君疑。叹桥边榕木，千载怨归时。向云山，痴情男女，饮阁楼，夜宿夏冬期。今人在，筏竿声里，春水长思。

八声甘州

访雒城：
问蜀天何处是巍城，分合几时圆。只倚凝望久，远楼一抹，刀雨思寒。依旧沱江倦旅，芳草梦回阑。独自感怀绪，今幸登前。

长记当年此际，故坡流矢也，凤落谋残。觉杜鹃啼晓，日夜泣无言。暗销魂、绿杨深阙，剩凋墙、多少泪痕斑。千年世、谁知君意，欲寄谁看。

◇沱江：江名。

八声甘州

登剑门关：
慕雄关古道越千年，几度荡心肝。略谷风萧瑟，箭刀频祸,英烈凄颜。骏马疆场飞月,猛将苦周旋。探有林间露,冷噤心弦。

　　顾念保家卫国,思剑门阻隔,陡壁如磐。叹帝王悠乐,一晌美人欢。醉芙蓉、摩诃举酒,梦不醒、花蕊泪空残。何不似,姜公无力,扶起刘禅。

　　◇摩诃:摩诃池。四川省成都市境内,距今已有1400多年。
　　◇花蕊:花蕊夫人。

八声甘州

登万里长城第一关嘉峪关:
想当年将士壮心胸,日月照关途。对烈风吟啸,嶂峦梦冷,雁字模糊。多少攻防情急,跃入眼中隅。惟见巍墙影,壁立还殊。

　　回首故垣城阙,有谁忧君者,长揖躬躯。只酒浇磊魂,列阵守荒芜。漫追寻、沧桑炮火,作几时、凄乐总无拘。难忘却、天涯墩迹,塞外云孤。

八声甘州

忆登临珠峰者遭疑诸事感怀：

记当年冲顶傲华辰，缺影四疑瞠。憾胸前磅礴，曾经运势，空有争名。回望龙巍虎踞，再向绝峰征。有我通霄宇，舍我谁生。

勇士问天几度，纵寒刀裂骨，无阻豪情。叹境危处处，狂浪恶风冰。只向上、雄雄浩荡，岂回头、极限只当拼。终无负，赤心诀誓，还相真明。

八声甘州

己亥末春运间闻冠状病毒疫情：

念天涯羁旅最关心，病毒肆飞尘。那堪伤肺烈，疫情未断，怎忍重闻。又是一番消息，险耗落家门。多少倚阑客，愁损眉痕。

非典故人又在，望汉江还似，滚滚忠魂。有谁怜君命，何此报君恩。叹余勇、众医齐上，凭寄怀，终热泪盈巾。回肠处，神州四处，大爱无垠。

◇非典：SARS事件。
◇故人：此暗指钟南山。

卜算子

民国奇恋傅汉思与张充和：
东风吹梦回，中国伤心绪。只见关山隔重洋，两地生孤旅。

文苑相遇时，德汉听同语。忽作当年离亭燕，万里随尘去。

卜算子

民国奇恋顾传玠与张元和：
何如戏翎衣，曲起丹亭舞。记得当年会少时，花下惺惺聚。

才慕袅娜姿，更赏尊前语。放眼今成百戏祖，渺梦曾相许。

卜算子

民国奇恋胡适之与江冬秀：
旧制拜堂亲，当世稀人继。小脚夫人是福星，终岁相随矣。

誉文充栋封,暗地红枝止。新悟三从四德里,自解其中味。

◇三从四德:太太出门要跟从、太太命令要服从、太太说错话要盲从;太太化妆要等得、太太生日要记得、太太打骂要忍得、太太花钱要舍得。他说:如能做到,一定家庭幸福美满。

卜算子

民国奇恋钱钟书与杨季康:
蔷薇架上春,醍朵栏前路。记得青时容影来,人在花阴处。

也看落红飞,也赏东风絮。莫论酴醾终尽开,却自安如素。

◇酴醾:荼蘼。花名。

卜算子

民国奇恋沈从文和张兆和：

朝年曾知师，豪父曾谁是。才貌修灵亦可怜，惟有相亲意。

何必赴天涯，咫尺秋波腻。读尽传书岁月明，又见和风起。

◇豪父：张兆和父亲乃安徽一富商，名曰：张吉友。

卜算子

民国奇恋谢婉莹与吴文藻：

五十六年来，多少悲缘哭。可贵贞诚黄金铸，尽享人间福。

情事起船轮，诗气升通腹。却羡当时嫁与郎，自此成归宿。

◇谢婉莹：现代作家冰心的原名。

卜算子

民国奇恋徐志摩与林徽因：
明眉靓春辉，林外风吹袂。错认桃花一枝红，何处寻芳意。

斜日满康桥，薄暮愁无际。别后相思梦未成，最是伤心砌。

卜算子

民国奇恋郁达夫与王映霞：
风雨平生秋，沉醉杭州月。一抹灯红舞芳来，却剩伤心别。

惟有旧情怀，故国难消歇。往事沉沦梦已醒，独倚阑干雪。

卜算子

民国奇恋周树人与许广平：
天地一星辰，有女同朝暮。学子潮声望眼明，辞袖扬长去。

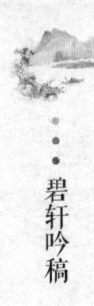

只见花蕾时,两地潺湲语。别后相期纵鬓丝,未负离愁苦。

◇两地:鲁迅和妻子的书信集《两地书》。

卜算子

民国奇恋周有光与张允和:
紫衣款款来,此爱谁能补。相敬频成举茶欢,红袖咖啡煮。

侠肝不如卿,大义何由汝。须信功勋文字里,未把双情误。

卜算子

敦煌古城作:
古垣耸沙洲,城垒通丝驿。独倚危墙望断云,何处传身迹。

党河归潮宁,关外胡笳急。回望天涯人在否,往事无凭极。

◇党河：甘肃省西部一河流名。

卜算子

聚在落英时，散有融融语。好待忧愁莫恨秋，夜步携佳侣。

车响入人心，知是初生女。却道咿呀款款来，庭院香飘去。

步蟾宫

国庆假日游园：

天儿真箇欢清气。只盼得、秋凉金贵。喜郊行、逍客过嘉园，且观有、人闲如醉。

消来歌我同风起。为化作、镜边飞鲤。寄云山，游古镇，跳龙门，漫赢了、舒怀思记。

采桑子

庚子立春记日：

无端又是春归也，锁院深门。帘幕停云，寂寞空庭闲满身。

今年荒疫伤心事,人隔关巡。口罩还亲。未有相邀渡日昏。

◇荒疫:此指新冠肺炎。

采桑子

过五木镇思母求医:

畴年弯道行难路,身重尘萦。身重尘萦,越岭翻山、时为病情听。

而今镇上车通畅,雾淡风轻。雾淡风轻,欢载亲人、掠过愿安宁。

◇五木镇:四川省平昌县境内一地名。

采桑子

左期右盼卿中腹,何不出来。何不出来,结蒂新花亲手栽。

近想临日哇声叫,抚我乖乖。抚我乖乖,弄瓦摸璋君莫猜。

◎弄瓦摸璋：《诗经·小雅·斯干》："乃生男子，载寝之床，载衣之裳，载弄之璋……乃生女子，载寝之地，载衣之裼，载弄之瓦。"《幼学琼林》："生子曰弄璋，生女曰弄瓦"。

采桑子

浑元戏里曾经过，乐事仙家。皇极蝉纱。不管人间隔世赊。

若归老去端何觅，剩有残花。几处鸣蛙。一阵西风入鬓斜。

采桑子

清音一度无消息，幽怨谁传。独倚栏杆。忽在春熙坊里边。

哈腔檀板凭台鼓，声过廊弯。总是情牵。不似当时琴暗弹。

◇清音：四川清音，原名"唱小曲""唱小调"。因演唱时多用月琴或琵琶伴奏，又叫"唱月琴""唱琵琶"。是流行于重庆、四川的曲艺音乐品种之一。

◇春熙坊：四川成都总府路一商业街。

采桑子

秋过新都桥：
淡阳沾臂欢清早，瞻顾牦牛。风讯思稠，前路金黄极目收。

东俄罗上柏杨曳，幻影初酬。并作秋眸，牧草萋萋不怕羞。

◇东俄罗：四川甘孜州新都桥别名。

采桑子

蓉都太古里思北京三里屯：
昔时屯下沾闲酒，不是飘宾。胜似飘宾，长夜催灯风紧跟。

今朝足忘重门里，抛却凡尘。抛却愁神，街寺交辉不染痕。

采桑子

春日，特利用近市资源，遂赴成都理工大学及博物馆，以增见识。记曰：

静楼高伫湖心碧，风点涟漪。风点涟漪，柳眷花衣，求学竞相习。

意兴踏步观藏馆，虫怪争奇。虫怪争奇，龙鸟更移，石载亿年期。

茶瓶儿

彩纸画圆初落。欣裁剪、截平棱角。折来叠去跟相学。看急了、乱中成错。

空焦灼。安焦灼。耐心引、岂将孤寞。流苏穿缝亲教作。巧变了、靓笼闪烁。

◇笼：灯笼。

钗头凤

惊声讶，无隙罅，雨朝同驾高桥下。车移步，蜗行路，案牍匆握，目眉急蹙。堵，堵，堵。

锦都厦，凝云压，此端出入绊冬夏。愁沾物，机关顾，人多街促，莫将时负。速，速，速。

钗头凤

徒步西岭雪山：

高山盼，游心盼。踏青浓意轻足健。深林幻，溪流转。木桥连片，尘烦不见。赞，赞，赞。

云飞卷，雨飘乱。缆车耸入冷杉伴。牛羚远，五彩唤。凉爽微寒，路悠讯断。叹，叹，叹。

长生乐

秋日步行西南石油大学，成句：

翅翦红桐蝶正翩。芍药耀凉天。浅林幽步，暗浪入风弦。叶落邀归闲鸟，低语频传。留声香泽，几跳停依小重山。

黄衣照路，笑闹时言。间含倒影桥栏。堪比那、绿道赛青年。但经晴雨风雪，劲草见相欢。

◇翦：如剪刀舞动羽毛。

长相思

随女时听，流行曲桥边姑娘，感而从韵：
琴声扬，泣声扬。谁在桥边慕暖阳。姑娘独逞强。
不堪忘。何能忘。亮眼芬芳情暗藏。发长忧莫伤。

长相思

此一程，彼一程。心畔空无身后名，安营山谷迎。
处境惊，是境明。吾梦今朝远道行，乡音吹夜笙。

长相思

古扬州。古益州。扬益风光物影稠。千秋慕渡头。
锦江舟。长江舟。倒海翻江人未休。恨无曾此游。

长相思

惜女情，疼女情。身在春熙路上行，步姗合照欣。

龙江清,锦江清,却念相期终有音,蜀家三代亲。

◇龙江:河流黑龙江简称。

长相思

昨三更,今三更。夜夜哭啼襁褓横,愿亲莫受惊。话几声,拍几声。却喜人间重女婴,报回衔草情。

长相思

水上花,日上花,撑渡清声到我家,烟波日霭斜。旧年华,梦年华。入画悠歌飘素纱,碧芙惊跳虾。

长相思

南伊沟,南伊沟。峡谷深林多静幽,云山点点柔。涧水流,长水流。身向连桥藏寨留,天爽最爱秋。

◇南伊沟:西藏米林县境内一地名。

长相思

雨紧跟,雪紧跟。四海飘渺又一晨,关山不了痕。夜几分,昼几分。星露点滴伤别尘,青丝黯恨春。

朝玉阶

八月十六与恩师尹福辉团聚思略:
君与相逢夕暮天。学园分别后,数经年。西山陈叙复堪怜。曾因心梦起,忆从前。

欲将心诉赋朱笺。师情甘血汗,岂幡然。生时思慕祝恩缘。酒倾邀桂月,又团圆。

◇西山:此指四川省南充市西山。

朝玉阶

五一节,得闲游步资阳市三圣文化公园:
春带凉寒别样天。雁江波独去,赏心宽。桥边新叶压枝弯。无端风坠絮、倚栏杆。

直将幽思付楼轩。何妨临玉阁,仰丘山。文存原是续前贤。莫随长懒散,学当专。

朝中措

谒崇州市崇阳镇陆游祠:

斑廊入画揽晴空,墨色韵华浓。楠外梅香远去,放翁行迹千重。钗头飞凤,惊鸿照影,几度秋冬。正殿依稀诗邈,序馆依旧轻风。

城头月

梨花带雨期如许。总是无凭据。只恐春迟,人间渐老,此意谁知绪。当时曾记前游处。领得欢心句。待得相逢,明朝又聚,郊外寻香去。

城头月

繁灯定旅翻明记,只合欢游地。闹市喧阗,钩沉往事,总顾伤怀史。

等闲过了多年矣。溯得来时轨。笑泪生涯,行行散聚,无计留君醉。

赤枣子

成都东郊记忆留笔：

书蕴满，脚音悄，四时琴舞竞相邀。风打旧墙街角远，慢了西蜀慢东郊。

赤枣子

北京798街区留笔：

雕艺矗，馆轩缭，只将丝扇绣钟淘。畅品道区无数韵，闲销百暮与千朝。

促拍满路花

瞰门源油菜花海：

岭越神膺阔，境入画云明。金盆黄海灿方兴。更兼高宇，斜照数峰青。佳台邀寄目，未辞千里，得求万亩争荣。

经幡彩梦，飘逸送安宁。过容情态鼎人声。听卿一笑，桃境岂无凭。作愿沉留久，遍嗅芳香，但随醉畔深倾。

◇门源：青海省海北藏族自治州一回族自治县。

翠楼吟

雾绕胶州，波涛好激，轻起动身津渡。夜初天应远，冷风到，几多晴睹？幽尘反复，似一身青丝，销清尘土。抚不去，静心凄楚，海边离住。

絮语，叨乱冰风，挠晓琴音明，却思情驻。渺风髻雨鬟，偏来到，哪禁愁处？千山祺祝，明眸觅佳英，霁临悠树。百千绪，蕙芳萧萧，咸沾霏雨。

◇胶州：山东省青岛市胶州湾。

捣练子

闻豫地跨黄河高铁桥将起：
青路雨，绿杨风，万里黄河万里空。盼作桥连飞豫北，快龙驰过别惊鸿。

捣练子

浑忘却，醉中眠。听彻骊词唱韵延。记得年光深夜里，有人独自望阑干。

捣练子

　　谁又说，稚童欢。学语咿呀痴未还。记得当时曾共戏，不知何日更乡关。

捣练子

　　长路近，远山阴，寸草轻摇片片心。小小颜容生挂念，笑眸频见载家音。

捣练子

　　年月渐，似秋霜。曲曲歌音唱夜凉。记得青春曾共饮，故人何处正酬量。

捣练子

　　算只有，少年场。听得山英点晚妆。又是一番秋事了，不堪回首弄花忙。

捣练子

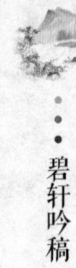

访成都文殊院：

观圣迹,过斋堂,半抹禅云半抹墙。人道玉兰飞萼去,落香银杏奕雕梁。

滴滴金

蓉城观达芬奇画展：

锦都文艺乐游歇。东郊里、庆佳节。达芬奇画降西风,草笺留丰页。

声光投影心目悦。对微笑、顿亲切。分明难分画中人,再辨情通彻。

氐州第一

重庆解放碑漫步：

留手新茶,方落信步,亲寻乐景环绕。仰眼连桥,低眉穿巷,凭此知奇谁造。重木浓阴,纵匝影、天生垂巧。叠宇投新、靓装引目,已迷城堡。

倩与儿卿行进早。身未倦、相随怀抱。道里连绵,书间乐嚷，彩色球成宝。相框人、曾守得，雄碑在，烽烟却杳。莫再兵情，更相珍，安宁梦好。

点绛唇

过园思李清照二首：

卿去难寻，那堪更被风吹雨。断肠时序。总是无情绪。酒醒春愁，不管人间阻。双眉妩。画中书句。一例伤心素。

卿去难寻，一枝聊寄相思怨。旧时书卷。都是伤心眼。人在花间，愁与春长短。凭谁管？梦魂消遣，又被东风唤。

点绛唇

百日初临，糕分三块香千瞬。烛温光润，母意连刀刃。

秀口轻吹，祝愿平生顺。随风趁，教诲真谆，雨后逢佳讯。

点绛唇

春满园林,不知人在花深矣。飘魂无地。一片残红碎。

芳径菁痕,总有伤心字。谁能理。往时情味。今此催无已。

点绛唇

观山雪作:
零落梨花,翩翩素步迎山走。群峰簪首,逶迤随风秀。

好个雪天,新岁人间有。可知否?狂沙乱后,心骋家乡岫。

蝶恋花

夏行金堂巴德小镇湿地:
雀弄隐梢身弄步。桥上风轻,得忘尘寰路。日衬草黄难细数。穿棕乌蚁逍遥去。

游目小园垂故絮。绿水吭时，渐渐迷归渡。欣意往来都几许。梦惊潭外沉蝌舞。

蝶恋花

庭院北居清夜晚，藕带来时，爽脆香欢宴。脉脉情谊都几许？蜀都江汉心一片。

欲就此景书画扇，点点滴滴，中有钳鱼啭。芳草几分柔似水，絮言余味时光漫。

◇江汉：此指武汉。

蝶恋花

香港南飞雁之蔡元培：

两载南迁身亦蹈。两鬓霜华，几度流萍藻。万里烽烟消息杳。时常雷雨催归早。

北望江山终日恼。剩有残垣，救国伤心讨。别后相期还梦绕。不知魂去何回教。

蝶恋花

香港南飞雁之戴望舒：
四十五年人事异。大陆香江，看遍漂篷避。记得恶时风雨地。而今依旧狮山翠。

别后情怀都不似。几阕新诗，惆怅幽怨字。下狱凄清天上意。命悬更有谁知此。

蝶恋花

香港南飞雁之茅盾：
小艇铜锣巡梦去。营救当年，更有人知否。敌占阴沉孤绝绪。不堪重把离愁诉。

料得起初逃难处。窄道荃湾，处处惊心句。南下文人凭遍数。后方投笔谁为主。

蝶恋花

香港南飞雁之萧红：
三十韶光千百里。风景唏嘘，但觉轮蹄累。战火飘摇香港事。谁知卿辈情悲积。

回首故园云水际。一片离愁，付与匆舟系。莫向尊前频问泪，明朝又是文神矣。

蝶恋花

香港南飞雁之许地山：
一代文章花落笔。闽粤才名，赴港兴文迹。三尺讲台葱木碧。史书哲学多相识。

合璧中西凭靠客。耳目天涯，故梓燕京北。案病相思情未极。憾中犹念当年择。

蝶恋花

香港南飞雁之张爱玲：
浅水半湾吹雨滴。满地红英，念把芳容觅。人倚座栏凝望极。曾经无限伤心色。

目断倾城芳草泣。多少离情，独对长鸣笛。记得年时何日夕。相逢再诉新洲戚。

◇浅水半湾：浅水湾，香港一地名。

蝶恋花

小女看书人欲睡。辫子新妆,不负秋晨矣。门外枝枝银杏美。依稀珍得年光意。

文韵飘香回味里。学海无边,帘册低垂地。次第思量多少志。可堪读守从头计。

定风波

立秋日感作:
昨夜狂风卷密林,燥烦过后是清心。身起步轻庭院走,终有,翼蝉常在醉浓阴。

酷尽秋来舒暑恨,休论,凉歌伴作且徐吟。再上明楼心莫虑,归去,落花湿蕊弄跫音。

定风波

再行龙潭古镇:
卿面如影雨唤晴,寻时郊游趁风轻。古镇新出如酒醒,微映,一杯茶意蔚古今。

日暖三竿枝叶静。好幸！乌篷舟外耀华亭。回首遥遥琴瑟定，回敬，燕京城内再相迎。

定风波

彗日层云堆断霞。仙台连壑坠屏纱。身乃鸿蒙重霄上。无挡。星河看遍几巡槎。

翩靠窗峦依旧在。凝待。荡胸锦绣斩汹蛇。若问前生功业事。肫挚。弈棋舍炮护谁家。

定西番

冯胜筑峪关事迹可歌：
玉笏一身躬别。行绝马，趁西陲。筑关坯。朝暮望山寒雪。纛飘迎日辉。吱嘎垒城营结。哨兵齐。

◇冯胜：明朝开国名将。
◇峪关：嘉峪关。
◇纛：古代军队的大旗。

东风第一枝

咏桃花：

笔落花深，窗开煦暖，磐根垂缭园土。岩亭斜向人家，潢池端依锦户。雏莺停壁，啄茵前、筠廊幽处。便有意、托付兰溪，默顾霎时光缕。

起登临、倚阁取句。行坐处、酝生情绪。遥怜夸父哀勤，却忆渊明孤侣。空存逐隐，只作是、梦台霄雨。剩那般、片片香魂，任尔郁菲来去。

◇夸父：夸父逐日。

东坡引

正逢周末好，居家且为笑。烹茶汲水香轩燎。掬杯全喝了。掬杯全喝了。

午时又已到，佐添干枣。蕙女闹、懵懵跳。样如蜜蝶花枝俏。招嬉青梦草。招嬉青梦草。

东坡引

丁酉腊二十九，应昌儿约，与大学俊、珊、娟、霞等友聚于蓉，畅叙，感十年变化，作词记之：

重逢相聚促，方桌火锅屋。齐杯况味青春逐。年华何太速。年华何太速。

今期在也，家已成簇。岂再起、云飞曲。新人旧学评归宿。离殇情未足。离殇情未足。

东坡引

热余焦雷坠，园深夜风吹。无端起笔抒胸意。雨期人不寐。雨期人不寐。

纵凉夏去了，绿茵嬉戏。尽出入，攀心至。莫言日暮人无识。年华骄四季。年华骄四季。

洞仙歌

过贵州织金洞记：

彩霄石殿，幻出空山寂。直上琼阶路无际。望垂帘，回首来处归溪，当时事，长叹仙峰绮丽。

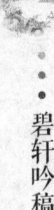

洞曲凭细数,半日偷闲,云象风狮鸾宫碧。好个透心凉,水气沾衣,应略过,星灯隐匿。赏遍籁鸣深谷清音,穴泉水叮咚,浣暑心喜。

渡江云

记南方暴洪涌来:

狂涛连入海,哮逐蔡甸,风骤雨涌袭。瞰荆湘大地,卷浪江城,滚滚见无期。昨昔远黛,怨空泣、难复宁息。当记起、九八魑魅,悲恸贯决堤。

舟激,千眼翘首,慰我民生,厦屋忙修葺。心愤跃、托身波底,旷世飞骐。八方巨擘今堪在?隧道边,鏖战酣急。瀑布滞,长歌赋与天齐。

◇蔡甸:湖北省武汉市一区名。

多丽

坐赏月牙泉:

悠亭静,约邀阁殿黄昏。望幽泉、临波溢乐,坠芦别岸相因。日初斜、眼眸涌聚,坐间惊起拾阶人。风细沙丘,嶂开凝霰,接来飞势垒昆仑。只谁记、千秋潮迹，墨客对嘉宾。云深处、廊联赏韵，回味无垠。

念从前、奇观未见，夜来长眷牵魂。喜而今、七星草叠，引声鱼跃跳重门。进退随心，东坡当轼，吟歌已贯北星邻。纵便似、乌台铁狱，萧索走孤村。君无见、明朝日月，依旧新纷。

法曲献仙音

随同侪赴阆中贡院行览：
青瓦留容，斑门著迹，凛步身寻庭院。出有巡兵，手持方木，太师椅间挥扇。更童女端高冠。将期盼加冕。

秀才遍。想曾时、暮年求学，寒窗里、多少血心墨溅。许作凤凰人，就功名、金榜当选。百里他乡，喜看了、豪笔终掾。只鳌头脱众，得意一鸣惊荐。

粉蝶儿慢

成都龙泉驿宝狮湖即景：
暗草沾黄，村池雾褪，唤作天高云懒。袭装初弄照，敛容眉舒展。顾得翩跹飞蝶来，取见桃红花瓣。正东风，待几回、莫把春光亏念。

眷恋。渔翁钓暖。知无人、只怨青春时短。勿将春负了，苦欢随风剪。醉一时郊游烂漫，看未足天将半。愿他乡、驾浪横空，意兴倾遣。

风入松

过崇宁文庙所记：

凝神寻待泮池滨。倚抹微尘。坛歌已远灵星在，问雕痕、几度秋春？恭忞崇思如旧，锦文回味常新。

行知方觉世迷津，路不由身。飘零犹记当年事，俱仁智、岂论疏亲。若得大同天下，何求贵庶人伦。

◇崇宁文庙：又名黉宫古庙，四川省成都市郫都区唐昌镇一古迹。

凤凰台上忆吹箫

听清泉川剧团汉宫怨长生殿诸折子戏感作：

清眼金声，板频催响，坐中诚赏莺喉。只戏堂谁语，倩调繁柔。还念曾经乐见，争艳处、待月何浮。能如旧，茶香市井，一票空求。

堪忧。古时去矣，千隙过风驹，盛剧难留。憾武生花旦，纹皱眉头。亲献钗巾红袖，无晓那、辛泪长流。观人少，青黄不承，枉断肠愁。

凤凰台上忆吹箫

广元昭化古城：

亲赴名城，远闻青史，兴来云去凝眸。驻古门瞻凤，岁月何求？遥想详图在手，通大道、蜀地均收。多欣喜，刘皇突进，未负新谋。

纠纠，此时势也，官相有庸虚，百姓诚投。盼富民千载，祥祚春秋。方有姜公挥北，承继了、龙扇同仇。兴衰事，添今古城，一段悲愁。

拂霓裳

果城嘉陵江畔夜行：

夜光天。万家灯火似团圆。中坝好，数巡喷浪濯笼烟。细蕊开花伞，银枝缭心弦。恨无船。驾中洲，回味比当年。

长长岁月，分隔易，重邀难。何胜昨，约朋侪客聚开筵。响杯归笑靥，纯语映彤颜。一时欢，岂情堪，今处又身前。

◇果城：此指四川省南充市的别称。

甘露歌

看川剧烈火中永生次韵王安石同词：
遇几次孤行铐手。坚贞人世有。观得嘉陵雾已消。悲剧诉今朝。

板眼传情端起兴。更添壮烈并。恸地城头灾黯来。而乃绝玫瑰。

华蓥绿意秋色里。爱恨如分水。熊火上身天下稀。牢壁咏谁知。

高阳台

三道堰思怀：
桥点秋虹，人依绿堰，水乡畅想街前。青石流音，叮咚濯足童翩。鸽飞荫下空中乱，正清凉、一晌贪欢。自逍遥、古韵悠寥，如踏飘舷。

瞻楼几度双飞客，伴情缘无数，花摘香妍。柳走亭留，聚欢散去堪怜。须知岁岁花相似，善从头、繁叶终连。致红尘、浅语眉间，半页轻笺。

鬲溪梅令

春归：
蕊香自配画眉音，苦寒沉。笑探游蜂升没、戏花阴。近郊佳处寻。

碧空轻足落枝林，秀芳吟。却往闲庭庭外、赴幽深，蝶飞惊早禽。

更漏子

峨眉雪：
寒笼楼，雨滴叶，暇度峨眉冬夜。人静静，湖悠悠，平明映雪稠。

途正半，车行缓，赏尽汪洋花绽。灵猴俏，远山霏，望穿众姐妹。

缑山月

怀张澜先生：

黭雨荡平波。丹心灌瑞禾。平生烟浪去沉疴。对炎炎弱国，兴训教，资留学，渡洋河。

苍容曾记刀枪动，因怒路权挪。而今川汉早渝歌。任云风诡谲，凡所进，宗民主，巨澜和。

注：路权：四川保路运动。

归去来

黄昏漫行福州闽江：

垂暮低头人静，寻步江边影。留得园深通花径。他乡地、夜初冷。

灯火如相赠。凭栏处、一朝余幸。榕城琥珀杯将迎。风吹下、梦无醒。

桂殿秋

银露重，薄衣凉。连廊桂枝自芳香。秋分日夜清风半,欲上琼楼探雁行。

过秦楼

雨停峨眉白龙洞:

叠雾飘凉,深山滋静,望洞白龙修练。听声寺院,寻迹门檐,似有气仙相见。轻渺洒满人间,归佛千年,面慈心善。借东风万种,沾芳花木,化身娇媛。

卿应记,得道青城,芙蓉仙变,答报牧童恩缘。船湖借伞,醉意情萌,浪漫一生相恋。何况人蛇,破除尘界艰难,离分熬煎。叹金山猛浪,峰塔凝眉泪漩。

◇白龙洞:相传白娘子曾在此修炼。

海棠春

不知人在花深否?还记得,旧时新柳。又是一年来,无计行春昼。

绣帘半卷清风透,算此际、芳期已久。独自倚窗扉,梦也难成就。

海棠春

旧年曾是从芳侣。只今日、影踪难诉。谁料暖思迟,总被风吹絮。

落英渐地人无主,算更是、韶光易误。已负往时欢,岂甚伤情绪。

海棠春

院前银杏金光袅,时又逝、浑然不觉。叶落怕风吹,絮炫垂冬报。

去年今日枝头巧,入小道、幽湖行早。遍探古松高,是否还年少。

花上月令

蝉衾无奈一更鸣。过时也,盼秋声。步身常聚栏杆影,对孤清。乡迹远,意何凭。

篷动似舟流转矣,山野外,偶思行。得归赏尽中秋月,定当惊。莫辜负,惜华龄。

花上月令

人间常爱月栊明。小庭下,正添羹。爷亲欢自儿孙寄,饼相迎。深岁语,趁初听。

沉事道来星渐弥,留念处,偃风盈。树高每每飞凉蕙,入青冥。夕光洗,总祥宁。

汉宫春

成都北门凤凰山中行:

白帽沾花,似这般春到,慢步轻摇。小湖好景,误丢孩袜梨腰。熏风有意,卷粼波,飞狗时消。曾记起,单车过处,桃花畅路云销。

南北春风十里,凤凰山上好,垂柳飘飘。无端鸟飞鹊悦,水阔天辽。童心未老,喜郊游逃过尘嚣。真是个,人离烟火,寻枝桃朵夭夭。

好事近

秋日晨读：

爽秋晚来迟，室外乍翻新页。虫鸟声声空降，换清凉时节。

起身探取好书来，晨景不虚设。岁岁此时品味，有金风相接。

喝火令

谴明末清初屠蜀：

刺马烟尘尽，城村草木深，剑刀风雨震魂心。川蜀自来悲楚，天问向谁寻。

史迹辛酸泪，明清碧血襟，断肠沧海也难禁。叹也人微，叹也命哀沉，叹也苦遭离乱，大地泣凄音。

喝火令

北京陶然亭公园：

岸近舟初静，湖长日已斜。鸟灵间惑跳枝槎。桥榭数声茕步，何处赏芳葩。

峻石多穿叠，名亭忽揭纱。绪飞诗墨悟文华。道是情深，道是画惊呀。道是倚栏回首，此际忘还家。

喝火令

夜行厦门演武大桥：
　　暮照秋归晚，游云独去闲，影灯初上漫无言。涛浪卷回频顾，凝望在车前。

　　踏过思明地，方知昨日难，满明云雾略重天。邂逅桥高，邂逅鹭栖湾，邂逅奋飞无阻，大道畅心宽。

喝火令

咏题青白江凤凰湖：
　　白鹭身高洁，殷花影静幽。凤凰湖内泛扁舟。桥柳动垂如诉，世外向何求？

　　渺渺游人意，唧唧跳雀喉。径长云栈远尘楼。记取泉音，记取草中洲。记取暗香迎袖，亭下聚山丘。

◇青白江：四川省成都市一区名。

喝火令

咏竹：

雅竹迎空傲，弯桥隔岸横。荫处亭院奏弦鸣。风雨几多回首，得失绕心萦？

世外存真意，人间恨假情。莫如寻寂且徐行。叹也根深，叹也叶枝清。叹也奏篁连片，聚散梦声声。

喝火令

游彭州白鹿镇：

景秀沉弯路，春深入茂林。却将身影险山寻。眼目郁葱犹记，车过正吹襟。

靓店盈私语，柔街得惠吟。鸟飞天外唱花阴。醉也楼新，醉也阁中音。醉也法情欧意，雨湿落花心。

何传

回民街店饮茶：

蜀客。滇陌。夜萧萧，崇洞银桥路遥。嫩凉迎面冰珠飘。深宵。食香迷火烧。街店回民灯朦短，尚新碗，盼也倾茶满。莫相催，且停徊，一杯，请君更一杯。

河满子

寻甸湿地公园三首：

几许寻芳觅句，应知此景难期。无限情怀追接，一番风絮催诗。频记故园幽梦，依稀如约重携。

一点蕙痕沾袖，可知暑去将时。无限秋心情绪，可怜人外花枝。独自倚阑凝伫，蹉跎旧梦迎追。

数朵残红湿泪，引来倦客归休。缕缕西风吹散，苇池鱼眼惊游。多少故人离去，也珍时影难留。

◇寻甸：云南省昆明市下辖县名。

荷叶杯

车行厦门海沧大桥：

双翅耸云横壁，风激，路分明。踏桥车速隔青岭，舟影，海光生。

鹤冲天

看张韶涵演唱会旅程后录:

弦音隽永,屏动烟光堕。幕揭上歌舞,灯如火。复将思旧迹,卿还是,青花朵。留醉声婆娑。美音妙袅,顾得率真自我。

今期已是声名播。此际开唱乐,欣来贺。去日经年过,还会似,曾经麽?励志多奋作。掬光萤浪,放身任由潮裹。

恨春迟

踏青蓉都北湖公园:

兴致初生生未减,郊北地,重见天蓝。驾坐过城行,醉入萌萌脸,步姿几多憨。

回鹭洲分新枝蔓,袅柳下、一抹龙潭。莫失三春媚景,童趣嫣然,来何帘梦欢贪。

花发沁园春

日月狂奔,赋予春好,容游山野琼英。灵蜂歇时,浪蝶翅稠，丘亩略择还升。漂流横架，水正起、乐貌飞迎。爱碰撞、抓紧车盘，任童巡踩追砰。

待到山陬遇往，铁林鸟连锁，鸡鸽居营。驼禽整羽，鳄鱼闭默，更来孔雀开翎。驼猪羊鹿，近态安、依恋无停。醉马戏、鹦鹉憨聪，竞相端望奇听。

华胥引

小满二日清晨过小园：

时伦催晓，雨霁将邀，小园繁叶。促步随行，翻听宿鸟枝喽喽。接眼翠树无穷，更冷风倾轧。颦记从前，墨痴梦过情怯。

星发霜期，念稀稀、鬓尘盈镊。锦文书帙，何方幽斋品阅。忍顾向来寻句，自绪思飞箧。夜剪灯窗，还吟韵落词叠。

画堂春

趁阳冉照出楼笼，只今春也难逢。疫情何处是愁侬，寰宇汹汹。

蛱蝶有情无语，凭谁跳与心同。因将球打落空中，

女觅菁丛。

画堂春

深游颐和园作：
佛香阁外话凡尘，仰观万寿无垠。随心走过画廊门，昨日亡君。

湖畔乍惊春皱，荡涤历史烟云。晏舫风雨盖联军，莫再争纷。

画堂春

春色妍丽，清水河泛舟：
踏波舟外暖风迎，水莺出浴春晴。淡衣仙子枕耳屏，伴我伶俜。

细竹丛垂枯叶，三人催绕洲行。意阑身散暗魂停，汗洽声声。

画堂春

丑牛别鼠纳新春。暖辰和景无垠。此时欢庆更堪论。淑气临门。

瑞霭祥烟环绕。净居香灶氤氲。红头高髻玉堂人。愿捧麒麟。

画堂春

浣花嬉水紫兰轻，筝高童闹湖平。懒衣睡眼雨中行，竹浪飞莺。

画角阁楼茶静，樱红花语呼晴。待期春后百枝迎，知向谁倾。

浣溪沙

填词有思步韵纳兰容若：

拾句酿心韵已成，目收枝蕊垒香生。掩卷空抒许多情。曾是疏勤和酒结，却留慵懒与愁并。盼来霁日小轩明。

浣溪沙

咏安岳石刻紫竹观音：

端面罗妆高佛冠，今朝得幸拜真颜。丹眸看遍醉花仙。璎珞带裙娇玉臂，镯钗贴帕婉云肩。芙蓉照水一千年。

浣溪沙

放眼白沫江吟稿：

云里玉宵矗一峰。天泉无处觅灵踪。缓溪东下孔桥雄。几度泥陂洄水涨，数堆梅角晚芳浓。白萍红蓼映晴空。

◇白沫江：四川省成都邛崃市境内江名，发源于天台山玉宵峰。

浣溪沙

过黄龙溪：

初雨微寒意未平，古风又进两街兴。拜香入寺谱清宁。自古河溪平粉尘，从来廊桥静人心。枕江楼边枕涛声。

浣溪沙

夏日洪湖好采莲，朵中捎来绿枝鲜。快抓豆绿配锅掀。粥软亲知牵念在，被香更过胎衾安。记心荆楚水清天。

◇洪湖：湖北省大型淡水湖。

回波乐

清晨河池望云峰：
回波尔时烟濛，层霄趣在敦崇。壮乡俪峰无数，登临莫拒身躬。

◇河池：广西壮族自治区一市名。

减字木兰花

三赠时代楷模巨晓林：
苦流寒霜，独自默闻人西望。托梦岐山，寄念妻儿愁绪牵。天涯留迹，怀抱图书终成器。一夜驰名，渡尽艰辛好事兴。

村中巨匠，挥手蓝图描志向。理想扬帆，心智渺渺上云巅。万千磨砺，暑酷寒冬把梦觅。岁月翻新，看尽春花硕果领。

几多情肠，思绪纷飞诗意涨。纸图新蓝，飒飒英姿遍河山。儿郎志气，廿年求索好梦蜜。坷坎轻平，榜样随风建设情。

◇巨晓林：为新时代产业工人农民工楷模。

江城梅花引

阿婆阿爷上山坡。左张罗，右张罗。手掷棒根，欲把鸭群拖。鸡窜猫飞追又跳，前后院，一巡巡、赶出窝。

出窝。出窝。别消磨。可奈何。里外和。快点快点，捉住了，喜笑呵呵。汤水刚燃，就等你回锅。可叹爱孙头汗滴，时去也，女儿心、得记么？

江城梅花引

鼓浪屿之歌：

浪花白蕊碎波痕。遇黄昏，赏黄昏。海上双眸，恍顾醉人文。醉意不消风又到，街巷暖，一巡巡、正忘魂。

忘魂，忘魂，登岩门。俯首芬，仰首云。叹也叹也，叹未止、物我终分。远处琴音，影鹭画飘轮。人事匆匆星将换，时过也，慰沙洲、远市尘。

江城子

芷堤萍岸网鱼矶。路危时。步停迟。人在水边、白鹤望相知。回首故园重聚也，香满径，折花枝。

忽观蜂曳不禁持。舞腰肢。乐无疲。探向娉婷、取作髻高姿。直待年年心绪好，寻新事，惜芳期。

江城子

众城日夜战云垂，冷光凄，客流稀。人困往来，各自倚窗扉。何处危情闻又起，凭坚守，渡难期。

忽闻豪气已霆威。八方旗。向谁移。迢递奔援、心决意无迟。待到春归莺鹊闹,依约见,疫平时。

江城子

霍家豪气压雄关。漠天宽。永奔前。多谢恩君、赐与酒杯干。走马风尘横月下,惟枪箭,扫狂澜。

浮云西北是高寒。鬓毛斑。立如磐。收起捷传、稽首拜龙颜。闻道玺书催入奏,追国志,又挥鞭。

江城子

重庆江北山墅望码头:

渡港天光隔岸藏。登山梅有香。赏黄妆。旷目游舟、新货又奔忙。此际烟飞腾浪里,江北忆,下潇湘。

江城子

过尕海依苏轼体:

高原一望水平分。远山昏。淡烟云。无限清姝、都是梦中魂。不道古时儿女事,还记得,泪沾巾。

今年此日乍依存。日含曛。闪如银。一抹玉峰、相对两眉颦。独倚岸栏闲伫立。凝睇处、碧波纹。

◇尕海：青海省德令哈市一湖。

解蹀躞

磁器口古镇步韵周邦彦：
斜巷人声无尽，华戏迎芳舞。食香邀客，丰情洗劳旅。更有楼馆高行，满眸堆积书山，顿生何苦。

念思绪。书画琴棋留步。佳容巧痴遇。托杯相向，清居栈房雨。莫急灵笔雕工，彩妆已点眉迟，喜将携去。

解红

听粤语歌，论曲：
粤语美，九音鸣。一腔律曲长蕴情。顿挫柔音入痴境，任随快慢醉知名。

◇九音：粤语有九个调。区别于普通话四个调。

解佩令

感消残酒,个中滋味。乱餐桌、游绪堆积。犹记当年,季正好、诗书浓意。背依亭、照花沾水。情思依旧,初心未泯,问轻笺,何曾相识?荏苒秋凉,恰如似、摇摇飘桂。晃灯黄、覆身难睡。

解语花

银杏金黄时作:

檐依叠影,院染浓金,黄叶低眉悄。栋楼横杪,何时景、沉浸款飞格调。冷阳晚照,骋双目、将身游绕。当此时、独自思寻,萧瑟成空恼。

遥想栈桥琴岛,赏贝珠润透,浪高爽笑。初心年少,逍遥人,犹记青春尚早。佳期过了,终希冀、光阴珍抱。为此怀、银杏仙飘,轻将秋声报。

◇栈桥:青岛一景点。
◇琴岛:青岛的别称。

金菊对芙蓉

酬谢高朋嘉宾：

并蒂双花，对杯同举，把春风敬相邀。正雅间浓酒，曲调高标。几多醉意姻缘日，可记得，午后贤劳。侪朋来贺，嘉宾远聚，情味香飘。

若念往日初交，怪京都相识，面见妖娆。纵百合千里，学妹驰捎。却知离后相思苦，梦相依，长话宵宵。一心奔蜀，沙河树下，终育新苗。

◇沙河：成都市区一河流名。

金缕曲

过仙市古镇：

稀巷空人语。降黄昏、木门连错，石痕轻数。行遍长阶登无尽，唯见灯笼摇舞。问红袭、何关寒暑。先自问幽耽古色，夜华临、思慕私生女。久别后，今如许。

玉皇执念清溪渚。性未羁、肆情豪放，随来风雨。仙子抛躯魂成系，任我逍遥归取。更侧卧、千年守与。护佑四方民安乐，过盐滩、何惧云川阻。舟影逝，远

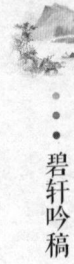

烟缕。

金缕曲

夜访屈子，巧以问答体二首：

叹也招魂久。哭江枫、谁人噙泪，啸天长叩。怀我兰台曾耕读，只有月寒如旧。楚宫里、怀王亲授。孤志再思何磊落，美政推、誓把慵昏纠。臣子恨，可知否？

汨罗魂去堪回首。芷还香、修冠峨眉，雄辞在口。无尽惘然因齐楚，唯叹缔盟无守。念君惑、诒遭贵胄。换柱偷梁何时歇，乱宫廷、终引腥风骤。谁顾我，一孤叟？

◎兰台：战国楚台名。《文选·宋玉〈风赋〉序》："楚襄王游於兰台之宫，宋玉、景差侍。"李周翰注："兰台，台名。"唐·张九龄《登古阳云台》诗："楚国兹故都，兰台有余址。"

知顾归身后。莫伤悲、仁人共路，千年恒有。书韵飘香情无断，今日四方杰秀。赤州地、不疏夜昼。众智勇追强国梦，足声高、再向兴熙走。浪正急，莫空候。

屈君岂是成孤叟。纵身处、涛惊鬼泣，震辉宇宙。更似丹心生明月，教我国民奋斗。永将作、灵光不朽。今世千峰无限好，与群英、同克山间陡。君愿否，凯歌奏。

金缕曲

己亥秋同学十年聚会念怀：

叹也分离久！十年来、慵忙少聚，稀知闺友。时岁奔流犹如昨，惟有香樟依旧。曾记起、书香窗牖。移步重寻椅上影，念如今、一切安然否？只顺遂，为卿守。

此行微雨秋池绐，共几人，悠抚青草，凝神拾柳。更觉芳情当珍重，定与年轮同寿。但生得，康欢永昼。且把良言倾相问，又何时、同学重回首。道不尽，一杯酒。

金明池

造访茶卡盐湖腹地，壮观而歌：

天镜欣容，云池映水，秀女雕神如诉。旺尕在、完颜那畔，惜前世今生依仁。小佳人、探出眉头，只远眺、似问瑶宫何处。怎霞染空灵，思飞仙域，靓影怡情重遇。

　　劝把愁君都抛去。此地有逍遥，快成丁主。晶盐动、鳞波顿起，笑靥倒、旷风时疏。算而今、三十年轮，憾仓促行多，边原稀赴。愿往后余生，轻歌长恋，莫让赤心虚渡。

金人捧露盘

恩阳古镇寻踪：

　　岁时新。年到了，再迎新。探河畔、悠久人文。恩阳古色，更添阶上众芸芸。米仓兴落，沉浮幻作山民。

　　碑痕浅，门痕碎，楼痕裂，石痕淳。念怀几度苦辛勤。晨天渡口，何人忙累尽黄昏。浪纹声里，怨飘零、心字春欣。

九张机

见蓉城桥名甚多，且历史人文丰厚，常思作芙蓉城桥景记：

　　双眼千回桥畔醉，静思织就九张机。沧桑往事卷潮过，却话笺词梦起时。

一张机：麦城寥落苦奔离，风寒傲雪嘶单骑。衣冠异首，义肝忠胆，惟有泪双垂。（洗面桥）

两张机：相如辞调赛云霓，长安盛遇藏恩帝。北门灵地，高车驷马，终向卓君归。（驷马桥）

三张机：依稀闪烁杜郎诗，桥头万里舟船系。征鸿远影，锦丝东去，衾薄点肌脂。（万里桥）

四张机：元宵盛会睡仙追，锦河水淼人声沸。晨阳化雾，殿前金迹，飘过九天帷。（送仙桥）

五张机：飞檐翘角屹江湄，千年古韵廊桥递。琼风来处，夜灯初上，心字总相宜。（安顺桥）

六张机：群才常倚洞桥提，眸中柳外莺飞际。芙蓉日暖，墨文满载，谁念月江诗。（九眼桥）

七张机：风霜雪月见传奇，石边敲豆推尘世。香中四季，香中岁月，双手磨欢悲。（磨子桥）

八张机：箫声二十四桥飞，半将美愿悲歌啼。英雄生短，天惊惨案，新叶郁忠姿。（十二桥）

九张机：向来天府富城池，略歌万福来朝地。梁桥高筑，江流汇聚，车浪日迟迟。（万福桥）

深思，谲雷变幻写兴衰，荒桥作证墩萋萋。灾安生福，饥平生福，真乃晏清怡。堪追，梦桥有醉絮吹衣，年年浪漫花前誓。心儿飞愿，思间缱绻，霜首莫相移。人生冷暖怀真味，唯有桥身月下痴。春自冬来江水去，浮沉青石浸沉唏。

酒泉子

怀叹车祸：

噩耗台湾，知是魄惊泪染。烈火汹，肝肠断，去桃园。可怜廿六生灵奠，只为观光愿。劝人间，车行缓，众生安。

酒泉子

日行古镇：

别巷幽深，字塔凤栖云衬。恁时节，麻饼秤，诱街人。乍依碧水山青亘，当取扁舟近。廊桥西，可摆阵，浣心身。

看花回

数抹青茵秀绮坡。裙帽观摩。郁金迎举端妆色，比百仙、素玉娇娥。廊藤生爱侣，柳影婆娑。

时岁匆忙惜逝梭。岂再消磨。拾阶闲步天头往，正瑰香、懂笑满箩。漫花庄处好，回醉伊何。

兰陵王

题清明上河图：

落青墨，勾梦千般旧国。郯河上，游舫起帆，水浅冠将撞惊魄。弓桥叫攘激，谁识，京城侠客。林楼铺，酣酒正兴，不见贫人串声迹。

原来外郊壁，脚店食风亭，身貌亲历。琳琅玩市聊心藉。听瓦肆伶戏，画栏勾蔚，占师贫道一障隔，药膏问方策。

凄恻，府门侧。睡态对兵慵，钟鼓停息。姗姗胡骆连西陌。万贯钱车里，岂无藏匿。亡危将近，并未觉，叹泪浙。

浪淘沙

车列快飞东，聚散匆匆。峨眉醉月夜重重。盼五日花菲树影，桥映湖中。

杯液举香浓，知与谁同？此情此景正歌融。何地何时欢雀舞？换了时空！

浪淘沙令

春行步韵晏几道：

何处觅春塘，莫负池光。痴仙游雾梦韩湘。翠鸧百花云绕越，客在山阳。

邀约诉衷肠，且画眉妆。新衣缭发玉肌香。薰旷轻车随去耳，更向歌狂。

离亭燕

八载杯前谈旧，往事锦城浓酒。缘聚大风何处见？共望西山云绣。夜语满街时，风过青春回首。

子去蜀陲恒久，三届教学培候。笃志在胸君厌否？室内夜灯如昼。待到众花开，花事香盈双手。

临江仙

舟驰嘉陵江上：

山阔平添青墨，江深独付舟篷。身驰行浪渐重重。淡云风景异，秋日调痕同。

此际放空何故，翩翩次第金风。凭栏思意唤情浓。清清沧海粟，毕竟水流东。

临江仙

青岛栈桥游：
万里碧波随霭定，平心不捺风清。风灵追觅藻漂零。海湾拥夏澜，一任碌心轻。

栈桥纳英行人转，情悠漫走涛倾。胶州谊胜破寒冰。同心邀未来，几待美音听。

柳梢青

香苑平坡，郁金开处，柳袅花娥。风信盈枝，自拍春色，人在框箩。

又闻樱语婆娑，莫道是，佳期日多。椅外幽湖，空中鸟过，绊我几何？

六州歌头

罗瑞卿故居念怀：

茂年气盛，枪影吼兵锋。黄铺梦，心血涌。为民衷，入工农。踏遍山千重。宜黄勇，行无恐。黎泰纵，天娇宠，始称雄。风激怒涛，红染乌江竦，壮举如虹。调师遵义日，傲敌已成空，落鸟惊弓，太仓匆。

念其双踵，伤还痛，生死共，伏荒丛。华北耸，英烈众，击游凶，抗绥东。系取丹心控，平津送，得丰功。生倥偬，强军种，炼江龙。铀弹花开，赤帜迎空动，势指苍穹。盼芸生依旧，慰此处菁葱，了愿卿容。

◇ 宜黄、黎泰皆为战役名。

六州歌头

深圳开埠四十年抒怀：

跃鹏万里，何处望骄雄。潮海涌。蛇口耸。大湾东。郁葱葱。得幸希贤宠。腾飞梦。春风送。人接踵。欢声纵。志萦胸。豪迈远途，从此齐开动。掘器声隆。汗光垂日夜，一意向前冲。火热场中。搏无穷。

若春阳捧。升高栋。神采弄。美双瞳。甘苦共。人更众。解篱笼。跳饥穷。百业如雏凤。纷飞从。赛新容。边境怂。西邦悚。阻蛟龙。自立沧桑，命运心中种。岂惧蚊嗡。叹莲花山下，四秩喜相逢。大道迎虹。

六州歌头

回念凿通人类地质禁区成昆铁路壮怀：

长空送雁，偏向禁区行。河急哽，峦峻挺，雨雷更。苦征程。也忆雄关冷，钻天境，何时劲。心壮猛，巉岩敬，铁锤铮。还对傲沙，催鼓桥边迥，滚石纵横。掘尘声乍破，热血动心怦。铁器隆轰，曙光萌。

叹青云影，身边井，胸中耿，撼旗旌。时易逞，心不悖，汗淋倾。笑相迎。择日平川胜，新龙骋，壮歌澎。腰裹岭，肩悬阱，一身轻。再想峥嵘，水血翻帘泳，陡壁危惊。瑟寒成昆路，烈士谱忠名。撒泪伤情。

啰唝曲

无锡鼋头渚思绪：

乐意太湖水，却恨未上船。蠡翁西子去，重见是

何年。

满江红

不是硝烟,却胜似、战场攻烈。叹国人、凄风少喜,苦无春节。万里神州挑夜火,一时人间凝寒月。只见那、挥手送征程,家匆别。

谁与赴,平慌郁。身似虎,行英杰。蓄志荆楚去,胜心如铁。何惧雷神骄敌肆,火神山下灾伤灭。拼盼作,百毒扫横宁,齐欢悦。

满江红

中国中铁开路先锋组歌：

筚路青辉,岂忘了、山桥初别。又勇赴,奉天冀地,再挥竿揭。罢撬休锤屯器接,泄颓息怨呼声彻。为铁路、永此念民兴,情尤切。

心中梦,今终撷。从伟业,多人杰。工匠何其济,断金当锲。且振峦云担国运,夜毗江海安先烈。继征途、万里铁歌行,闻新捷。

雄国兴邦,毋以忘、枕钢初设。拥抱了、巴山蜀水，劲旗高猎。领命炮光催睡壑，作声筵筵挑沉月。筑路人、从此逐风尘，身无歇。

东方晓，黎民悦。高铁亥，翻新页。寰洲何辞远，重阻当绝。八纵八横胸满竹，一带一路衿成珏。待将来、命运共相栖，宁兵碣。

满江红

读史念孔明出征：
老去如斯，浑还似、少时心力。凭寄语、何须痛饮，度年如日。万事都随流水逝，千年惟有悲情极。忍重听、西蜀信飞来，冲兵息。

今古道，谁能得。臣父恨，愁难织。肠断续无端，泹泪忠客。百里莽原迷望眼，几番风雨摧斑壁。叹君生、憔悴损容颜，心如昔。

满江红

贺渝都明月峡大桥钢围堰入江：
南岸云收，水东去，碧波万顷。临此地，飘旗飞色，青山沉影。初见峡中移巨堰，又观江上奔龙艇。锦炮响、自此踏新程，洪声应。

胸志立,人心省。精神在,情难更。彩虹架南北,敬听明令。纵使归来尘扑帽,未愁往去霜添镜。只为那、车舞绘宏图,风吹劲。

满江红

听歌怀念梅艳芳:

四十年来,恰如是、人间仙子。长记取、双鬟低唱,冠钗斜坠。又是一番花信了,可怜无限伤怀史。忍再听、百变泪痕浓,和谁意。

流年里,歌又起。情至也,那堪比。孤身走卿路,夕阳吹碎。留醉声声呼掌举,落红处处相思寄。待倩伊、写入世间书,休轻弃。

满江红

松毛岭战役遗址感思:

雄气冲天,凭谁诉、断肠千结。凝望处、碧林如海,乱云堆雪。谁记当年残夜里,恶枪短炮频相接。岂忍看、山野枕英魂,饥粮绝。

刘坑口,鏖战切。人去也、何时歇。百叶岭抛泪,更为凄别。只奈声惊鹊腹语，莫教红溅山头月。叹那般、酒誓寿公祠，终成捷。

满江红

登陕西照金薛家寨略记：
百里丹霞，浑不似，威威先辈。记洞穴，悬居峭壁，余身曾寄。荆棘侧松安扎寨，利刀衣被孤相济。问何时，据把照金存，君开启。

三英士，千秋史。昂首处，倾忠气。姜河趋豪迈，宏心遗炽。独倚危栏凝望久，苍茫暮霭迷奔徙。莽天边，一点泪噙裳，催风起。

满江红

感国际地震救援：
遥望西川，痛多少，雨霏犹叠。伤又见，地摧山撼，身倾心竭。赤岛中惊声噩耗，大洋边痛涤殷血。勿心悲，泪断了千山，湮清月。

难民地，心意切；斗士众，忧难掘。擎甘泉，灌注太子港烈。铁臂催撵死神走，钢肩急叫芳华歇。叹人间，撒大爱无边，灾伤灭。

满江红

旅冕宁怀彝海结盟：

奔涌骊歌，顾飞渡、木舟促疾。常叹那、浊流浪打，轮番追逼。多少怀思千万劫，何方又作冲锋克。只因作、勇结旧时盟，循君策。

谋胜也，军如织。封锁断，情豪极。至今念叶丹，未负当日。旗帜高扬收战激，冕宁血洒桥渊侧。但眼前、容帽系玄衣，凭谁觅。

满江红

题电视剧人民的名义：

大浪奔流，谁不愿，江山永续。人盼作，政清风肃，恶消善矗。终料万家追热剧，人民舆论声高逐。父母官，正气比包公，惊贪目。

使命在，尊莫辱。擒孽障，清深毒。对长风凛冽，势当从速。莫叫魔虫横大道，要寻利剑身边伏。指苍穹，来日海清平，宁家国。

满江红

抗美援朝铁路抢修驰援记事：

七十年前，还记问、山河瓦砾。决烈处、清川袭劫，不堪重觅。痛有轰飞催恼事，巧来铁轨延神迹。把锱重、险护送孤丘，情交迫。

煤烟袅，司机溺。威身起，牵家国。恨因寒冰锁，性命难测。纵使轮轮桥枕落，未教屡屡埋危积。终等到、一字战消停，瞳奔涤。

满江红

望厦门郑成功雕像步陆游韵：

滨海威仪，车窗外、尽留本色。据岛屿，气吞如虎，剑张挥别。壮胆百回为巨将，摇身一变成归客。望青史，此地起征程，游人织。

河山好，连水陌。无限志，随东掷。纵飘摇轮转，胜迹堪觅。汗逐寒秋风凛冽，血飞长舰涛萧瑟。应念那，热血溅夷魔，军前滴。

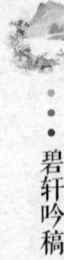

满江红

瞻保路运动纪念碑：

傲挺长空，夺双目，凝思碑壁。追旧迹、浪涛涌起，四川怒激。英美德法天丧尽，绅商农地心将息。保路权、辛亥震清廷，江山易。

铁路好，终抉择。川汉愿，成渝立。号角声乍起，隧桥开辟。四十多年风伴雨，一千里路尘飞砾。叹当年、两载变通途，初心炙。

满庭芳

西藏巴松措：

而立之年，山川相望，醉时西藏林芝。古村湖绕，亭外览幽姿。阔绰巴松静谧，歌声里，艇浪飞驰。观湖岸，雪山遥落，松海染金枝。

秋迟，瞻庙寺，经声嘴上，朝拜佳期。塔高见飘幡，游客虔痴。斜日白鸥水上，忽出没，点缀如诗。真真个，人间仙境，他日定相思。

满庭芳

喜树浓茵，水松疏影，圃园叠翠阶台。鸟鸣声里，几度待花开。适遇登园妙季，千枝动，蝶困徘徊。池杉畔，蓼汀芦岸，浮水正排排。

心怀，今又在，可掬萃叶，换作头钗。醉芳路几回，何处堪摘？有艳香飘陌道，细语坠、花正盈腮。趋佳日，勤蛙天籁，层雨唤儿孩。

梅花引

春来好。寒事少。萌萌万物花期早。蒻红情。蒻红情。绮窗更与，朱门婉温馨。年相候。辞别久。零零去日堪回首。敬高堂。顾夫娘。菜盘羹里，觅味幼时香。

循归长聚天伦乐。何处依稀对离索。走千川。走千川。风餐露宿，莫学堕人闲。苦心冷暖如相问，通路纵横终自论。踏冲泥。柳莺啼。丰岁似明，天幕又争齐。

明月逐人来

听歌追忆邓丽君：
音容来到，依然娇好。丝丝曲、蓦然花袅。赖天音质，自然升绝窍。梦醉眉颦带笑。

窗宇空廊，也慕月明高照。人生路、行当曼妙。暖歌久在，归舞寻飘缈。只愿青山未老。

摸鱼儿

己亥中秋烹茶词韵：
恨深宵、阴雷催雨，秋凉人望窗罅。只将今岁期圆月，还品香茶成也。添韵乍。最好是、泯唇盈口风清洒。杯杯无价。纵滴漏声声，落淋点点，无谓频高下。

当卿悦，相敬青瓷绣帕。心将舒意怀写。阴晴圆缺人间事，何不退休三舍。卿莫讶。看情世、零零操念谁长者。红楼梦罢。便做凤哥儿，荣宁威干，性命却空把。

摸鱼儿

喂金鱼、频频眉下,神飞顾盼低语。游鳍自是逍遥起,水草丛中藏聚。倾爱处。逢正是、无忧串泡时时吐。成天自舞。任冬染寒霜,夏临酷热,一样心如许。

清缸澈,日日几台细数。休成离落孤侣。野中万物同生命,应觉真情相助。安若素。三只影、恰如三口缘恩遇。前方共路。纵山雨常来,惊雷横肆,濡沫以甘苦。

摸鱼儿

罨画池赋景:

问人间,景归何处,扔抛尘扰时候。一朝身置寻幽去,还念罨池良久。终邂逅,画中走,丝丝经阁穿风透。柳飞波皴。对古际烟云,飘来琴鹤,声誉美双袖。

横屏外,漫步廊门静守,贪欢鱼跳交口。鸟歌几度春秋月,倚槛幽情浓厚。曾记否,坠时夜,假山甬道凉亭右。放翁空瘦。叹入住蓉都,才思卓著,狂浪释杯酒。

◇罨画池:四川省崇州市一园林。

蓦山溪

春行京城北海公园：

灵湖高塔，兀自云中破。惬意遣行廊，落一个、逍遥客若我。日昏初觉，心漾有粼波，观淡柳，坠黄钩，情系横舟坐。

身寻辗转，忽觉凉风堕。苑上媚低随，揽归澜、虹桥又过。崇阶渐靠，默默树生容，千里外，玉山前，却点闲烟火。

木兰花慢

哈尔滨印象，赋词：

最怜冬日雪，透晶美、慰窗棂。送千里皑皑，松江跳望，憨态关情。身轻。凛风北冽，任君霏下倩影常迎。还觅冰城韵调，为谁慕羡娉婷？

初醒。客满街亭，飞鸽跃、教堂宁。叹丽冰、马迭凝清远叫，食肆香倾。如卿。故街再走，唤起童趣片片精灵。无谓何方聚首，莫随酩酊杯停。

木兰花慢

摇篮曲仿魏承班体：

月儿明，风语静。树叶儿飘遮牖影。钟壁上，响咚咚，夜深人谧谁轻听。娘希宝宝眠无醒。手里摇篮长摆迎。铮铮依旧似琴声，梦中可有娘相映。

南歌子

车驰高速：

逐岁东川赴，经年故里还。却逢风雾绕重山，借此箭飞一路入云间。

南歌子

夜里逢霜降，添家务倍呈。子时伴有水衣声，却顾得娇女睡意萌生。

南歌子

自作面包记：

暮下低眉快，厨间细手忙。揉搓只道是平常，岂料面包新作夜来香。

南歌子

漫游西来古镇：

水裔临身处，西楼搴画来。青灰平坝树榕栽。一抹慵容、一抹碧云开。

字塔雕棱动，船棺印语埋。古风灯戏影倾怀。入梦江淮，入梦米糖斋。

南歌子

戊戌春，逢蓉都地铁1线通，喜经居处，出而坐车，后经升仙湖返，随感作此词：

探首田黄处，闻花香漫街。春天班列市中来。坐个车儿、放个畅儿怀。

皱影倾邻水，远楼晃木阶。手轻身箭抚红腮。逛个湖儿、抱个宝儿孩。

南歌子

翠雾雅居处,幽棋静落中。凭窗幻梦锁清宫,任尔几分心绪醉晚风。

叶嫩浅浅绿,樱娇淡淡红。轻起碎步映花容,何来时悠天迥两相通。

南乡子

登道教古迹胜地鹤鸣山:
古木松痕。石梯宫殿掩重门。玄道深深何如许。环顾。原是仙踪林上住。

道鹤青魂。五斗良米系农人。世外劝归痴儿女。修悟。笑莫悲情笑莫苦。

南乡子

小女画画,懵懵懂懂,颇为可爱:
笔走红笺。小手行迟一线牵。顿挫流连神不定,回旋。要变丹青待几年。

点拨眉间。折竖描摹得细观。心静守来同貌状，勾连。朝夕恒持贵永专。

南乡子

何地生隐怜？轻唤幽灵顾汶川。君问几多柔肠断？密绵，青草深深已八年。

万物不曾眠，岂待霜风虐凡间！亿万黎民多少愿？国安！魑魅劫灾勿犯边！

霓裳中序第一

随步夜寻观音桥：

斜梯隐远肆。过往人堆行顿滞。于是回身联袂。赏华幕渐盈，食香初蔚。街头巷尾。热火喷高辣涎炽。观光客，笑声欢语，正醉美时际。

荣瑞。巨屏忽至。引得稚童惊未已。天真年少何比。壮岁沾尘，晚夕劳积。幸亏还有你。小手拉携常在臂。幽游处，任而来去，却愿一生系。

念奴娇

探在建成兰高铁云屯堡隧道：

苍苍山谷，望云痕疏迹，浩然无物。指点千秋功业处，隧在川西横壁。矗日司旗，连峰险绝，飒飒西风烈。月寒孤寂，砺磨多少豪杰。

回想乱石滩头，岷江奔去，木树当空蔚。跌撞黑鸦酬对叫，惯看雨飞雷谲。肩上催期，枕边筑路，逐梦身情切。功勋千代，路通新幕初揭。

念奴娇

有感于人类壮举兴建川藏铁路作：

狂风卷刃，叹莽原飞雪，高歌青藏。车撼苍穹何所似，腾龙飞峰回荡。前断昆仑，北穿青海，南破三江漭。锅庄跳起，梦圆天路仰望。

昔日茶马劬劳，崎岖当道，雕鸟盘旋呛。怎耐山岗多寂默，盐落冽风阻挡。往事余音，万番情寄，还抱旭阳初亮。如今川藏，再添一路通畅。

念奴娇

人文深厚,善莫大焉,兴起临邛,而遇文君:

寻音竹径,古来琴声袅,凤凰三瞥。才绣芳心奔夜色,韵事几时莹洁。井慕朝阳,花开情重,酒肆香飘彻。长卿豪赋,骏驰腾浪切切。

记取唱和清新,墨添红袖,秀口惊莲舌。池绕柔波欢素手,佳话横空姻结。岂料人生,幻作春雾,衬叶终虚设。锦年如诉,采花还望君悦。

念奴娇

咏史上众多志士群体印象:

凤飞龙骜,上摇起,华夏神州势激。皓日初晖,心浩荡,开拓风华岁月。意系江山,情拥百姓,了愿青松志。山河豪迈,一时多少情切。

追溯千世仁人,百年鹏鹤举,云间金碧。沥血高歌,真便是,寒夜风雷湮没。击楫中流,此情方慰我,信心无灭。宽衣青佩,路岖追梦如铁。

婆罗门引

昨晨起、哭中贪睡。今晨起、甚哭中贪睡。渐冷天寒,惺忪眼、微微眯。冬至后,忙急添衣被。

千呼唤,声细细。近衾床、快快催身鼻。音歌曼妙重飞响,书读早、切无碌庸矣。发梳乍好,脸洗刚已。一路车奔,只为游学求知继。更此从长计。

破阵子

雅江县两河口二首:

雅砻涛声水溅,两河水电时兴。三万里悬崖探路,九百吨高桥扎营。谁人建设情?路碎鸦声飞乱,车驰危石慌惊。可叹儿郎了不得!惟愿先锋志气青。满腔奉献倾。

白日骄阳四射,阔论路远风轻。藏寨星分三四处,山涧鸦鸣八九声。高山险道行。夜里偶来霜月,冷飕寒气不平。最是渡过艰难日,却未丢抛抱负铭。菁英正面迎。

菩萨蛮

峨眉山麓寝夜惊梦：

朝来依约鹃声唧。玉兰高树千珠泣。寝梦月如勾。何人牖外愁。幻虚瞠寄客。惊旋坠渊泽。心乱嗣安宁。蓉城醒复醒。

菩萨蛮

月坛寻踪：

小园人空声如扫，几多秋事坛间老。辇毂入城西，夜明当正时。旧年星宿好，夕月虔诚早。光外叩天门，盼蒸华夏魂。

菩萨蛮

水关长城：

仰首长路当空立，水关连片晴山碧。天云入群峰，谷风有无中。横梯险易见，游客成好汉。何处独领骚？长城途正高。

齐天乐

埃塞俄比亚亚吉铁路通车：

举国狂舞铺天鼓，轰隆满街惊喜。大道飞龙，铿铿过处，新纪一朝开辟。高原日异。路从大荒穿，海轮催启。誉载八方，厚情丰谊日中立。

东非漫尘险恶，却他乡远渡，托嘱遥寄。刺木丛生，坑泥满地，蛮戾千回亲历。霜寒砥砺。惠当地居民，水甘渠觅。雇业帮学，宇寰存大义。

千秋岁引

北京故宫：

内殿深宫，外墙浅壁，岁月浮沉马蹄疾。飘摇雨雷六百岁，当知烈火烧踪迹。拜皇天，盼清晏，政开辟。守土拓疆实不易，终取利名邀战绩。代代菁英血心沥。可凄院宫险恶事，亲情泯灭遗残砾。几多霜，到今日，城空寂。

沁园春

寄2016奥运健儿：

光耀星球，誉过重洋，步舞上苍。慰枪声艇浪，激流愤进，水花剑影，斗志昂扬。将帅威风，摩拳擦掌，挥举千钧身似钢。呼声外，盼箭飞霹雳，离马脱缰。

追将往日回量，问谁光辉胜女郎？叹郎平天下，数英争抢，女排世界，五冠奔忙。今竞新人，怒拔剑鞘，踏破东京夜未央。依然是，看翼高鹏聚，大道腾骧。

沁园春

邛海郁金香：

劲蕊香浓，倩影遗红，湖行微凉。恰岛山揭幕，云霞落笔，新妆淡抹，柔韵私藏。嫩叶无声，窈姿清响，又是邛乡花满廊。闲园里，竟人流游织，几醉春光。

天涯痴客如双，赏花后、相期爱满肠。料眉头渐喜，素容秀色，怀中重记，端锦妍庄。留去随卿，散栖由我，蜂蝶何知枕畔忙。消魂处，忍将身眷别，梦宿横塘。

沁园春

踏园寻芳,还记旧日,携手重看。问花时几度,春归未晚,东风不早,绿遍阑干。倦倚台阶,慵开望眼,自此徘徊照影闲。微行处,有人踪常歇,独坐清欢。

谁知此际回还。但心纵、春阳天外山。念春江花月,梦魂何在,空河水冷,孤鹊声眠。怕听啼蛩,鸣禽唤雨,一段愁肠万缕缠。都休说,只悠游老去,离恨难言。

沁园春

珠海遣意:

日月初开,又是雨过,无限风埃。有谁怜痛别,谁思泪眼,不堪重见,一寸心怀。待写新词,凭君细看,往事休论两字猜。须明道、些些儿女伴,未肯归来。

如今远去难排,问闾阎人间几度哀。怎随禁得意,莫教轻负,金钗玉子,枉付香腮。只恐亲迟,依然似昨,且向尊前插满台。还知否,把酒杯深劝,赠与时乖。

青门引

咏二十世纪六七十年代成昆铁路建设者：

西部多天堑，陡壁云间断。成昆斗士似飞仙，左撷霓彩，右饮雪中霰。

悬身一线天方好，不畏金沙险。索桥日夜冬夏，换得彝家情深遣。

青玉案

南锣鼓巷：

南来北往胡同路。暮天降、佳期遇。说地谈天都几许。蕙窗艺屋，花坊谢墅。廊角香生处。豪庭华梦何须慕。沉事烟云已飞去。离恨恩情当把据。双身金狗，千门幽步，总会重相聚。

倾杯乐

贺作家曾令琪先生从文廿五载：

高客临门，文朋集馆，恭誉满地。正听梦、耕耘廿五，几多持学，崇怀情寄。恩来词选初评试。俊名惊起，自此细功文事。笃行不舍，岁岁玑珠存志。

品赋调、气吞何似？把酒举横澜、来恣肆。慕诗韵、若渐宫仙，更著墨痕还赐。又有那、门生弟子。终不负、瑕英芬菲。祝处处锦章里，初心永致。

清平乐

都汶高速所见：

巍峦叠嶂，目向疮痍望。数片石飞翻巨浪，长忆生死阻挡。

曾行步履辛艰，今期桥畅山间。吟取羌歌奋进，点迎流水潺潺。

清平乐

峨眉蓝湖：

风新日暮，又到云深处。翠鸟倚窗南湖浦，峨眉叶，白花馥。炊烟绕树书屋，一片氤氲惊肤。真乃求学时候，众材益友新出。

清平乐

甘孜州木格措所见：

镜湖清处，仙境降双目。山下松林涧边伫，四面险山轻雾。

水似白雪飞花，梦里喋喋起舞。一路逐流山麓，醉引美溪无数。

清音二十五弦

开路先锋征程70载献曲：

来路峥嵘多辗转，风云七十诉琴弦。旗开天下闯不尽，今且清音续续弹。

清音第一弦，何处得伸冤。邓公令下，一往无前。筑梦，岂再蹉跎四十年？成渝通，鼓浪锣掀。

清音第二弦，还念宝成巅。劈开飞石，绝壁攀援。不惧，任尔高坡古道坍，木桥架，漫步云间。

清音第三弦，乌岭日光残。凉风垭口，志在娄关。跨越，陷穴川黔克九渊，霜晨月，又对朱颜。

清音第四弦，关寨洞初穿。小平提笔，美名相传。掘进，朵朵梅花溢满园，贵昆线，井序安然。

清音第五弦，当忆最辛艰。关村坝上，沙木危悬。舍命，博物成昆斗志顽，壮魂去，一念长澘。

清音第六弦，独倚小窗边。湘黔会战，枝柳终连。交汇，西部崔嵬线线牵，苗家地，热泪承欢。

清音第七弦，移柱又轻弹。投身南国，瞄准渔湾。远眺，蛇口争雄勇创先，宏楼起，美誉招鲜。

清音第八弦，复线忽开端。衡广展影，风采翩翩。奇迹，斩棘披荆摘桂冠，那时境，愤进成全。

清音第九弦，热土再扬鞭。雅园速度，劲满心田。谁在，效益丰碑悦耳喧，志当存，笑傲新篇。

清音第十弦，百色摆棋盘。挑灯夜战，冲阵峰峦。谁问？提笔南昆梦几番，凉风过，彻夜无眠。

清音十一弦，高铁旭光暄。广深一体，理应成骈。添料，一举龙桥拿鲁班，初心阔，意兴阑珊。

清音十二弦，求索探无完。合宁梁运，征服泥丸。更在，提速秦沈得慧贤，人齐进，空白终填。

清音十三弦，如慕大旗擎。京津城际，擦掌摸拳。飞快，要把精调技术钻，核心艺，响彻瀛寰。

清音十四弦，黑水涌潺潺。建功哈大，毅力如磐。领跑，麾下寒身入白山。隆冬夜，胜利开筵。

清音十五弦，横纵更惊叹。畅通中国，筑梦千般。豪迈，高铁依生作网团，与畴昔，境过时迁。

清音十六弦，青藏浓霜寒。冷风氧弱，雪冻青鬘。攻破，冬去春来战袍卷，啸声出，镇守峰峦。

清音十七弦，鹰类翩如鸢。米拉山上，劣石轮翻。挺立，拉萨林芝一日还，四方有，袅袅经幡。

清音十八弦，城大总纷繁。穗都拥堵，人海漫漫。

昂首，地铁深深碛砾溅，双城轨，就此申延。

　　清音十九弦，浅水苦无船。千钧吨物，何策移迁？妙想，梁上运梁大业专，杭州湾，驾浪挥橡。

　　清音二十弦，鸿雁又回环。京新大地，高速驰宽。不误，蒙古琴声对孤烟，荒尘下，汗沫谁怜。

　　清音廿一弦，生命最关天。救灾抢险，大爱存焉。何见，数百精英上北川，长青地，玉树情绵。

　　清音廿二弦，埃塞赴高原。先锋无畏，异域凄单。又有，运送饥粮解急煎，懿行在，福造宁安。

　　清音廿三弦，中老志同坚。壮怀如铁，再结恩缘。未负，载入殊荣史册颂，大通道，再莫居偏。

　　清音廿四弦，尼泊尔争妍。成群斗智，劳累分摊。情义，满野云开醉杜鹃，一衣水，畅饮清泉。

　　清音廿五弦，喜悦点眉弯。来时彤日，朗照棂轩。不忘，奋进初心任在肩。前行处，莫惧风湍。

秋风清

昆明翠湖逢雨：

　　春城低。秋水微。再倚画阑畔，还逢秋雨期。千根菱叶秋思里，别来一样伤离思。

曲江秋

观三线建设博物馆：

光阴劲疾，领往事重来，柴燃刀劈。渡口月寒，荒滩奋进，锤浪摧尘砾。防战御外敌，万千众、同拼弈。寻铁炼钢，稀蓬漏锅，最难将息。

荡涤，金沙水激，峻山外，丹心血碧。扪怀知我问，苍天之内，何处生雄客？运幄已胸头，描勾三线自攻克。自那日，红花渐开，国运再无羸瘠。

鹊桥仙

得闲漫步南湖公园：

曲廊清翠，茶坊香淡，一派闲幽余味。镜湖红绿盼天明，江安鸟、鱼纹点缀。

单车掠过，游童追叫，楂影浮光盈水。得添嘉女共年时，任听那、笑声叠脆。

如梦令

日夜身居席罩，鼓动腹衣惊叫。滴雨过七夕，室外不知蝉噪。别闹，别闹，半月过了儿到。

如梦令

蓉城初雪：

冬日凝愁未展。一片久寒楼馆。新岁欲临时，已是窗棂惊霰。争看。争看。试问雪痕深浅。

如梦令

天府粽香盈户，艾叶菖蒲争露。长忆汨罗东，细雨落魂荆楚。如诉，如诉，激起万千思慕。

如梦令

凤凰山停留：

常享山青初夏，摇曳绳枝高架。凉爽伴歌声，小蚁蹿时惊吓。林下，林下，嘉女慢爬咿讶。

如梦令

鸟瞰云贵高原：

云处远山冲断，山外海云高瀚。中有谷河深，路隐霸龙游乱。长叹，长叹，铺架建功河汉。

如梦令

水溅盆花游跳，何爱暖温嬉闹？清女闪明眸，冬夜逗声悄悄。尖叫，尖叫，哭后又传欢笑。

如梦令

园内繁棕环伺，场外清歌当季。晚影路悠悠，霞染彩林黄地。犹记，犹记，河畔草酣新睡。

阮郎归

海底隧道：

胶州海浪荡沧沧，惠风卷雾裳。蓝渊深处步铿锵，施工建设忙。铺大道，梦儿张，心驰决战场。抚平天堑勇担当，游龙海底翔。

瑞鹧鸪

咏海棠：

贵枝沉态自容妆，春苑琼姿压海棠。无意着痕丹墨灿，有心留影翠廊香。林间绣足翁先醉，水畔嬉声稚更忙。无那竹深迷柳絮，转身何处是萧郎。

瑞鹧鸪

咏腊梅：

春暖还痴待野东，嫩黄已胜弱芳红。骨昂借力迎尘素，身寂无心依玉栊。滴滴晶珠凝未断，凄凄寒月锁难封。盛年侘傺端何惧，要作千枝肩比同。

瑞鹧鸪

行车警醒歌：

霾过山郊日满空，聚留绿地帐成篷。帽丢眉皱弯坡走，线断鸡飞小女懵。两次落棋思定后，三番验锁虑疑中。行车安险需明智，切莫粗心随稚童。

塞翁吟

青海日月山怀文成公主：

驭马通高险，经历多少硗砻。经幡射，乱岣雄。贵态醉芳容。西州未息年时乱，怎忘帝父亲封。锦玉别，泪双朦。桂眉念心衷。

匆匆。凭思忆、长安渐重，催日月，晨昏鼓钟。对羌道、随风摔碎，待沉落、镜草光痕，送染摇篷。格桑未老，睦酒长存，却断归鸿。

三字令

厦门夜听南音：

拍板奏，洞箫鸣，海潮前。秋静夜，屿依船。锦音高，珠玉落，绕心弦。

同婉转，共婵娟，曲翩翩。听语脆，候人虔。髻姣娥，声袅娜，醉无眠。

散天花

登潮州广济桥思忆：

天际朦山落日秋。韩江风浪急，客攀洲。梭桥千载韵文稠。稀闻丝管乱、诉人愁。

多少离情别未休。闽乡潮剧起，泪倾舟。凭栏试问是何求？久长朝暮醉、月如勾。

山亭柳

瞻望江油太白楼：

超逸飘然。妙月一神仙。碑柱上、石阶边。绣口满心珠玉，串流泉水涓涓。早志宏图持剑，社稷比天。

寸身朝野蹉空置，天真浪漫岁经年。芙蕖动、路蜿蜒。却望楼高璀璨，付与醉意清弦。笔落春风化雨，何夜无眠。

少年游

凉风卷地又初生，秋过蜀都城。年年国庆，相期岂是，双步向街行。四时轮转今而立，未指利与名。

纵赏秋深，几分落叶，黄煞莫相争。

生查子

车行两面风，奔向山峦去。才赏藏羌情，又遇岚烟雨。馆前三处音，博物风图叙。火舞寨边轻，笔画心中趣。

声声慢

漫步元谋凤凰湖公园：

佳湖着痕，秋风欣来，倾情留影凉飞。寸步连道寻味，苻靠清衣。恰逢空天盘月，是何时、玲透莹池。便未肯、滞孤楼羁旅，吟醉不归。

过身岸边小径，从头看、原就柳絮飘垂。聚首游人何此，悄话萦枝。今夕粼波石出，夜霜沉、遗美思谁？只争得、月圆柔嘉好，岁岁相随。

声声慢

投娱未喜。看镜中人，依稀认得似此。把语言欢，闲话旧时情事。东君吹鬓欲雪，记往年、赏青无寄。

算只有，细愁多、总是一般滋味。

莫教荒零堆积。休负了、花前好春光丽。料理琴心，欲奏画庭重拟。回思怨悲得失，自相珍、旧处锦字。且枉受，更漏短、莺浪待替。

声声慢

观电影掬水月在手思叶嘉莹先生之身世寻句以得：
诗心自许。聚散人知，飘萦总是梦去。慧气尊空，和韵与师同步。今生重理旧谱，甚那般、美中清舞。怎忍听，炮声催、唤起少时凄楚。

此际情怀难诉，怜母女，依稀悔悲如渡。合院楼低，望眼只归敝庑。西风吹残湿泪，黯伤魂，对月色暮。怅别绪，解未语，词赋倦旅。

声声慢

凭谁病后。有几多愁，无端发继夜昼。听雨声悲，红咽恨难承受。寒凉节季不断，忍躺寻、旧巢尝柚。怎禁得，弱容身、不似去年曾有。

卤肉油糕干豆。全更与、佳人喜相呈守。只盼春归，未肯负祥日久。时来运平利顺，莫销魂、痛快奋斗。此往计、总又是，神气抖擞。

声声慢

寻常路陌，独步离歌，楼空哑语醉客。满是愁容声激，怒言堆积。千门万绪苦泪，竟痛心，异乎今昔。怨气绝，乱身前，却是恶闻相隔。

缘定三年不易，清阻障，情牵万难相适。聚聚分分，望过雨飞雪迹。襟衣暗风易窜，算亲疏，暖日自炙。莫叹咽，了却默言最感惜。

十六字令

贺万米隧道贯通：
山，恶障深深渡难关。挖机袭，雄道冠云间。山，猎猎征途万米艰。心如铁，隧莫破不还。山，激战荆湘巨石顽。催声响，斗士跳开颜。

十六字令

云，压破穹庐万马巡，天高耸，残雪照锋喷。云，

樵火磅礴大漠浑，苍旻际，晚血炙阳吞。云，日眷西川向暮燻，流龙过，掌浪卷郭奔。

石州慢

思亲：

宵雨飞寒，斜径又怜，清瑟时节。隔楼花色稀微，心镜芳痕明灭。行廊空寂，何不且就倾眉，忍将春绪缧零叶。这几许思愁，正而今明彻。

休说。谷黄淡饭，角青香语，爱怀萦箧。趣乐经年，留忆蒂榴秋发。风高月影，消去多少营营，尾篁声脆何人折。回叹望天涯，黯然伤长别。

霜天晓角

阿克塞：

眼开荒朔。边宇金轮灼。亿万纪年当记，肃风乱、走石落。

闳廓。尘滓浊。绝境应萧索。却行低云那畔，树洲绿、小城烁。

霜天晓角

登古蜀栈道：

苍天劈裂，栈道当空折。险处长蛇逶迤，倚栏看、吼声彻。跋涉，衣袖热，睡女娇紧贴。再上台阶听鸟，玻璃好、不虚设。

霜天晓角

都江堰：

庙高人立，环顾青山碧。腾浪堰沙飞乱，玉垒事、离堆迹。冰王丰伟绩，横龙刀猛劈。天府富开何处？宝瓶口、流无极。

水调歌头

咏宝成铁路：

日月照肝胆，越过万重峦。雄师江畔，挥臂誓指剑门关。云外乱石劈断，天上木桥高嵌，豪迈震无边。夜啖松中露，日饮谷间泉。

战秦岭，掘隧道，路蜿蜒。谪仙倘在，当叹蜀道变桑田。古有愚公南冀，今有先锋川陕，往事跨千年。

若忆初心颤，汗撒大巴山。

水调歌头

庚子中秋思埃塞兄弟困疫情步韵东坡：

山月涌江海，万里照同天。又逢闻桂佳节，迟步数流年。昨岁推杯人去。却忆茶盈榭宇。风露晚荷寒。托梦问离别，凝目锁眉间。

疫情急，关隘阻，恨无眠。寸肠不语，相聚如约几回圆。时顺风平生合，势逆滔腾生缺。岂可总归全。指日灾荒尽，携与竹幽娟。

水龙吟

行知月色无拘束，只恨人间难遇。一般圆润，九成亏缺，总归虚度。寻个真欢，搜些棋戏，也应自许。对事从头悟，何须迷执，更休论、功名富。

莫道是非乐土。便教他、天风吹去。如今谁遇，为君说取，年时耕苦。向此间行，古来贤圣，赋闲重数。寄云端正好，长生运驾，又携仙侣。

水龙吟

不知何处寻芳信,只有莺啼燕子。惜春人去,重门掩映,斜阳红紫。独自凭栏,怜伊瘦影,几番憔悴。最是无情爱,今宵梦里,怎消得、伤心字。

说与相思难寄,记迟年、泪珠滴碎。愁肠未断,也应为我,那堪回避。忆昔约场,曾经过眼,问谁能几?倚红阑睇久,天涯去矣,剩云空际。

水龙吟

观深圳改革开放博物馆:

澜波涌进春云里,翻作腾鹏天际。宝安欲晓,南城方茂,特区突起。犹记渔村,草荒横阵,几多藻气。对高栋宏楼,工人勾影,曾忙是、车砖递。

默问征程缃史。有谁家、这般相似?摸河探石,菁英先试,梦归赤子。阔步心明,莲花山下,亮光新缔。念春风化雨,斯人独去,却怀思寄。

水龙吟

眉山三苏祠怀东坡居士：

千年旧梦三苏院，犹想童时亲历。两番重见，如今又到，可堪回忆。庭外堂前，廊间檐下，一生谁惜。对炯目高貌，须鬓顺朗，待思取、仙坡笔。

别有一般风力。任凭他、扫平孤寂。吹来旷达，随安而遇，人心爱炙。试问东君，何能云乐，荡飘追觅。只舒眉阔袖，留情文墨，永知民急。

水龙吟

咏全体抗疫医生：

慨然猛是冬来病，全国守窗凝伫。乱寒不尽，春归未得，愁怀难诉。八面寻身，挑灯夜战，从容医侣。问天涯看客，依稀又见，记当日、亲书处。

何畏沫飞毒恶。莫伤心、几番焦绪。满分大爱，四方赤子，倾心相助。众志紧跟，破关沉着，共迎风雨。纵啼莺不叫，春阳弗暖，有真情注。

水龙吟

瞻富顺文庙所记：

孔家弟子文章伯，多少墨文真气。幸逢重敬，入怀圣境，几巡慕里。梁下何雕，麟狮虫鸟，顿忘归计。念古烟朝国，龙腾信义，算今岁，谁能记。

高额仲尼伟矣，往来期，众儒联袂。知君常望，棂星曲斗，子衿投思。整理行装，饯身经诀，向慈容起。想人间秩序，和谐当记，把兵仇洗。

水龙吟

瞻仰瞿秋白烈士碑：

寒泉落叶都如昨，只有一番凄绝。不堪重见，依稀何顾，旧时欢悦，过誉人文，赴俄翻译，此身难越。这些儿真个，也应知道，更休问，枪头血。

总是盈虚生缺。莫教他、蹉跎白发。人间留意，随缘去住，几番霜雪。叹又惊回，少来多病，只余空月。狱中无变改，知情泪洒，永成悲诀。

水龙吟

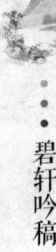

合江亭抒怀：

扶栏遥望双亭，千帆始渡粼波里。两河交汇，商旅云聚，盛唐景气。诗圣挥情，岷山雪照，东吴踪迹。却道迎送往，陆翁所见，官名乐，弦歌起。

千古兴衰故事，问繁花，流迁东逝。蒙蹄南下，江河离索，锦城鸣泣。昔日芳华，花开花落，尤须警惕。莫停逐潮浪，胸怀世界，鼓催天地。

水龙吟

嘉峪关怀林则徐遣戍伊犁：

半生一梦硝烟里，赢得英名何磊。此身非用，损寒知己，遥途孤寄。尔亦难忘，这些嘲戏，不堪回避。顾冷风尘掠，依稀见阅，更休问、从头计。

再把兵戎重理，纵横陈、可无拘系。苍茫变幻，忧君欢笑，几般情味。曾是粤南，虎门城下，毒流荒碎。问谁多正气，伊犁未到，又怀天子。

水龙吟

缅怀成昆筑路烈士：

禁区忠骨皆陈迹，多少英雄如昔。此情谁与，颦眸望眼，声嘶难觅。故地尘波，险崖恶境，几番凄恻。料峭魂归也，重寻旧路，念当日、惊风袭。

五秩铁车络绎。岂知曾、血痕常拭。壮情未已，仰瞻烈士，追思太息。坟垒尊排，字清人去，黯销孤魄。问天涯梦里，何时重聚，只河奔激。

思帝乡

读清宫二年记念德龄公主：

重现身。国人知几分。问取何为公主，著宫文。佛爷知聪赏作，译言人。奕奕芳情去、黯伤神。

谁懂伊。爱乡成久睽。讲演和平真意，亮清衣。旅美东方女子，与时宜。枉叹车飞祸、落孤凄。

苏幕遮

艳阳天，芳草地。鹊舞莺啼，又是春归矣。人在

院廊樱色里。一片轻愁，付与东风细。

锁眉心，江汉系。几度回头，翘盼康宁际。趁且筹方从始计。同力赶追，莫把韶光弃。

苏幕遮

问姑苏，曾几见？吴地江山，亭外梅花面。多少楼台春梦远。一片烟波，留目长亭晚。

碧云深，凉月满。照影微斜，冷淡天涯雁。何得趁年游侠伴。醉墨淋漓，写出红笺卷。

苏幕遮

浣花溪公园漫步：

绕青茵，垂绿柳。兰玉相邀，终向花溪走。白鹭三声霏雨后。摇絮黄花，沾地频回首。

此时心，先辈口。子美华章，诗语凝天久。逐句幽亭香浊酒。月照西楼，曾照归人否？

苏幕遮

记当年,谈笑事。美景天边,多少闲情味。一曲新词无百字。写出离愁,堆积相期意。

最难忘,花外醉。顿醒何时,有几人知否。倚遍阑干凝望际,独自凭栏。总是身归计。

苏幕遮

旧园思,曾未见。窗外虫声,吹落梧桐片。睡起不禁娇影乱。独上阶前,无限伤心眼。

梦难成,缘来浅。一缕柔肠,总是相知勉。莫道秋来多病衍。重理残妆,依约钗头缓。

苏幕遮

剩田园,孤野返。鸡犬村门,几只凫儿伴。三径竹篱坡屋短。檐瓦吹声,总是闲情懒。

念家山,今又见。烟户迷离,四海归音断。草树摇时还自恋。守得新晴,又近黄昏院。

诉衷情令

闻沉淀老师大衍之年呈词：

诗林谦雅几回闻。庚子慕逢君。吾材羞未成句,幸得赏缘恩。龙笔品,荡澜存。悟怀真。听茶平乐,竹林风起,兰质清芬。

踏莎行

假日赴平昌白衣古镇三章：

古阁钟鸣,新亭日出。云宫紫气高盈尺。春来归兴访文酬,长思此意何难得。

巴水云涛,仓山烟色。白墙青瓦渔村侧。谁知船影不堪闻,码头空望风如织。

古邸斑痕,旧祠遗笔。堂皇富丽谁堪匹。而今远去几多情,吴家何处重来觅。

兴盛成烟,悲欢作客。魁星无限高无极。孝忠进士最难忘,坊间夜读浑如昔。

古木阴楼,疏林翠壁。禹王若是逢迁驿。而今犹记旧游时，绵篾庙像寻功迹。

往事长存，归期却急。无端又受春风力。等闲过了几番寒，那堪更把离愁积。

踏莎行

鄂秭归西，汨罗江畔，淑娥散袖楚歌怨。屈子天问泣苍旻，故都风云河山唤。

悔恨三生，粽香两岸，灵均杯举星光灿。龙舟无语月无霜，万古懿行书千卷。

踏莎行

烟袋斜街行记：

味落情飘，韵生目伫。身留烟袋心归处。品观京扇惹春愁，适逢排屋安如素。

偶拾书签，巧寻邮铺。间行蓝眼高挑女。云肩接踵好音来，柳棉暗逐芳尘去。

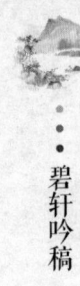

踏莎行

元谋土林奇观即怀:

临树危坡,排空削柱。愕然涛卷浑如许。唏嘘顿足步成痕,间逢野蝶惶飞去。

携紧娃童,解舒衣物。忍将嶙怪多环顾。秋阳借若照归途,何曾隐得来时路。

踏莎行

林芝见闻:

脚踏青山,车行沃土。柏杨红遍连田亩。恰逢朗照过峰头,岛中沙棘观秋妩。

响水声声,经幡飘聚,牛铃憨态居村户。不觉小屋映葱林,流云落意满江树。

踏莎行

秋厉光阴,西风吹雨。落花飞絮无人语。不知此夕赴何方,明朝又到天涯去。

几度花黄,一番情绪。十年倦迹浑难据。今宵灯火已全收,故乡梦里频相遇。

太常引

过沙河公园:

一园树影半秋姿,簇桂坠虬枝,轻语夜河池:这次第,重逢有思。寻着香迹,伴着歌舞,日月寸心知,折下桂花迟,更摘取,婆娑似诗。

调笑令

提背。提背。晚夜定时知会。趴床寸指游风。挑捏上下顺通。通顺。通顺。响鼓细雷轻震。

调笑令

晨睡,晨睡,懒眼惺忪恋被。三番五次身醒,游思梦里闪星。星闪,星闪,江海荧光点点。

调笑令

南北,南北,脚手不停片刻。抓书扯罩咿呀,双唇闪烁齿牙。牙齿,牙齿,游舞身前五指。

◇南北:一是形容动作挥舞方向,二是女儿小名。

调笑令

时节,时节,举国天天闷热。身烧嗓痛哭音,焦心急把药斟。斟药,斟药,驱散娇闺病恶。

调笑令

童语。童语。哪管热天飞雨。隔屋洗衣正忙。眼前自舞跳床。床跳。床跳。倒海翻江高笑。

调笑令

张望。张望。听吼心神惊撞。手快入柜偷挑。嚷将物件乱抛。抛乱。抛乱。若个童仙游窜。

调笑令

劳累,劳累,月夜辛勤早起。居家琐碎蹉跎,寻闲父女按摩。摩按,摩按,将把经消络散。

调笑令

椅上,椅上,屋内双眸仰望。嘴间闹语时分,池中一袭女裙。裙女,裙女,观舞风芙正举。

调笑令

高妙,高妙,最爱人生韵调。游思意境飞驰,填词略胜赋诗。诗赋,诗赋,灵物风花几度。

调笑令

盆响,盆响,泡沫开花指掌。忙时盥洗持家,身勤积聚赞夸。夸赞,夸赞,欢喜厨房细看。

调笑令

夜坐北京三里屯：

高唱,高唱,好个人间夜场。屯中技艺相当,因听炫舞上扬。扬上,扬上,何夜霓灯坐赏。

唐多令

再过水乡：

青竹唤归歌,斑墙掩闭楼。去岁时,饶兴停留。桥下漂船空不系,意犹在,远思稠。

日照石矶头,食香满绿沟。又一年,步履难收。终似落鸿栖瓦屋,心却是,少年游。

桃源忆故人

什刹海：

扶堤柳絮飞高去。眼外水无重数。欲上华桥依树。莺蝶留晴住。

何来忍听明清语。浪打舷声今古。若饮仙家筹醑。记取灯边路。

天仙子

静赏昆曲作：

余味思寻念玉衣。高声低面总相宜。梨宫温润画眉飞。弦逸雅，袖云迟。何幸兰腔白雪痴。

偷声木兰花

福宝古镇：

秋深帘外风吹雨，忽恍夜雷居旅处。湿唤清晨，苔映街尘不了痕。

韵香古色真福宝，青瓦依山拾晚照。渺寄高楼，摩意胸中诗画留。

望海潮

福州印象：

半城山水，全城秀丽，游眸东越萦怀。风惠绿茵，阳娇翠树，高楼鳞次排排。今好运新来，古恶命往去，甩却阴霾，史墨春秋，沉浮乍起泛尘埃。

仰思此地鸿才，自盛名马尾，船政良侪。严复唱兴，林公立志，齐心防御狼豺。万里瞄烽台，千巡擂战鼓，攻守边涯。丝路今朝远赴，再梦浪潮来。

望南云慢

青海塔尔寺：

佛意湟中，立塔佐华堂，天泛金光。荣慈匾额，领帝恩几度，依旧昭彰。还慰菩提老，庇叠瓦、香迎柱廊。殿僧虔叩，贴地红装，永溢和祥。

无忘。念顾宗师，曾传觉帽，经言戒律洋洋。今来信众，引方域灵灯，四海琳琅。望阁间堆绣，自那般、依归法幢。落神墙画，塑笔油花，好不思量。

乌夜啼

前海秋行：

桥畔榆阴飘絮，廊前柳霭飞花。今岁京华秋声晚，桨荡日光斜。

菡市人稀闹减，汪池鸟结幽奢。行居常伴相依梦，何必聚天涯。

乌夜啼

赏歌思张国荣二章：
逝水流何速，浓情去影来迟。天涯何处寻音讯，重掇旧时词。

别后心怀未减，梦中往事堪悲。凭阑独自伤离思，只有泪双垂。

逝水流何速，空山寂寞寻魂。不堪回首天涯远，起坐念孤身。

别戏已休泪雨，旧愁犹在喉唇。年年肠断清明节，只怕倚楼人。

乌夜啼

K歌之后：
唱罢歌声缓，尊前劝客归迟。西风又送行人去，流水没花枝。

别后情怀如许，那堪更有离思。天边一片伤心籍，衰草落青丝。

巫山一段云

雅西高速观景二章：

人向深巘去，清凉初绕晨。雾仙幽落裹青痕，峰蒸云上云。

雅雨点分秀绝，忍顾葱林挥别。得来一醉梦千寻，惯守不老心。

云澹遮灵岫，秋风横壁桥。飘裙垂影簇山腰，眼外路迢迢。

七彩不来愁结，只为佳期情切。何来唤作画中屏，车驰再前行。

巫山一段云

千年绸都第一坊：

叮舞坊间蝶，枝盈树上桑。绸都丝缕满琳琅，韵味千年藏。

曾似髻娥约契，挽手翩翩仙子。春思漫卷落花针，缱绻故人心。

五綵结同心

德令哈翡翠湖：

重重峰去，顾盼神回，黄昏一抹天涯。堤岸多蜒曲，经停处、迟迎笑靥无遮。开门行足观深浅，晶莹透、勾美云霞。真真是、盐湖百里，育成碧玉开纱。

岂因蜀川分远，只逍遥戏水，踩砾摩沙。天宇时阴白，肩巾秀、姿起自舞文嘉。觉来人世均长旅，且归似、飘荡浮槎。概莫歇、惺惺携手，共看翠彩如花。

武陵春

洛带古镇遣兴：

街落清欢贪几许，悄语逐重门。料得年年会馆春。渠水洗纤尘。香浸食蔚灵筝转，余影点黄昏。已是时光散舍人。脚浪寄鱼魂。

武陵春

安处寻常行乐耳，一笑出尘缨。万事休论世外情。忆及辈还荣。天上琼林真有分，我亦爱吾生。且向尊前醉眼醒。岁月好、酒杯倾。

武陵春

　　堂绿园林风味好，赏乐最宜人。一曲阳和自着身。妙语属谁论。祥点春花堪爱惜，不肯负芳辰。莫恐光时入眼贫。但寄与、北山云。

西江月

雷波县域道上作：
夜黑峦高起落，路长崖陡低徐。明灯生得半腰居。怯对几分森惧。

　　感昔贫拘村野，愁今畅阻乡隅。问当天堑可通途？彝地一朝腾骞。

西江月

书香成都以鞭策：
武侯文轩墨浸，锦江方所书香。遍游天府又何妨？不读不思终惘。

好愿莫辜年月,悠情不负文章。着词淡抹或浓妆,经已留心纸上。

西江月

灯照黄墙白透,蜡染银饰灰青。怎堪绿叶泛清新?都付屋中空镜。

一款闲情刚起,几分灵气微欣。只因心语诉提琴,一任时花飞尽。

西江月

中秋二首:
佳月重染秋夜,游思飞渡青天。万千里情寄心丹,欣闻饼香连片。

山河梦里长路,家国胸外平川。斟满浓酒问几番,他日功成团圆。

仲夜清露密绵,中秋丹桂芬芳。尝几口月下飘香,挂念过了惆怅。

多少征程回望,几许汗泪思乡。儿郎志向在他方,亲眷心语豪壮。

喜春来

暖蒸三月香房雅。云锦横波语落花。相邀谈笑正年华。问酒家。何处卡沙沙。

喜迁莺

致书画家锦野居士：

山似涯，艺如金，文墨守真心。不辞千镇涉深林，画意入胸襟。

知音近，亲相闻，大笔舞云添韵。终不辜四秩追寻，身外传嘉音。

系裙腰

邀亭丛影照池鱼。清秋苑、鸟扶疏。遥逢谢客草春情，荇阜仙居。木屐过，蹙眉舒。

却道容颜老案牍，逶迤路、绊心虚。便痴玉带繁桥语，放浪兰渠。与鸥起舞，又何如？

系裙腰

咏竹林嵇康：
松中风入画诗储。呼幽竹、玄歌居。平生潇洒信存腹，散发不梳。万千绪，正愁余。

义气最叹出自然，胸腔血、染衿裾。萧萧清举起轻曲，傲额如初。野鹤归去，莫踌躇。

遏方怨

滞川滇交境小镇：
迷黑隧，滞高桥。辗转来回处，车驰泥溅腰。探身细问翠湖遥。却增长日灼心焦。

峡河谷，蜀滇交。借得方台境，凭听云水谣。百峰争立尽辛劳。况今然已到山坳。

相见欢

德昌山居：
娇阳先暖闲汀。庑台明。旋桨迎风著色、醉山屏。

炮仗蕊，正娉婷。是幽情。村狗夜中声破、客窗宁。

相见欢

宽窄听曲：

古筝听处娇红，戏堂东。两壁游雕飘落绣帘中。杂耍弄，小儿动，喜盈胸。只待晚春宽窄，品茶浓。

相见欢

和恩师、文友西门蜀大侠雅聚：

绣桥栏画烟濛。聚香融。幽径天鹅还戏、笑谈中。举杯处。往事煮。忆相逢。知遇之恩常起、岂能终。

潇湘神

重庆揽江洲：

渝水流。渝水流。暗街衔雾两江收。料得火明何处是，朝天门外落凫舟。

小重山

念伯母思儿：
夜静枯枝坠野蒿。又来寒卷屋，瑟风飚。家园旧乐忆芭蕉。生欢境，儿影亮，度良宵。

久立簇星消。经年多别泪，信音遥。纵然常念幕屏瞧。空思切，情未了、苦娘叨。

小重山

眼外初晴盼上山。车稠无敞路，且安然。隆冬将尽草枯连。黄昏至，霾雾漫如烟。

美景难常全，待来春意闹，百蜂翩。筝飞凤起绿枝芊。童笑处，趣乐正冲前。

新雁过妆楼

庙会游园。红灯挂、福笼古树招鲜。节庆望眼，次第影浪延绵。锦里留神书韵外，武侯得魄义恩间。细钻研。孔明永在，妻女情欢。

绣门雄狮那处,阅几多远客,今世嘉鬓。彩苏还动,听凭冷暖年年。滕椅静邀逸趣,泡一罐新茶任我翻。亲常在,探香囊迎鼻,白猫无眠。

行香子

百卉娇娇,万葩妖妖。涉郊野,筝扬高高。喜颜漫漫,童言叨叨。赞阳光儿暖、风光儿傲、春光儿好。

迟日渺渺,舟楫滔滔。临河池,众口嗷嗷。惠风激激,热汗潇潇。叹鼓声起,桨声响,笑声辽。

行香子

一步风轻,千路人行。恰人间,三月清新。苗欣湿陌,雀跃晴荫。盼立春早,初春到,暖春明。

点点似画,片片幽情。正当年,犹慕初心。舞蜂恋蕊,游客观勤。探梨花儿嫩,桃花儿艳,菜花儿盈。

行香子

诞生歌：
十月恩存，一夜临盆。回廊处，脸色如焚。指心紧攥，肚痛唇呻。探哇声急，呼声切，话声勤。

攸攸我盼，静静床门。却收得，礼道永循。水清山阔，品貌端真。愿天长久，地长青，人长新。

行香子

动物园行览：
昔岁单行，今岁携俦。更鸶鹕、翅点平洲。余晖飘叶，羽鹤金柔。过园间廊，蕙间路，树间丘。

隐心藏市，黄昏如旧。任稚童、闹兴楼头。步游闲得，追忆何求。对慵时象，静时豹，蹦时猴。

行香子

凉山上空记景：
今赴蓉都，昨赴昌城。若飘蓬断续途程。一声连浪，双翼飞鹰。霎云间蓝，天间白，岭间青。

隔窗螺髻，依稀相迎。念夜来频耀繁星。生灵难息，使命无停。任喜相逢，苦相忆，梦相萦。

行香子

龙岩秋夜观灯寄友：
来也尘劳，去也闲劳。渐人间秋阅眉梢。微行初见，兴起难消。有灯边君，塔下我，影旁桥。

闽人成业，留名四海，未忘传统守朝朝。姮娥盈续，榕叶干霄。正溪同声，身同醉，月同娇。

行香子

过龙泉万亩果园：
车过新村，影落廊门。晴天里，塘绿添痕。四三家口，摘果随跟。略暖风柔，娇风醉，细风浑。

饵藏垂钓，鱼跳银盆。得失间，无意收存。对将茶意，赋予黄昏。赏真心灵，清心美，静心温。

行香子

追忆孩提时光：

日不消停，夜也奔忙。往时光、童事多桩。浓眉跐步，大眼红裳。爱东翻床，西翻桌，乱翻筐。

归来相抱，常观模样。总念怀、少喊亲娘。破门难挡，奶美新尝。对笑音朗，哭音脆，闹音昂。

行香子

夜宿剑阁小镇：

山路斜弯，车路回延。添夜色、清露风寒。排楼色染，飘带香漫。觅镇中馆，豆中宴，桌中盘。

奈何人挤，何不达豁，莫随它、意兴阑珊。佳居难寄，怨语多喧。任醒时叹，睡时忘，梦时迁。

行香子

雨霁南城，游犒家亲。携小女喜著花裙。慢行欢足，谈味津津。赏水中母，园中鸟，海中豚。

无边童趣,天生乐意,自滑梯上下常蹲。笑颜初起,跳闹天伦。任三回歇,二回顾,一回跟。

杏园芳

故园田居,小吟:

田闲麦嫩青青,催人驻脚观晴。黄林片柏翦天明。早春迎。

重逢守岁年年会,今期复又闺庭。何方寻旧忆相生。望山屏。

眼儿媚

必胜客食记:

门外轻霏湿栏杆。街角雨犹寒。楼高空旷,内坊人满,谈笑眉间。

舔瓢人在温馨里,敲碗夺刀盘。只因许诺,黄油奶面,盼唉甘餐。

宴清都

行在丽江，文艺气息浓郁，而歌：

迭顶连排庑。坊盈碧，肆深横隐千户。云分照壁，光闲后院，静依溪路。斜池柳枝风疏。更丽影、开眉奏鼓。人往来、相赏曲处。香处、窄处、幽处。

归否。向默通衢，琴歌月酒，四方情鬻。车水马龙，狮山暮下，慨然如许。何来纳西轻舞。只叹那、风云木府。朗对崇楼秀，东巴文芳自诉。

夜游宫

观谭咏麟银河岁月演唱会：

夜幕狂歌又起，华灯上、人山环视。眷有今宵眷欢喜。舞萧萧，浪滔滔，多醉矣。

四十银河里，日抱月、一生奔徙。金曲长青梦不止。赞天时，爱初心，情未已。

夜游宫

屋外蛙声点点，草丛夜、层楼轻掩。门内筒机水

翻渐。待从头，望时间，灯突闪。

照镜前方脸，过而立、或经天堑。不愿今生累言诏。遇心安，便知乡，随茬苒。

谒金门

夏宿深圳五日感雷雨变幻：
天太热。岂料海滨虚设。更那堪雷风雨节。后山林深咽。晚起推窗兴阅。却是目瞪舌结。满见滴珠封坠叶。怜惜香荔裂。

谒金门

万卷楼瞻陈寿：
叹哉矣，苦著十年绸史。乱世枭雄多肇此。论三分对峙。

万卷楼边凝视，郊果山头旧址。洋洒精言留贵纸。续春秋芳齿。

谒金门

北京紫竹院赋景：
紫竹忆，香院九分晴碧。摇向睡莲依桨立，双鸭湿飞翼。

毯草惹横亭椅，南振西风何易？再把柳腰托岛髻，收得盘月奕。

一丛花

某日，忽见墙外三角梅，欣然：
后园湿溅角梅容。依约映墙红。高颜别过东风宠。更时日、还坠芳慵。繁期纵短，绿衣却重，春夏共香融。

闲来探叶得幽踪。趣蔚喜相逢。便沾小径寻花弄，应如是、冷暖匀通。逆行随意，潜龙勿用，任尔雨星浓。

一萼红

寻幽泰安古镇：

过茶篷，见清溪几许，光景似相通。桥索绳摇，薯条香冒，寻巧晴照盈空。好一幕、凉幽乐土，只听来、双步舞清风。古镇山深，木楼密静，身影初逢。

问道追仙何处，蜀地青城后，自有空峒。野墅留心，翠林宿鸟，常思空色灵封。且从容、长廊余味，念热杯、飘暖此心中。唤取安然如素，莫惧高峰。

一剪梅

过安顺廊桥：

离绪相思还未消，路也遥遥，水也迢迢。相思自有语浓时，我在廊桥，卿在廊桥。

栏卧梅竹点画雕，双入云霄，共望船艄。却知青瓦恋红坊，姿比天高，意比天高。

一剪梅

朝是懵童晚半翁。留连东风，转却西风。纸鸢飞早几时重，母笑彤颜，儿闹奔跫。

投眼雨雷志渐雄。跌崖噙泪，迎浪登峰。人生莫怪自沉浮，进乃从容。退更从容。

一七令

冲。草蘪，涛汹。天空烈，海色浓。洪流突出，雷雨初逢。千般江水纵，一任水山溶。路外牵手仰望，沟中挽臂相拥。齐心恶魔成新貌，众志尘泥改旧容。

一七令

秋。怎守？何求？尝离绪，锁别愁。千思静阁，万缕空楼。飘飘长台泪，点点满城鸥。暗月可堪怅惘，青山不解清悠。曾听舫画烟飞絮，惯看河湖水绕丘。

忆江南

遥对冠豸山：

灵簪兀，看戟气清辉。百尺楼台高上望，五云宫阙近来稀。烟树对嵯嵬。

忆江南

西湖十景：

江南忆，最忆是苏堤。拍岸卧波鸣日照，长思疏浚西湖时，朝暮筑淤泥。

江南忆，好句自平湖。白日泛舟逐浪里，月中对饮有鸿儒，尘味镜中无。

江南忆，曲苑赏风荷。振羽蜻蜓添碧叶，蹁跹摇曳舞眉娥，倩影正婆娑。

江南忆，凄美坠残桥。千年情深坚作石，压身高塔孤身寥，人世雪飘飘。

江南忆，足驻见柳莺。长发袅娜风絮絮，阳春三月正声声，春到暗天明。

江南忆，流港看鱼花。五色唼喋怡游客，千根青草露新芽，春半不还家。

江南忆，放目在双峰。两点头簪沾秀水，水悠天遣雾朦胧，山寺觅禅宗。

江南忆，醉忆属三潭。亭榭湖心连岛峙，漏窗滴月梦中酣，闲意满青衫。

江南忆，点缀塔夕阳。观尽湖泊景中色，耸云挺立世无双，逝水阅沧桑。

江南忆，山晚静南屏。石怪寺深掩绿树，钟声清脆彻空灵，隔岸渺相听。

忆旧游

观熊猫基地感赋二首：

记慵容憨态，体裕连翩，园内轻摇。桩高生兴奋，过嶙峋千阻，健步飘飘。利爪挂悬横壁，风动染鬃毛。见嫩竹青痕，墙花疏影，如此多娇。

逍遥，慰今世，有悉心照养，可谓天骄。曾是遗荒野，惜物凋匿灭，渐次零消。山深本自常宿，寻味任幽辽。对眼外精灵，风霜满路封栅条。

忆始熊当道，食肉南方，林冷萧萧。星移多迁变。叹人非物是，命运逢遭。黑睑素服云鬓，明月照粗腰。问离队孤魂，寄篱单雁，何日归巢。

迢迢，探佳讯，卧自然天地，听我篁涛。也随风雨境，喜成长造化，颜美山郊。新景更有新客，翠叶点溪桥。愿世外安宁，此期无再添甚嚣。

忆秦娥

陈毅故居所念：
炮声烈。孟良血饮沂蒙月。沂蒙月。狼吞虎啸，壮志如铁。

淮河东向正时节。三军过后烟尘绝。烟尘绝。青松伟茂,傲然迎雪。

忆秦娥

贺西南铁路工程局诞辰:

听号令,旌旗猎猎西风劲。西风劲,九龙坡顶,万千崾岭。

铁军十万如狮醒,锤敲空谷荒滩静。荒滩静,洞穿桥擎,普天同庆。

忆秦娥

锦江头,崇楼丽影诗悠悠。诗悠悠,翘阁碧瓦,几度春秋。

茂篁娥秀依朱楼,惜别万里桥边留。桥边留,诗笺长寄,幻似归舟。

忆秦娥

西藏米拉山隧道因海拔近五千米闻名：
砟石劣，土尘漫路天空澈。天空澈，司旗飘荡，壮怀如铁。

五千峰矗千秋月，寒冬酷日霜时雪。霜时雪，钻机鸣唱，隧穿新杰。

忆王孙

人间宋玉有谁知。今古相思总是痴。云雨巫山肠断疑。别离时。瑶女无言泪枉凄。

人间宋玉有谁知。留作西风未解吹。楚梦悲情心已迟。惜芳辞。多少萦愁入蹙眉。

意难忘

行在甘青无人区：
山乐垂韶。望踞龙伏肆，滚海咆哮。低头知刺动，迈步接风嗥。千里外、漫云烧。忍将问峰腰。只还行、湖光连草，渐起心豪。

把情聚首谁邀？对羊星云落，荒境尘缭。人生常顺逆，猛雨亦逢浇。怀里事、使人憔。劝莫惧零凋。纵辉遮、玄黄自下，日更山高。

莺啼序

春来酌酒江城有赋：

何来酒香涌起，濯江涛醺逸。春声早、欢鹊生灵，若舞山秀晴碧。醉眼过、行归在路，歌吟袅袅情交集。念幽甜老酒，慨然泸人开辟！

千载龙泉，得天独顾，正醇浆玉液。佳酿溢、仙气云蒸，匠心精雕细刻。举杯时、意柔净远，回味处、荡无留涩。引思来、锦句连翩，终存诗赫。

少陵邂逅，还系缆舟，一生是漂客。将进酒、太白欢谑，也宴平乐，绣口莲芳，绿蚁闪墨。边关峻恶，威威将士，放翁笔下明戈帛，阻硝烟、瓮热破风索。渔樵仿佛，惯看浊酒英雄，相逢笑饮衷魄。

噫吁窖泥，陶角萦魂，叹御杯澄色。话音落、融消违隔。更有言欢，百事恩怨，前嫌抛择。人生续志，亲朋邀盏，鹏程万里迎浪逐，劝登途、求学当勤迫。

青阳未逝闾宫，共敬神州，梦圆家国。

◇江：长江。
◇老酒：泸州老窖。
◇龙泉：龙泉井水。
◇杜甫在泸州曾有"我来系缆结诗情"之句。
◇绿蚁：美酒。
◇放翁：陆游。
◇窖泥：产酒工艺的活化石。
◇陶角：秦汉文物酒杯。
◇闾宫：闾阖宫。

莺啼序

改革开放40年咏基建征程：

潮翻赤州涌起，荡先锋质色。春未晚、乐动京城，展舒凝滞心魄。壮志在、鲲鹏转阙，招飞亿万耕修客。望浪开荒破，魂牵梦萦南国。

寻米珠江，宝安偎靠，对草芜沉袭。锅火溅、石架平矶，寡餐归就漏席。枕孤星、夜长梦短，抚离泪、偾强不息。引众郎，誓把渔村，变颜楼立。

陇山阻恶，乌岭磅礴，青藏连高陌。克冻土、氧稀气弱，掘路颤危，浩雪莲香，几经寒迫。长歌送雁，

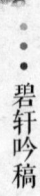

虹桥初落，江河两畔龙身卧，念当时、哈达耀前额。江南塞北，高铁一日相送，纵横天涯无隔。

春风化雨，四十芳华，赞九州似画。暗盘点、丰碑在迹，奥运情惊，港口蜂启，四海舞辑。亲诚已续，黄钟鸣醒，终添一带一路喜，盼和平、商贸荣当惜。怀拥珠澳香江，两岸同心，断金朝夕。

◇先锋：特指"开路先锋"。
◇宝安：深圳特区。
◇陇山：西北一带。
◇乌岭：乌鞘岭隧道。
◇江河：长江、黄河。
◇珠澳：港珠澳大桥。
◇断金：取《周易》"其利断金"之意，寓意团结能做大事。

映山红慢

张掖七彩丹霞，蔚为壮观，气势恢宏，慨作：

放眼雄浑，值此境、龙翻似海。透烈彩彤丘，塿峰一片，胸襟豪迈。神兵驾夺凡间寨。落锤留镇边头怪。如鬼岭瞑暗，昏阳照耀何耐。

千谷叠、纹脉清痕，攀对语、回声无待。常为那、丽屏著色，眷把缤纷携采。嘉容惯摆春风影，发飘眸里生明睐。勿将情改。纵行远、恩心永载。

永遇乐

瞻成都战役馆次韵稼轩：

关嶂西南，飓风汹起，踪在何处？穷寇当年，余威更似，蜀灭烟沉去。蒋公黄埔，宗南命授，空有万军札住。忆当时、秦川深界，炮枪血拼狼虎。

孔明纵有，滇边岂料，旗易仓惶环顾。二十多年，终遭溃败，泪洒回归路。凤凰游窜，锦城麾下，一幕普天欢鼓。倚栏问、葱山告慰，安能息否？

永遇乐

武侯祠怀古：

尊像阶前，明良宇宙，终向何处？基业菁菁，躬耕继政，人谓忠君故。忆及拥戴，筑堤九里，佑我益州千户。天曾老，今蝉泣咽，安得汉廷匡辅。

马尘倥偬，恶刀凶剑，大志沉浮几度？将相王侯，三分天下，终殁桃园土。千年长叹，百心千憾，欢舞亦思天府。瞻昭烈，兼瞻武侯，抚今痛古。

有有令

闲暇，唱歌不失为消遣之一，歌之后忝作：

怀中郁字。加倒雨回寒，累居家困积。排遣忧何解。商场里、人移徙。便忍来、满目琳琅，暖灯闪耀，奔瞪风起。

好戏。频将手系。梯共赴、午餐香矣。几度歌厢炙笑，唱跳空中喜。莫思苦乐何异。择观率气。依妻女、一生不弃。

渔歌子

凤凰山南晚秋归。楼高窗台落余晖。天光好、是追谁？待盼飞鸿戏雪泥。

渔歌子

平乐古镇有一乐善桥，游人驻足，随吟：

洞桥盖树绿阴浓。人在梯石第几重。心未老，意难逢。舷浪何处话梦中。

渔歌子

听戏作：

生旦净末宇琼宫。檀板连敲口玲珑。新妆罢，画眉慵。珠帘半卷半仙容。

舞榭唱台戏彩龙。登堂人在绣幕中。银烛暗，酒杯浓。旧情如梦总难逢。

渔家傲

大梅沙踏浪踩沙写意：

余昏远影欢中闹。山峰隐自丹辉照。难得闲求潮浪好。飞艇缈。绵绵夜曲何时了。

湾海悠悠天未老。似曾壮心钟年少。莫管眼前多音杳。转身傲。去来任凭踩沙笑。

虞美人

夜长辗转人难睡，眉蹙掀衾被。起身寻册独焦然，最怕慌神凝志苦交缠。

求将骨络通消去。夫女频相语。待来香梦渐幽深。满眼芳花蕙草喜甘霖。

虞美人

登北京方泽坛：

周遭树映琉璃绿。青石空相续。登坛半晌却无言。岂有磬声古乐，祭祥年。

弦丝未断纹雕在。神已成消解。武功文德凤门深。何对渎山虚设、思难禁。

虞美人

探地坛公园：

阳和风暖相知会，从教花枝坠。红门染影古人稀，才有养生廊馆衬今期。

媪翁戏毽当空袅，紫舞莺声早。待将康乐祭河神，莫若海棠相送惜良辰。

虞美人

金陵十二钗之林黛玉：
笼眉娇泪仙珠草。洁丽沾才傲。置身篱下苦衷肠，何奈怯心终日泣潇湘。

倩谁绝笔芳魂在。木石情如海。锁花深意又无垠。枉自秋窗思雨渡香尘。

虞美人

金陵十二钗之薛宝钗：
艳芳群冠蘅芜翠。肌润生丰美。低眉亲把冷香凝。满腹诗书技艺自聪灵。

皇商贵裔高枝秀。功德怀名久。欲将金玉结从容。岂料单簪埋雪两成空。

虞美人

金陵十二钗之贾元春：
观园别墅花重聚。强忍相思语。尚书凤藻驾尊前。惟对天伦弟母诉流年。

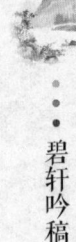

王公贵府恩荣盖。谁解深宫债。忆来何事最凄人。独向是非虎兕引惊魂。

虞美人

金陵十二钗之贾探春：
秋斋蕉下神飞客。凋敝倾身革。纵存经世勇争先,空有雄才决断秀眉间。

风鸢一梦遥船霭。叩别南疆海。海棠依旧傲莲胸。却恨庶苗茹苦女儿容。

虞美人

金陵十二钗之史湘云：
醉懵芍药渐佳境。高烛红妆滢。绮罗丛里任娇憨。岂晓雏婴褓褓锁珠帘。

怀思魏晋风何在。霁月光盈采。可怜湘女楚云飞。问我寒塘鹤影几时回。

虞美人

金陵十二钗之妙玉：
蟠香栊翠禅庄彻。茶饮梅花雪。赏棋宝玉面潮红。半是尘缘心动半清空。

灯深铁槛幽兰女。总有仙人侣。却争逢夜掠凶徒。扼腕海边洁去陷泥污。

虞美人

金陵十二钗之贾迎春：
攒珠金凤沦偷赌。柔弱凭无主。更兼棋女惹悲情。怎奈心灰冷语似枯冰。

菱洲弃泪闺痕罢，恨把狂狼嫁。逸淫骄纵辱难安，只怪债中蒲柳命鸣残。

虞美人

金陵十二钗之贾惜春：
嫂兄冷漠稀怜悯，母父相亡尽。三春散魄负流年。是故青灯念佛悟心安。

暖香坞内怜香去。暗斗真无趣。蓼轩菱榭画堂深。弃了心灰意冷落街淋。

虞美人

金陵十二钗之王熙凤：
吊梢眉柳飞丹眼。爽笑堆酸怨。气凌半世最精明。自是威风左右亮如星。

心机处处针芒在。唯缺柔跟爱。意悬劳苦命终休。算得家亡流散岂无由。

虞美人

金陵十二钗之贾巧姐：
娇生七夕通仙命。反倒多羸病。娘亲干练又何妨。独对覆倾大厦眼茫茫。

怀中佛手当时羡。哪晓荒村远。险成尘女陷凄零。巧幸妪身恩报挽澜平。

虞美人

金陵十二钗之李纨：
红梅闹杏青春意。也爱诗情寄。海棠归去守珠庭。梦绝鸳衾绣帐锁孤屏。

死灰槁木心何歇。只养贞操节。转心长在子身旁。谁诰著冠披凤近黄粱。

虞美人

金陵十二钗之秦可卿：
黛钗合体仙家女，月债通云雨。不单幻境梦痴遥。一样凡间情袭泄风骚。

病颓造衅怜何有。更孽公灰丑。困情深海堕天香。自赴豪门奢葬照回光。

雨霖铃

观舞剧永不消逝的电波感作：
轰雷催烈。怅寒窗夜，幻弹明灭。欹床一声梦醒，忧同志骨，忠埋枪血。顿足投心相念，又多少呜咽。

隔恶天、残浪风中，岂惧艰难阻危设。

已然视死心如铁。甚那般、忍顾家妻别。倾身拥情何故？玉肚里、耳根轻贴。似想当年，花烛娇眉，喜字初揭。却换得、密电传波，舍命人间悦。

雨霖铃

新场古镇有思：

烟春何速。绕村田野，已遍金郁。廊桥自应识趣，登观出水，流光迎目。客贾依稀来去，正千里行足。却念那、长道西风，夕照铃声马蹄逐。

新场自古熙新谷。更丰添、满野葱秋木。云商莫怨杨柳，离别意、水重山复。藏寨羌家，由此年年，热茶香熟。只愿作、代代情延，永世思和睦。

注：出水，江名。

玉蝴蝶

天府花溪谷：

眼外山添青绿，长步缓缓，逐聚春光。坡苑嫣红，堪启甬径温香。谷溪明、篁声疏霁，羊雀静、桃蕊浓妆。磨时光。若今晴日，再上高冈。

思量。挽弓射箭，跃身行马，驰意沙场。路转峰回，未知何处过崇墙。对空枝、也依寥寞，盼何方、出凤来凰。只西望。悬心未断，叹愕斜阳。

玉楼春

帘外黄昏风不断，一片晚霞明似蔚。淡愁重宇澹无情，还倚危窗凝望眼。百里春山如缋卷，人在灵皋芳草岸。依稀记得旧时游，说与相思谁与伴。

玉楼春

卅五岁年春到处，罂粟报春花似妒。当须珍念记天恩，且向亭前酬美句。莫道人间难得遇，此意谁能知我许。凋零时节未思它，只有漫芳多醉舞。

玉漏迟

秋雨五凤溪：
路潮天欲渺，临身却羡，凤溪亭鸟。船坞沧沧，暗有草芳花皎。碎雨腰枝万点，弄深巷，音稀人杳。

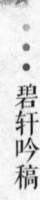

逢晚蓼,怀思远眺,雾渐空袅。

桔园半圈车程,目色尽菁菁,谷峰妖宛。问讯稠风,古事笑评何了？圣哲清高几许,管琴奏,知音终晓。君莫扰,庭外月明星小。

御带花

元通古镇：

郊城何觅清新好,望眼飞鹭知悉。石滩才见,一霎高层塔,忽归无迹。铁索横空,倚两岸、游人接织。三江汇、轻身健步,争赏浪翻白。

慵慵怂怂作客,品会馆行商,似入舟楫。半边街巷,对当铺情深,荡然生陌。吊脚楼斜,甚悦喜、鹊音唧唧。思来处、沉烟过往,有几个寻得。

御街行

端午寄思：

长门绕蔓青青地,更燎起,零花坠。菖蒲香起满街尘,轻卷帘中悲泪。年年今日,粽绳包裹,颗米如卿字。

回廊走遍情难寄。斥谄媚，芳心比。终将明月照衷肠，抛别寒江空置。哀鸿断绪，凄凄声里，千艾长相思。

柘枝引

过宁德福鼎小城：

穿丘越境且前行。季雨落桐城。疑向深湾问，明朝海上几鱼盈。

鹧鸪天

首都钟鼓楼：

日月霜春经岁逢。依稀华夏四时同。天明报晓楼催鼓，夜静知眠宇击钟。

飞檐动，古音隆。穿行人浪隔坊中。今期画栋朱栏在，百代兴亡百代风。

鹧鸪天

车向工布江达：

水净窗明天地间，寨门点缀慕猪闲。才瞻电塔连

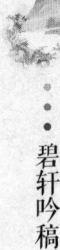

远雾，又顾和祥降悦颜。

朝圣路，信诚艰。不近卫藏誓不还。长驱高速驰工布，一片骄阳一片山。

鹧鸪天

楼外车嚣马路熙，细听游客夜归迟。偷来闲赏秋中色，莫问秋时知不知。

期永昼，盼相思。人间秋雨美如诗。可堪几度秋风慕，添得山川夜梦时。

鹧鸪天

酒煮香密日头高，思亲几待水萦绕。山青路外景含笑，一任琴音心寄遥。

山色俏，动船艄，便托浓意到云梢。伴云漫过江边浩，又是舟行云上漂。

珍珠令

小童唱歌：

轩房几度歌童叫。欢多少。未四岁、何知真窍。机器智非人，智人能问教。

醉语如痴休要扰。等容与、练修传导。传导。愿祖国从今，繁荣骄傲。

真珠帘

听雨丝情愁而歌：

昏天漆黑滂沱雨。似千针、忽的横穿心处。冲湿怨中人，抑郁沉窗宇。已任伤怜情又起，便直作、御街归去。何去。四顾寂风生，如吹丝语。

奢望爱意敲临，对朦胧背影，但遮未睹。所失是余情，梦觅思无住。默韵态姿欣望久，又忍那、空虚何许。几许。裂痕熄灯光，断肠堤虑。

烛影摇红

七夕作:

兰夜星河,望穿玉露人间顾。相逢千里鹊桥疏,褰袖双双步。若见秋娥素煦,尚依依、深情密布。也观宫阙,也恋琼楼,天庭莫误。

弄巧时分,盼来翠影香飘树。微衾清淼醉金风,难渡朝朝暮。真乃瑶池似雾,寡恩情、良姻坠负。愿归何处,倩女夭夭,笙歌迎娶。

字字双

南宁往河池路上观峰、云而作:

山头雾雾霏更霏。眼下岩枝萋更萋。车光连影驰更驰。髻簪簇落奇更奇。

最高楼

春预尽,只妙事珍藏。兴起去何方。眼忙忙对图寻觅,神飞飞把景留装。惜侬卿,多向往,水山长。

凭几次、峨眉花底雪。甚几处、仙湖云上月。翩舟逝，远车扬。潇潇自是情相顾，裙衣还有梦中香。便随他，花色正，越高冈。

醉花间

花水湾温泉：
曾留念。又留念。留念情难返。天意赐汤泉，慵臂浮花院。凉夜清光转。偏倚楼上看。风林绿绒深，岭雪邀相见。

醉花阴

春日品书香五首：
轩客慢说年月好。可趁韶华早。柔指过杯前，扉页嫣然，翻动春青草。

墨香书韵知多少。待客门檐扫。日日捧悠思，奥妙飞驰，难得无尘恼。

轩客慢说年月好。寻迹情思冒。陶醉点桃花，人面相迎，红透春来报。

何时邂逅真心告？缘定三生造。凄美古来幽，凄美时光，凄美人心懊。

轩客慢说年月好。字句如珍宝。慧口吐莲花,探取精华,畅想知识岛。

纵使凡事拖中道。学习心不老。贤哲盼人行,定莫辜行,书语晨初昊。

轩客慢说年月好。夜桂当空皓。灯色笔深深,白卷身前,梦未心中倒。

青春花季相环抱。自把难题考。奇想妙思高,学海沧沧,脑动惊儿嫂。

轩客慢说年月好。湿叶花枝葆。人向雨中归,掩卷凝思,眸外初成稿。

凭将清阁君知道。舞墨依闲草。只叹被春风,揽得书香,沾著青青枣。

醉思仙

听无边的思忆而歌:

雨流中。锁情哀汉子,瑟缩阴榕。惹无边思忆,身似飘蓬。花猫客,呆长路,忘地址、山水疑重。冷落人，纵使邀数次，也莫亲从。

终觉真幼稚，空追几度芳容。莫教车灯急，别赴飞鸿。卿欲走，我相留，话难出，心事成空。恁长夜，血泪何竭止，双眼深红。

醉太平

金兔闹年，欣喜跃前。抱春海浪舞澜，画吉祥大安。豪饮畅干，除夕庆欢。伴烟花爆竹眠，略歌意正酣。

醉吟商

故园田居，新作：
舍雨新晴，乍冷脚还沾泥。麦苗初试。又是春来矣。几点村啼声碎。韶华去耳。

醉吟商

梦里添香，把盏共谁芳昼。聚期难守。独自孤零久。点滴离愁如酒。君休弃袖。

〔双调·夜行船〕屈子魂归

【夜行船】又是龙舟冲浪斜,千年事风卷云遮。家国寒心,帝乡明月,空付与楚宫亭榭。

【乔木查】记少时兰台志切,风气惊朝野,才喜得怀王初拔挈。我心正如鱼水接,趁年华革新无歇。一心只为那重修律牒,再把庸官撤,政令威威除纣桀。楚宫上下,钟鼓相协。

【庆宣和】美政推行在远涉,从全国揽获英杰。都知晓齐楚相依守盟捷,利也,势也。

【落梅风】谁知道,巧谤舌,尽其所恶相勾结。时时嫉妒却作险境设,恨余和王意相分裂。

【风入松】人生悲事枉堪嗟,急煎煎忽似入凶穴。连横高势哀飞血,引来虎狼万兵折。可叹我楚王迟疑不决,何哀家国终别。

【拨不断】力声竭,草芳绝,也从来不向卑污惹。空有独啸长空剑舞侠,留作孤吟旷世龙飞蛇,斥其馋奢。

【离亭燕煞】今期喜见河清澈,一时闲归云悠洁,新幕已揭。听人说那颤颤虎才拍,哄哄蝇正打,闹闹蚊刚灭。现如今选材少庸人,执政多能者。若把那时日再与些,强国有贤俊,富民存达贸,兴教随文哲。只盼巧把那兵锋,都换作和平悦。有人问我怎么纪怀端五节?海内皆安宁,灵均莫哀子。

卷四

赋辞

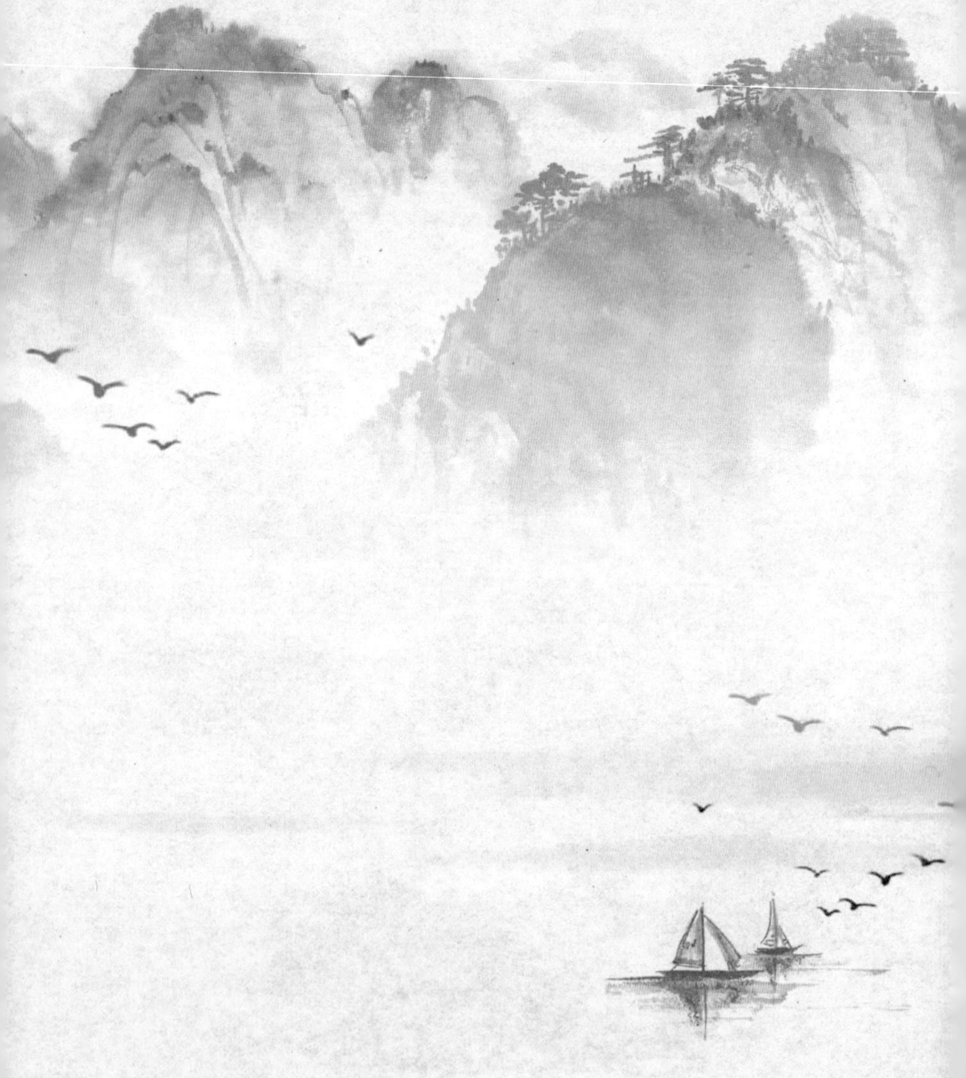

高唐神女

云雨荡兮巫山阳,恍惚迷兮宋玉郎。天地交兮甘露降,万物生兮五谷昌。

哀兵时

哀兵时之不祥兮,与伯阳亦共悲。东敌犯我国土兮,叹不御而溃危。留黎民以忧愁兮,失良亩于疮痍。日黯黯而凄默兮,哭儿夫之分离。逞孤村以烧戮兮,何绝惨乎荒凉。无所不用其极兮,迫良士以铁浆。贞魂多之凋零兮,怀秋坟之寒霜。感赤地之千里兮,横野心更何狂。黩武进而无厌兮,逼同仇而敌忾。龙战鱼骇以决兮,染血色于垒块。结我民族之同心兮,伐罪根之不逮。誓与山河而同存兮,步赳赳而慷慨。自古干戈之害兮,八年寰宇以哀鸣。止炮散马以降兮,八秩家国而安平。今人尤当以警兮,岂让悲剧而重倾。商兴往来以荣兮,长护青宇之鸽声。

◇伯阳:老子的字。

稚女

爱稚女兮,阻我与之逗乐兮。烫搚之故,考妣行不安兮。言爱女兮,闷我不与趣快兮。邪寒之故,椿萱宿未息兮。

◎椿萱:《庄子·逍遥游》谓大椿长寿,后世因以椿称父。《诗·卫风·伯兮》:"焉得谖草,言树之背。"谖草,萱草。后世因以萱称母。椿、萱连用,代称父母。

凯歌

同仇敌忾兮金石可裂,携勇并义兮气冲九霄。猛疫骄恶兮夺人性命,杏林赴阵兮不辞路迢。行步迫兮律令考,战死神兮谁阻挑?内安国民兮外安世界,扼住病毒兮迎取春朝。

祭成昆筑路烈士文

戊戌六月,鏖战蜀川。国颁重策,三线魂牵。铁军先辈,一马当先。昔有五丁,凿通蜀边。十八万众,大步翩翩。金花闯将,上阵斗天。悬崖百丈,金沙水凶。先锋男儿,士气如龙。开路架桥,成竹挺胸。移山填石，峡隘相逢。食以粗饭，住以蚊痈。筚路蓝缕，云合影从。风兴不测，山崩霹雳。一朝陨难，声嘶难觅。成昆每里，一英沉砾。青山埋骨，陋木凄戚。几多坟茔，浊泥冲涤。苍天有情，掩面颂绩。今日缅怀，精神不忘。龙中脊梁，华夏泱泱。高铁筑梦，复兴渐强。巍巍后辈，勇赴四方。告我先烈，君愿必偿！愿我雄师，再振盛昌！

黄荆山赋

中华奇峰甚众，惟歌黄荆山哉！天赐神岭，驰誉四方。枕长江而带秀湖，居东楚以观云乡。心驰以往，攀簇景难极目，足登而上，逐襟怀已韵藏。群峦逶迤，自石龙头东起，数簪峻峭，抵牛角山西扬。涉此奇境，或怡情于自然，或写意于文墨，逍遥自乐，慨莫能忘。

若乎观其貌势，何其跌宕洋洋，近则林草绵延，远则秀壁昭彰。山无常形，列阵怪石嶙峋，树有异态，开天清风葱茫。西塞山前白鹭，何时归来？白塔崖上黄荆，几处凋荒？月亮山、云雾山、响铃山，山山尽享意趣，廖家岩、韭菜岩、高板岩，岩岩可引思量。天地所珍，匹开造化，日月相守，比结沧桑，巡阶可观古迹，旧石器之肇始，大熊猫、鬣狗之属芸焉，中国犀、豪猪之类众矣，物竞种族，乃造物主神功，人寄天泽，源爱物者善良。茁茁草朵，地润自然共生，

巍巍华夏，人逢动物同疆。青山绿水，尤当惜乎，命运共系，愿以泰康，扪以护卫，万载流芳。

尔其领瞻人文，几多剑影刀光。孙策猛击刘勋，朝夕疏离分合，晋军伐兵东吴，早晚强弱兴亡。李希烈蠢蠢欲动，李皋剿以勇武，沈攸之踽踽独行，萧赜拒之仓惶。铁锁横江，志存骨命之气，血沉过岸，义结归梦之刚。往事尘封，钩沉历史烟云，今期和顺，告别恨仇雪霜。何不赏亭，略清风自来，也去行径，探桃洞独傍。白龙井畔徜徉，也作游仙之乐，圣水泉处流连，又是谢池之凉。君不见玄真子钓台，频换新妆，君不闻黄石矶案头，常依古樟。禅音声声，慰抚人生疾苦，道语绵绵，解悟百态悲伤。或有诗咏，或存禅意，或听道经，或沐鸟吭……尔乃入景则味深，出景已意昂。

嗟夫！纵徐霞客到此，也无不叹矣哉！况乎更临盛世，四海和平，祖国展为，奋进未央。继以月亮山隧道通，荆湘楚通行忙，如此景置，何不歌矣：驾回鸾以上梯兮，眺娉婷之山阳，任云幕之新开兮，续大志而奔翔。逐好梦之丰饶兮，再登彼之高冈！

魁星楼赋（并序）

问湘江北去，倚何地可骋胸怀？知桂岭南来，登此楼能眺高远！高莫高兮苍穹，奎星闪籍长空，远有远兮古韵,学儒纵贯河天。魁楼已成,感物兴志,是以记焉。

千载重镇,灵萃兴安。灵渠辅之通泽,萃楼佐而蔚观!都之盛兴,贵在育教,邑之安定,承于和传。商周之际,始录庠序,有教无类,肇于孔典。神州大地,私学官学交相替,辟雍郊野,太学书院不等闲。纵千更迭,岂失习诵流源,得百存续,未断耕读辛欢,以至隋唐,科举乃兴,慧达集,殿堂圣,及至两宋,文士鼎盛,魁星明,文曲贤,至于明中,县城高筑雄楼,匠心倾托以慕,阶台身雕青角,夙梦诚寄而愿。重檐高顶,蠹于桂桥之上,画栋威姿,聚之华表之巅。自此学子常拜,香火绵绵,环眼点笔,点拨姗姗。往昔科举,拔擢几度寒门,古时应试,穷尽多少青鬓,鲤鱼跳门,不止富贵之客,桂冠登鳌,岂非庶子之员。徐霞客望叹货舫之忙,怎奈未有添乎景颜。袁子才行船青山之顶,何憾不能嘱此星楼。

叹矣!时序变幻,古楼旧影新归,新楼穆妆古还。今属盛世,人文再著,袭文谱脉,应为登攀,与其曰拜祭文曲,不如曰求心溯己,求之上下求索,只争朝夕,求之勤学进思,常心一念,求曰:

祈哉魁星楼,永立潮头湾。愿矣湘江水,恒驰天地宽。

◇辟雍:周朝皇帝的学府,为教育贵族子弟设立的大学。

◇桂桥：攀桂桥，《兴安县志》记载。

◇袁子才：袁枚：曾作"江到兴安水最清，青山簇簇水中生。分明看见青山顶，船在青山顶上行。"名篇。

山羊赋

天降鸿蒙，造化所钟，地润百川，瑞雨之功。望古县生在此，奇据西南，有美羊长于斯，立誉蜀东。感于山羊，与山相融。恋乎佳味，再寻草丛。

尔其相貌，黑毛亮瞳，养在深处，待价闺中。呼之则抬头望足，催之则昂步如雄。静则观若静女，动则比其娇风。赖以溪涧共栖，和其草蕙同荣。成群结队，谁是头羊？跋山涉水，可见老翁？昔时单枪匹马，养殖散散无序，今矣早具规模，秩列井井归篷，待到成月出栏，肉赋良期。寻得整装上市，乐享寒冬。

至若佳味，馈肴沛充。濯清水以洗净，启好锅而滔空，佐以盐料汤，并以蒜姜葱。蘸之咄之，嚼之咀之。顿感油脂稀少，后觉细嫩回丰。驱逐体内邪寒，放解身心疲冻。老少皆宜，尽享阖家欢乐，男女俱喜，难有贵客相逢。劝也说也，邀祝生活之美好，笑者哀者，对愿岁月之顺通。人世百态，羊桌已常开讲，黑山羊之大功也。

嗟乎！天公赐予我命，何其回报？自然馈吾以羊，何其恩隆！歌曰：涉巴山之灵俊兮，望我山羊。叹驰名之四海兮，啧赞他方。盼著梦之曙光兮，再聚营乡！

测量人赋

大国记忆，齐仰天下巨匠。丰碑留痕，共瞻行业标杆。最美青工，终成模范。金牌职工，先锋加冕。前赴后继，歌我群才追赶。冬往夏来，赞我郭平不凡！两只寸足，三根支点，忠实顶立天地，勤恳丈量河山。感乎百项精品，无一差偏。叹乎五洲通路，畅保平安。名声传扬于内，缘业绩以光彩，口碑存念于外，因品质而名传。

忆及忠实之路，志在心丹。寻知以求进步，实操而后学渊。精测优异，幸得伯乐赏识，成绩斐然，终获二局招编。胸怀踏实志气，手撑前行云帆。远赴工地，越岭翻山。东至沪浙之海，西抵疆藏之巅，南过岭南之野，北达漠北之寒。百味艰辛，露宿风餐。居无定所，荒野求眠。日晒雨淋，夜寂狼烟。寒矣内蒙古！痛饮牛乳冰块；热哉火焰山！苦咽滚烫饼干。沧海桑田，岁月经年。移步村头桥尾，置身戈壁荒滩，纵使千沟万壑，只当闲庭幽步。即便万水千山，恰似静阁放眼。常怀求知之心，时汲探技之言。大学深造，信心满满。竞技比拼，鳌头独占。究其因者，重诺重信使然。

读其勤恳之心，率然争先。观仪器，放桩线，吊垂球，跑花杆……频频计算，不失一厘之毫，点点回头，不差三分之嫌。反复论证，举一反三。最忆深圳盐田港，日夜摸索，巧应沉降之变，推敲方案，终过标准之严。最忆南昆米花岭，突破思维，首积测量经验，贯通长隧，初创技术领先。应用GPS，实绩量功勋。开发GSP，误差得攻坚。积年累月，自始创新攻关。戴月披星，矢志探索克难。精益求精，细微处见点滴，优中寻优，峰转时得真传。精耕发明，陀螺仪下锦屏，励志创新，自动化中成兰。探索不缀，论文万言。恪尽职守，苦中带甜。轨道精调，十倍效率于往，课题钻研，万元节约于先。工法著作，专利授权。技精艺湛，勇当行业裁判。好学乐教，满载薪火相延。新人辈出，青出于蓝。国家表彰，奖项新颁。探其源者，善始善终使然。

方向始于脚下，信念源自心间。成果丰盈梦想，价值誉满人寰。工匠精神，惠泽全员。劳模气质，感染群贤。忠筑根基，责任在肩。勤谱未来，勇往直前！

嘉陵江赋

苍旻旷夽，天地洪涣。山崩地摧银蛇舞，贯云玉带撼莽原。漭漭嘉陵江，古曰西汉水，合连陇秦，纵横渝川。乃西南西北水上枢纽，系长江上游重要支干。上游和下游，或飞湍而争喧，或夹流而急翻。然中游独特，水清幽而潺湲，流多情而蜿蜒。其滥觞存两支，东西布惠泽，东属秦之凉水泉，西曰陇之平南川。集山原之灵机，流信步兮潺潺。染日辉之精气，淌坚韧兮涓涓。中流穿蜀，汇江于渝，九曲回肠生盆地，众数支流呈枝杆。东河西河交相映，涪江渠江巧汇贯。川东平行岭，有名小三峡，睹沥濞峡之神韵，眭温塘峡之清绮，瞭观音峡之嵯峨，隈隩显各姿，众目心畅然！小重庆拥南岸而偎江北，齐名山城；朝天门襟长江而带嘉陵，壁垒三面。每每夜月临空，江明倒万炬，天水共晶莹，馨馨乎惬意！当若夏秋水涨，流激出蜗漩，清浊齐奔腾，巍巍乎壮观！

嘉陵纳翠景谐谐，活水闲山意曼曼。好日好月各领骚，飞神飞绪情满衫。点点白帆，闲迹堪入画，悠悠渔歌，谐声胜作诗，此渺江面。婀娜碧水美似锦，逶迤曲流柔如织，此乃远观。镶宝阆中，有"嘉陵江第一江山"之美誉，钳珠篷安，寓"嘉陵江第一桑梓"之盛赞。风景各相异，气象万万千。若夫春和景明，芳菲馥馥，群鸟嘤嘤成欢，若夫莽苍夏日，佳木芃芃，离草跃然贲绵；至若秋之日，日出杲杲，闲云游哉酣瑞，至若冬之日，温日暖暖，苍穹蔚然霞献。清晨略江边，野鸭伴和风竞翔，鸥鹭共倩影齐仙。娇阳在时，云霞满天，青萍微曳，柔律翻转。慧气漫其清幽，芳甸呈其和颜。吴道子问画，睿心舐墨，略勾幻奇之江原；张大千泚笔，恣意点风，尽抒锦绣之河川。吾羡壶中日月，怎捺丹青之婵媛？吾慕东篱渊明，岂待日月之新焕？噫乎美焉！噫乎妙焉！

嘉陵蕴魂水悠悠，人杰俊秀浩瀚瀚。巴山巴水育巴人，阆水阆山呈阆苑。皓皓乎嘉陵文化！三国文化、丝绸文化、古城文化、石器文化共融通；巍巍乎巴地文化！巴都文化、巴渠文化、巴涪文化、巴渝文化相交连。绚烂如珍珠，珠联焕异璨。阆中——吾国四古城之一，美名闻天下，南充——蜀地几绸都之首，芳声满宇寰。嘉陵江水名家哺，嘉陵江边文化渊。神人伏羲女娲生于斯，名臣谯周于陛起于此，春节老人落下闳，浑天仪始制，天文观测迄新代；并迁双固陈承祚，《三国志》首推，历史演义承奇颜。王平贲勇街亭，胆识直憨映日辉；纪信洒血淮泗，热血忠烈犹可缅。朱德挥戈，展侄偬岁月，瑞卿持枪，吭英雄长歌。一代女皇武则天，巾帼鳌之政坛，高瞻远瞩邓大公，翘楚雄之独巅。怀长卿之雄才，汉大赋先驱。缅张澜之先掘，共和国领袖。张思德平凡不凡，传名远扬，向中林自成画派，窍秘宗传。往者已去，来者继赴，数豪杰之辈出，风云翘焉！

嘉陵含英洒洋洋，文人翰墨韵绵绵。文人文才齐相济，遗诗遗事代代宽。太白醉卧清泥岭，《蜀道难》，月楼共江声；雍陶独倚嘉陵畔，《嘉陵驿》，险愁齐云天。杜工部文采，江动崩石，玉黛相依；白乐天多情，江池曲曲，望积池畔。君未闻扁舟独泛杨柳绿，刘沧酒吟洛阳思，君不见孤影门店席未安，应物江听深人眷。嘉陵江源头景区，古迹悠悠，煎茶坪入关，汉高祖威仪可测，点将台运筹，诸葛亮韬略堪唤。

嘉陵江中游流地，李元婴雄崛滕王阁，古幽谧依玉台山。吴晋卿拔地吴王城，抗金誓守仙人关。《嘉陵江上》唱响，爱国爱乡顿生，《船工号子》唤天，纤夫纤绳犹见。风韵游失古道，吾已掇之脑海，略书释怀，以告人山。

嘉陵握机心悦悦，都市乡村志旦旦。旧势旧貌渐去远，新风新人新颜展。忆昔，嘉陵江边硝烟起，满城凄楚多哀怨。略今，笙歌管舞喜升平，万家千户谋前沿。流域内，高校林立，骋学子壮丽篇章，科技葳蕤，铺发展锦绣远瞻。琅琅书声，瞻嘉言而知音，累累硕果，仰懿行而觉诞。通衢纵横，繁忙而序有，市廛宽绰，欣意而不乱。渠化河开掘，水上高速铸新航，奇"长湖"诞地，旅游业承新欢。农业工业商业腾飞起，水路陆路空路捭阖卷。飞虹跨江，车辆穿龙，巨轮畅游，百货辗转。水渠通地，灌万顷之垄亩，储水沛足，撑百业之基干。一声巨响，崛地兮电站，一勾火起，动工兮气田。呜呼！注民生之基趾，感百业之熙然，众才出世，信笔狂赋百城，于今，学生新出，初试颤书江颜。

今见嘉陵江之新机，略成其词，随怀故园。曰：天地悠悠人长圆，个性嘉陵美名谙。邈远一方水土在，清心景异江上欢。工善其事论高境，嘉陵方志新焕颜。

中学赋

　　煌煌黉门，学苑圣迹。沐天府之金风，枕雄州之虹霓。雄立巴蜀，俯瞰大地。挽神州之群英，揽华夏之儒仪。尚文重道，临盛世而欢起；办学尊师，振人文以彰熠。众星拱北，以报百年之勤辛，花簇溢彩，以嘉世纪之兴熙。桃李集至，融融然乃学之，大化开学，敦敦然而教以。

　　德育教育，肇于夫子，德主刑辅，为政以德。学府不舍，狠抓实绐。出良擘之荣馨，得巨擘之良策。春风化育，万物趋乐。事迹瞻仰，堪辅学子志向，典型观摩，能立榜样准则。团结学习，意踌踌而前行，勤政廉洁，志蹯蹯而行辙。荣誉满载，实至名接。口碑不断，硕果累结。揽先贤之遗步，郁郁乎斯文；屡前辈之余踪，洋洋乎大德。

　　学苑屹立，艺空放飞。显于海晏归明，彰于河清垂瑞。国家大策，教育为本。素质卓卓，树人为对。党恩浩荡，兴学以追。笃行审问，博学明辨，壮志凿凿，养精蓄锐。钟时节，祛旧日之愤怼；步朝阳，握今日之世美。积极进取，以效为贵。铸魂励教，殊途同归。感岁月之轨迹，岂能待退？瞻前行之大道，孰不敢为？

　　若夫校园浩境，两区竞妍。浩浩东区，得物华而浑厚；悠悠西区，沾自然而璀璨。摩天大楼，美轮美奂。栉比鳞次，无所不观。图书弘楼，静纳学子；宿舍雅阁，幽居心闲。标准场所，逗学子之心丹；现代教器，助学子之梦圆。画桥扬柳，必存游目之心；雕阁吐势，心生骋怀之叹。巍巍乎方为学首，渺渺乎自成校先。

至如春日风起，发于青萍之末；群翼高飞，融于青冥之中。碧水邀晴，风点水而潋潋，梧桐呼霞，莺落枝而哄哄。夏日草盛，木树苍苍，留葳蕤之荫翳，宿飘飞之长风。秋日形胜，红叶高歌，漫舞愉悦，暮卷飞虹。冬日惬意，偶得瑞雪骋飞，寻觅北国之余踪。待至雪消天明，畅饮心境之融通。

若至人杰俊秀，翘楚豪迈。睿睿名师，文韬翰墨之士，滔滔学子，科技俊彦之材。学海绛帐，尽望功成，教隐青灯，自成心裁。桃李天下，名传四方，菁英神州，誉载来拜。细风潜夜，滋无私之精华；润物无声，染大爱于情采。教学经验，声闻遍九州，管理方法，入典传百代。振凌云之羽翼，风云愿待；抱烘炉之宏愿，是为大才！

余闻十年树木，百年树人，万物化育，菁菁复苏。状状然大地而换光，欣欣然学苑以鳌独。百年名校，求学之窗，君不见柳桥边，书郎恣意把画补？君不闻艺体楼，颂者随风将诗诂？倘若择区静心，岂不待时？若乃陶冶性灵，安能不慕？四百亩之舞台，放飞兮不愁其促；百余年之星空，驰骋兮风格独树。

昔者学府，经多乱之罹难，历风雨之秋春。今来艺苑，灿于红尘群星，响于学界众门。娓娓而去，事关天地百年，姗姗而往，以待乾坤大尊。成百代之弘生，催人间之香魂。呼来雨丝，伴芳卉而缠绵，唤去云霁，随花兰而缤纷。噫乎壮兮！噫乎妙兮！今闻简中声名起，欲随其音百步登。其韵曰：学海莽莽随天存，书海艺苑与天根。蓄势学苑今胜昔，振翩云飞毓杰人！

师大赋

嘉陵之滨，巴山之麓，谧据千年绸都，号曰果城南充，远溯两汉，建树已硕，此地物华蕴天宝，钟灵毓英杰。王平憨忠，日辉共鉴；淳朴仪陇，朱总桑梓。相如有为，故园犹寄；陈寿遗篇，三国传扬；怀我师大：略晨曦以惠光，得娇阳而长歌，踏英才之余步，瞻风骚之遗风；天通明而应时生，万物举而教育勃，犹镶绸都以明珠，比嵌嘉陵以雪柳，华光熠熠，鼓锣钲钲。

美韵师大！枕西山之妩媚，携悠云之彩霓。高楼环叠峰，迤渠绕高楼，此处彼有，彼处此就，布局谐谐，外观闲闲。俯瞰学苑，犹如仙葩。水掬霞浸衣，花捧香满裳。流水小桥纳杨柳，湖面清风荡绿波，梧桐蔚其葱郁，芳蕙焕其菁英，古树参天，荫翳匝地，藤蔓闲绕，翠色欲滴，欣欢嘤鸟拔地鸣，深情彩蝶款款飞,甬道密绵,曲径通幽。汝若有志,携眷美文侣煦风,书香作陪畅神游,汝若有思,青春做伴领其颜,逸思放飞罷黜休。纵渺亭台楼榭,辉映交相,横观画栋雕梁,各抱峥嵘。轩昂美奂主教楼,辽阔广宇运动场;华凤园,佳肴勾逸,醇酿共薰,乃珍馐聚汇之厅也;图书馆,浩繁卷帙,蔚然大观,乃蜀东文化之腹焉。呜呼!吾观众景之盛状,犹未感觉之旖旎浩然矣!

壮歌师大!握世纪之初开,喜盛世之既到。钟时节步朝阳,追契机放新歌。或曰:仰天长啸者,必存挽弩之心;异军突起者,定隐安国之志。忆西华之昔,负重自强七十载,铸魂励教数万朝;览西华之今,勤奋求实存信念,敬业创新谱华章。凌云之士,血气冲九霄,犹萍野出雄鹰;绛帐师尊,热情撼河汉,胜烘炉翱鲲鹏。灌篮高手引目赏,飞扬足球显铿锵;音乐美,韵绕梁,美术绝,境含香;社团风采舞豪情,征文比赛扬赋章;书韵氤氲成气象,学风纯良铸奇航。学博为师,德高为范。仰导师,舍底蕴莲笔生花,织锦回文妙囊邃;瞻学者,声闻九州迄四海,谨严崇德榜样遂!耳濡目染掘骄子,潜移默化采竞教!嗟哉!虽傍乎一偏镇,然万象以兴熙。乐而融融,道而渐渐。诺贝尔曰:人生犹宝石,谨慎细雕之。此之谓欤!

师大俊,吾心喜;师大奔腾,吾心飞扬。吾尔已同旅,愿共道路之久长,同风雨而兼程!亘古而不变兮,故永世而相随。冀明媚之曙光兮,与纯情而同吭!

天津丽泽小学赋

　　夫教育之事，关乎天地百年，育人之始，缔连人生大计，爰小学者，人之始也，推心灵之窗，揭智慧之眼。斯基础教育勃兴，时惟己丑之仲春，感于丽泽之成长、壮大和腾飞，拙作此赋，是为简序，飨其众人，不见笑意。

　　悠悠学苑，古称庠序，丽泽小学，人文之邦，春风化雨，山水相长。临大地之雄风，沐天宇之瑞气。始得文苑之精华，高奏智慧之凯歌。"丽泽"之源，肇于易经，"丽"者，连也，两泽欣然而相连，"泽"者，润也，万物融融而合抱。可谓世态和谐，友朋如切磋如琢磨，观今，学术沙龙，尽显学海斗志，讲坛讲座，终彰锦口秀心。教学相长，氛围洽洽，道而渐渐。可谓教育之大功，"丽"寓恩美、师美与德美。"泽"涵水泽、雨泽和光泽。指领学子之路，铺就锦绣前程。心智发展兮，生乎活跃读书气象，茁壮成长兮，观于学子动手热潮。

　　浩浩学苑，校舍整饬，湖泊连茵。桃李芬芬，喜渲校园之美色，彩旗飘飘，力拔学子之锐气。君子志当存高远，行当求卓越。师焉，宜秉文翁之椽笔，得夫子之遗风。握拳拳赤心，系教育，堪与日月同老；似泱泱碧水，蕴美德，能与师生共勉。袅娜春雨，潜润万物于无声；如歌岁月，尽纳山海百川于有情。夫教无定法，因材而施教；学有常行，随机而变应。上善若水，细润学子无声。大德若光，普播恩泽有道。巨峰傲立，必有芬芳陪衬，青松独秀，定有荆棘磨砺。道路宽兮而熙然，前程美兮而烂绚。

今感乎学校，心存喜悦，渺其前路，道路漫而有歌，兹为感慨，略成其歌。辞曰：小学腾龙兮，有我丽泽，大道飘香兮，待看前方，和谐丽泽兮，人文之乡。

渝水赋

滚滚江河涛涛，悠悠渝水潆潆。天赋灵气，地毓华章。人祖诞生之泽，黎民和谐之乡，上秉嘉陵之曲韵，下启山城之荣昌，山墨纳翠，水景含香，人文曼妙，风雅绵长。

寻迹渝水，奇境明状，进缙云可见云霓，登华蓥堪览金光。福音圣地，佑厚土于和祥；仙镜阆苑，照皇天之朗朗。古迹焕其形胜，民俗蔚其影亮。钓鱼城边显威风，蒙军张望；葭萌关旁势气长，战马铿锵。龙舟竞渡，江水天外飞彩船，巴渝起舞，鼓锣声里见宏壮。祭井祈福，回味辘轳声响。弄影耍戏，见证人世沧桑。回顿久远，再瞻流觞，画帧高挂，三百里丹青传扬；诗语低吟，九千卷笔翰留芳。千载昭化，情系城池第一县，百年育才，魂牵簧门几多苍。至若春和景明，绿渌动吭；若乃夏秋水涨，波潮推荡，待乎冬之日，寒江垂钓，观乎晴之夜，华灯辉煌，多少回游醉梦里，多少回荡涤水上。

感乎渝水，伟业豪壮。昔者岁月烽烟，战事茫茫。徐帅挥师北上，置穷途而后渡江；卢公下令西行，存实业以图救亡。今兮西部开发，剑指富强。嗟乎！存民愿于心畔，留丰碑于河床。草街枢纽，声震华夏国邦，航电开发，笑溢百姓脸庞。危喜轮转，慨当以慷。君不闻江边号子，艰辛、恶浪岁月枯黄？君不见机器鸣响，航电、灌溉凯歌高唱？号令起，开发行，热血勇士，战日月以聚风华；业界精英，迎雷雨而作芬芳，荒滩惊响，群峦轻降，壮哉！渠化全江，物阜民康。云卷雾雨，纳百川得以归航；晴漫风浪，吐万水而后出港。潮来涛去，依稀巨轮驶远洋，电丰渠广，仿佛恩泽惠城乡，聚我财富，鱼跃鸟翔，慰我民生，山高水长，渝水风韵，垂范雕梁，彪炳千秋，庇衍顺昌。

玉兰赋

素萼劲枝，漫清香于幽圃，玉质兰洁，凭琼姿乎雅阁。滋飘渺之霏雨，袅轻逸之寒烟。一树清丽，入东风而知春，满园神采，出夜雾而怀笑。玉绰绰兮阳初照，招蜂蝶而生密；兰皓皓兮轻风发，染清芳而情起。春日向晚，栖霞光而千对；夜色悄浓，藏素娥以无痕。

才子掘辞，心独向幽。征明静写清高，沈周独抒雪香。坠花为媒玉兰扇，姐弟轻游花亭会。酿花香，欲断魂，三姊妹戴日出山，脱百姓于瘟疫。清名共存花香，草结长歌恩深。至若秦皇收敛赶山，念生民之孤境，仓皇何起兮？若夫龙王息怒雷霆，怀天地之容心，悲歌堪生焉？

云天赋

蛟龙扶摇兮，立神州以煌煌，金凤云翥兮，瞰大地而灿灿。揽宇宙之慧气，乘烘炉之岚烟；得物华之精英，抱云霓以宣然。金沙从雪岭而来，乌蒙随大江而曼。黄浪翻腾，润英雄用武之地；青山苍翠，育俊彦比才之站。宝地为媒，山水幻兮融融而合抱；巨龙出世，云天化兮欣欣而齐揽。

天化之始兮，步履蹒跚，顾首萧索兮，道路漫漫。二十世纪，云涌风起，夷寇自海入侵，豪强狼奔犯边；割地分疆，损我物源，烧杀抢掠，百姓倒悬。穷析其因，细究其原。在乎民不富，国不强焉！悲愤兮，还我壮丽河山！七〇年代，百废待兴，云北僻壤，穷乡边甸，天化之先人，勇于开拓，试经百战；栉风沐雨，换容改颜。慷慨兮，整我泱泱大川！公司之初名，号气化，曰天然，肇于甲寅之秋，始成丁巳之年。嵌长江之始，镶彩云之南。有水乃富，因志而诞。一哄炮响，新工程动工，一咚鼓起，大轮机鸣转。君不见小浜头，褴褛青年信头垂，愤愤蓄心丹？君不见沙场边，筚路壮士引吭歌，腔腔热血满？滚滚黄尘兮，漫轩昂而惊地；潇潇热泪兮，汇气宇而动天！苍穹不负兮，新造大道之坦坦。天人有助兮，重换秀丽之家园。后进奋奋兮，力蓄众渊，前路绰绰兮，势拔群峦。踌踌乎一路向前，躇躇乎一马争先！

天化之喜兮，春意盎然，回眸壮烈兮，策马扬鞭。改革东风起，开放惊雷唤。敢抓机遇，堪作弄潮儿，勇接挑战，终成控舵帆。越历史之烟云，渺沧桑之巨变。九〇年初，始得"国家一级企业"之荣冕，九六年起，遂有"国家重点企业"之名传。九七春，国资喜出世，世纪初，重企乐搬迁。得高原之厚土，染日辉之黄天，崭新平台，新的起点。积极进取兮，海纳百川；凯旋浩歌兮，誉满云滇！股份公司，挂牌丁丑，推崇募捐；社会召集，融资于沪，甚是浩繁。雄厚产业，欣纵横而捭阖，合理结构，蔚枝桠而合粘。稳步增长兮，固定资产，分支整合兮，敢为龙先。得慧风之和煦，略娇阳之丽艳。雨后春笋兮，化肥化工与化纤。异军突起兮，天驰天盟和天安。纷纷然祥瑞普降地，浩浩兮豪情齐唤天。农资商贸，繁熙熙之市廛，信息物流，惠攘攘之人间。化工园融资，成效初见，聚甲醛产量，举国第三。焚膏继晷兮，位百强之单；夜以继日兮，列翘楚之颠。噫吁乎酣畅赫然！吁噫乎叱咤云端!

新景新年,春来春暖。盘龙奋飞,踞虎变幻。展昭昭之明朝,翘首未来,贺暖暖之祥瑞,指日新欢。御金凤而翩兮,侣新境而韵散。驾长鹤而舞兮,伴春朝而歌宣。其辞曼曼,其歌幻幻。歌曰:云兮云兮,左采蓬山之漭源,右扼泰岱之寮烟。天兮天兮,上揽瑶池之灵仙,下握昆山之蓝田。化兮化兮,总抱神州之桂冕,遂得乾坤之云天!

自贡盐滩新城赋

悠悠百城,歌我自贡!千年盐都,万代留芳。亿载恐龙,世界名扬。川南重镇,南国灯城,富甲蜀中,秀贯两江。商贾云集,舳舻远航。造化神奇,世界地质公园;文韵丰茂,历史文化之乡。拜者蔚其景胜,追者寻其墨香。香樟高耸,紫薇芬芳。登高邀月,把酒吟唱。今群城竞技,经济担当。乘政策之和风,挺人民之脊梁,遍地建设奔忙,发展只争盛强。

新城崛起,有不醉我沿滩者乎?开放沿滩,和谐沿滩,靓丽沿滩,腾飞沿滩!秉历史之厚重,启奋发之新篇。自贡之东,改头换面,拥中心而见繁华,控通衢乃显轻便,北借工业之先声,南助疗养之典范,西开生态之城,东成新生之变。规划起,合同签,方案立,新城见,忽如一夜春风来,开路先锋绘彩卷。

其观也影倩。开襟四望，翡翠镶画意，珍珠嵌远山，彩云陌上飞，瑞鸟空中恋。极目蓝图，玉映新城，绿掩林园。霓裳朵朵，放青春之绿波，流水淙淙，蕴自由之蓝天。翠林葳蕤甬道，湖溪荡漾曲径，祥鸟来贺，呈紫气之心田。流苏飘去，献清宁于白岚，高楼竣起，美轮美奂。城中仙葩，醉意无边。

其行也幽远。闲庭信步，草木连天；雅阁轻唱，足音悠远，暇时龙湖赏月，忙时广场听泉，静时簧门飘书香，动时文娱传笑言。若夫春日听雨，伞下滴答入梦境，至若夏夜观鱼，域中欢跃出闲潭。冬雪喜来，小桥醉意眼眸，秋叶飘曳，美亭逸思耳畔，亦山亦水亦画中，或醉或喜或诗间。好不惬意，话吉语祥安！

其感也安然。置身其中，写意其外。千里月中月，万重山外山，藏车水之耳喧，减市廛之眼烦，其曰：大隐隐于市，意境乃心境，心远地自偏。长者体悟其智慧，稚者焕发其华年。智者乐水，仁者乐山。天朗气清，楼明宇灿，劳心者，品茗定乾坤；劳力者，休身养福安。瑞景苑里苑，氤氲园外园。

其望也喜盼。观曙光，荡生层云。看未来，空舞彩练。当若华灯初上，万户千家看平湖晶莹。若夫市井新起，千言万语道幸福相连。衣食住行应有尽有，科教文卫一应俱全，国际水准，世纪前沿。亨运融通，环境休闲。舞蹈骤起，游云为之低回，瑞景高照，众人驻足游览。最佳人居，笑迎四方宾客，城乡示范，诚邀天下俊彦！呜呼！写意梦中风景，来我沿滩自贡！

醉生诗意画里，享我自贡沿滩！

◇两江：沱江，岷江流经自贡。
◇舳舻：商船，形容自贡自古以盐业为主的繁忙。
◇黉门：学校的雅称。
◇市廛：市中店铺。

铁军援建玉树铭

一声噩耗，九州惊惶。灾袭玉树，结古尘扬。峰峦滚滚以崩，楼宇摇摇而荡，千山寂而泪潸，万云愁而悲怆，继以国旗半降，情牵炎黄，低头默语，祈逝者以安详；捧烛祝愿，砺生者得坚强。欲问天乎，寻觅支援者几时？望求重建者何方？

号令起，宣誓响。火速行动，风雷驰往。开路先锋，重振威风，再赋荣光，战冰雹，克缺氧，躲泥石，顶寒霜，势气如钢，神兵天降。楼虽可毁，架支柱得以摘云，路虽可堵，送通畅可以望乡。审批立，速驻跑马地。进程起，快建石砖场，战日月以聚英华，迎风雪而作芬芳。"六个第一"，奏开门凯歌，数次折桂，赢业绩赞扬，誓与灾区共进退，必求同胞同乐康。灾区助学，振学子于困荒，牧地帮扶，挽百姓于迷茫。懿行兮，饱含真情留芳；大业兮，必存青史留光。只待雪域圣洁，共护福地荣昌。长袖飞舞，再起锅庄。草青酣畅，又见羚羊。藏獒威风，雄鹰翱翔。其形、其状，如重建之欢呼乎？其感、其慰，是崛起之情愫乎？或慨或慷，似闯似忙。

携长风以作韵，挽高歌而代唱。或曰："高原施工王牌军！"其言信乎哉！忆其初，设计出，方案立，拆迁起，艰难挡。绘蓝图以先行，创杰作而后爽。一片赤诚，调查走访，奔走协调，感动各方。联党共建，情撒巴塘。人员到位，机械待命，风尘满行囊，露雾湿篷帐。重难如山，破艰似浪。风餐千山，奉献化信仰，辗转万里，决心感上苍。赶工期，保质量。重民生，保安康。高楼雄踞高原，新居豪迈新乡。文艺交流，呈歌舞以示衷肠，滚滚党旗，振精神以聚力量。扛起责任，不负众望，造福人民，声语豪壮。领藏家之仪礼，接哈达之吉祥。赫赫业绩兮，铭刻记镶，央企恩情兮，大爱无疆！

时代先锋辞

江河东去，仰照云飞漫卷，画图西来，俯观山翠雾霭。煌煌都城，天府玉带。巍巍老局，锦城墨彩。不忘重托，启峥嵘之旧岁，牢记使命，搏风云之未来。六八沧桑，长子豪迈。举旗天下，往事萦怀。怀兮五零年代，国家立，建筑兴，逢山开路，身驰百丈之台，遇水架桥，车纵千仞之隘。怀兮八零年代，春潮涌起，志士乘风未怠。鹏城誉来，先人击浪有拍。一九九八，改制逐鹿四海。二零零二，战略勾勒时代。蓁蓁树木，我中铁之亲栽，赳赳步伐，我二局之新开。

若夫建树，华茂参木！金色足迹，青史浓书。贺帅旗开雄风，邓公胸有成竹。一朝令下，前线远赴。风雨兼程，士气如虎。西南鏖战，渝陕滇黔连川蜀。西东拼搏，男女父子上征途。战成渝，通宝成，转川黔，平黔桂……成昆成博物，青藏克冻土。进广深，建合宁，入秦沈，开外福……哈大领跑终点，川藏横穿深谷。百条铁路，来寒去暑，千里高铁，风卷云舒。号子声里，并肩如兄父。凯歌坝上，殊荣耀通路。

尔其历程，沧海桑田。因路而生，轨迹漫漫。经国而长，志博云天！挖隧道、填沟渠，架桥梁，平荒滩。朝朝暮暮，岁岁年年。风餐露宿，叹工地之轮换。春华秋实，感岁月之时迁。市场竞争，云涌风起，创新跨越，绩生效显。公路城轨，繁市廛之熙熙，市政房建，惠人间之灿灿。如火如荼，似真似幻。几经沉浮，跳浴火而飞鸾，常遇风雨，过惊涛以行船。嗟夫！搏击能量，奋勇争先！

国运惟宏，局运惟鸿。厉行改革，阻碍重重，党建深化，强根固魂，治理优化，改貌换容。调结构，转方式，生效益，强管控。翘楚远望，摹绘画卷争雄，专家泚笔，新创工艺建功。抗震救灾，方显英雄影踪。灾后重建，再挺央企梁栋。民生民心，情感交融。济困济难，暖爱会通。一带一路，佳绩捧送，诚信品牌，旌旗当空。塞北飞雁，襄轻翩而展翅，海外翔鸟，鬻

卷四 赋辞

417

飘翼以振风。浩浩国企，赫然先锋。

感哉愿哉，略成其歌：峥嵘岁月兮，叹脊梁之沧桑；开疆拓土兮，赞先锋之勇闯；大行励心兮，立丰碑而高扬。

西山辞

冉冉兮层云，轻绡窈窕。澹澹兮簇峰，翠屏独好。渺华夏之荡然兮，心存豪气。瞻神州之颜酡兮，雄赋难及。沧桑皓皓兮，自强负重。绿畴碧碧兮，民安物丰。悍然破夏兮，草木莽莽。飙风拂林兮，绿渌动吭。参木蔚其葱郁兮，翠鸟鸣啭。萋草焕其菁英兮，竞妍添欢。屈平蹀躞求索兮，为国怀忧。祖逖枕剑起舞兮，击楫中流。纵芳蕙之摇落兮，丹心不减。虽似背水之谋兮，豪气冲天。独钟谢家池阁兮，怎堪遗卓？寄学苑之绸缪兮，理应报国。踏英杰之余踪兮，道途阻长。涉仁人之正气兮，为我心狂！廓海至之尽头兮，天应做岸。登山皋之欹岖兮，谁求为巅。纵愁苦而不易兮，汝乃征程。虽蹒跚而穷步兮，吾即攻门。天物暴殄兮，万物共诛。慵而不愤兮，下僚不覆。冀绮丽之曙光兮，大道还魂。盼前路之信步兮，风雨兼程！

跋 文

余生平喜诗词章句,少小求学,限于书籍寥寥,仅慧于楹联自学。时至中学,恩泽于班师之教诲,诵读经典,拓之视野,其读诗词也,其意韵、格调、境界常常引人入胜。每每作文,常择故典、金言而用之,遂,文以润心、感志、寄思。乃至大学之际,有幸录入中文专业,便有纵读历代卓越经典之机,横颂上古、中古、近古名家丰硕之文,感文人其才情宗而不掩、意而弥彰。课外,常得睿师指点、文友碰撞、实操练习,文稿遂见诸自创和社会报刊,于是,常有课堂吟醉、书馆流连、柳处闻词、湖上占诗、山中求句、亭下听风等,不能频频举之矣。四载光阴如逝,然埋于心中之诗韵文藻却暗然与生也,久之不能自拔。

盖闻:诗可以兴观群怨,歌可以杂疏情驰,词可以诗论豪婉,赋可以体物写志,其审美情趣无可代也。于是,在数年求索中,余笃行优秀传统,励守文化自信,渐行"萃取古韵涵养,汇通现世默思"创作观,将山川草木、花鸟林垄、纪行纪录、人文萃英、风土人情等化为行行字句，自提笔至今之十六载也，竟作有长短文稿千余，所及之有五绝、七绝、五律、七律、排律、古风、乐府、杂诗、歌行、词曲、辞赋等，凡沾格律体，严格遵古韵古格，大致诗依平水韵，词依词林正韵，曲依中原音韵，格循律绝定式和钦定词谱也。所吟咏之物事，乃遍涉中国半余，或至海外，涵盖叙事、寄情、咏物、怀古、行旅、山水、田园、赠友、爱国、边塞等诸题材，录之入四卷，曰诗言六百九十二首、歌乐四十首、词曲四百二十八首、赋辞二十篇，凡一千一百八十首（篇），十余万言虽不乏庸陋之处，然则俱是吾之真情心血矣。

  出版时，承蒙云南人民出版社精心策划和语汇文化周密制作，承蒙中国作协、四川省作协、成都市作协、四川省诗词协会、武侯区作协前辈宝贵指导，感谢所有为吾创作提供帮助的老师们、朋友们，感谢家人南北和文文。欣然付梓，谨念以记。

壬寅夏冰熙舍人于锦城